ELISA CORTI

Rache auf Italienisch

ELISA CORTI

RACHE AUF ITALIENISCH

EIN LOMBARDEI-KRIMI

Lübbe

NACHHALTIG PRODUZIERT

Die Bastei Lübbe AG verfolgt eine nachhaltige Buchproduktion. Wir verwenden Papiere aus nachhaltiger Forstwirtschaft und verzichten darauf, Bücher einzeln in Folie zu verpacken. Wir stellen unsere Bücher in Deutschland und Europa (EU) her und arbeiten mit den Druckereien kontinuierlich an einer positiven Ökobilanz.

FSC www.fsc.org MIX Papier | Fördert gute Waldnutzung FSC® C014496

Originalausgabe

Dieses Werk wurde vermittelt durch die Literarische Agentur Thomas Schlück GmbH, 30161 Hannover.

Bei Fragen zur Produktsicherheit wenden Sie sich bitte an:
produktsicherheit@bastei-luebbe.de

Textredaktion: Marion Labonte, Wachtberg
Umschlaggestaltung: © SO YEAH DESIGN, Gabi Braun
Umschlagmotiv: © shutterstock: mervas | Amelia Design Art | Frogella und © Arcangel Images: Evelina Kremsdorf
Satz: Dörlemann Satz, Lemförde
Gesetzt aus der Adobe Caslon
Druck und Verarbeitung: GGP Media GmbH, Pößneck

Printed in Germany
ISBN 978-3-404-19466-7

2 4 5 3 1

Sie finden uns im Internet unter luebbe.de
Bitte beachten Sie auch: lesejury.de

PROLOG

Es war einer jener Sommer, in denen die Hitze die Luft auf den Straßen flirren ließ. In denen die Menschen an die Strände flüchteten, um sich die Füße von den leichten Wellen des Comer Sees umspielen zu lassen. Einer jener Sommer, in denen die jungen Leute hauptsächlich von Gelato und eisgekühltem Lemon Soda lebten und die älteren Herren ihren Espresso im Schatten tranken. Wer nicht am Lido di Argegno liegen konnte, verweilte länger als notwendig vor der Tiefkühltheke im Supermarkt. In den Abendstunden wurde es erträglicher, jetzt im August ging die Sonne früher unter, und ein Aperol in einem der zahlreichen Cafés am Seeufer oder auf dem eigenen Balkon war für viele der krönende Abschluss des Tages. Nachts ließen die Menschen die Fenster weit geöffnet, erst am Morgen wurden die Läden wieder fest geschlossen, um die Wärme draußenzuhalten.

Antonio Marchesis weißes Hemd war durchgeschwitzt. Die Klimaanlage in seinem Auto war kaputt, obwohl es gerade erst in der Werkstatt gewesen war. Marcello, der Mechaniker, war ein netter Kerl, aber er taugte nichts. Antonio durfte nicht vergessen, den T-Roc gleich morgen woandershin zu geben. Mit der linken Hand fuhr er sich über die Stirn, auf der sich Schweißtropfen gesammelt hatten. Es war kurz nach Mitternacht und dennoch … Hoffentlich kam der ersehnte Regen bald. Und tatsächlich klatschten in diesem Augenblick erste Tropfen auf der Windschutzscheibe auf. *Meno male*, zum Glück!

Antonio fuhr schnell, die kurvigen Straßen kannte er in- und auswendig. Ob Francesca noch wach war, auf ihn wartete? Hoffentlich nicht.

Der Regen prasselte jetzt in Strömen vom Himmel, und Antonio erhöhte noch einmal den Takt der Wischer. Etwas blitzte auf im Wald, zwei Augen, die seine Scheinwerfer reflektierten, dann war er daran vorbei. Ein Reh wahrscheinlich, hier in der Gegend kam es hin und wieder zu Wildunfällen. Die nächste Kurve war scharf, ohne Leitplanken vor dem Abgrund, das wusste er. Wenn man sich nicht auskannte, konnte es schnell gefährlich werden. Antonio jedoch gab noch einmal Gas, er wollte jetzt wirklich nach Hause.

Die dunkle Gestalt, die hinter der Kurve mitten auf der Straße stand, sah er viel zu spät. Er riss hastig das Lenkrad herum, die Bremsen griffen nicht, und er raste mit unverminderter Geschwindigkeit auf den Abhang zu.

1. KAPITEL

»Como«, schallte als Fahrtrichtung blechern aus dem Lautsprecher am Hafen von Bellagio, während Giovanna über die Promenade zur Anlegestelle hastete. Und noch einmal: »Como!« Die letzten Passagiere betraten schon die frühe Personenfähre, die an das Südende des Comer Sees fuhr. Nur Giovanna war immer noch gut achtzig Meter vom Schiff entfernt.

»Signori!« Sie winkte den beiden uniformierten Männern zu, die jetzt den Übergang zur Fähre schließen wollten. »Warten Sie, bitte!«

Tatsächlich hielten die beiden inne und ließen sie – ausnahmsweise, wie der Ältere betonte – das Schiff noch besteigen. »Aber nur, weil wir es uns mit der Polizei nicht verscherzen wollen«, ergänzte der Jüngere, ein attraktiver sportlicher Mann Mitte dreißig in einem leuchtend blauen Hemd, mit Sonnenbrille und etwas zu viel Gel in den Haaren.

Normalerweise war Giovanna die Pünktlichkeit in Person, aber heute hatte ein amerikanisches Touristenpärchen sie aufgehalten, das in der Bar in der Schlange vor ihr zwei Tassen Cappuccino unbedingt auf Italienisch hatte bestellen wollen, obwohl die Besitzerin perfekt Englisch sprach. Giovanna hatte ihren eigenen Caffè nur noch hinunterstürzen können, bevor sie sich im Laufschritt auf den Weg zum Hafen machen musste.

»Signora Commissaria, wenn Sie einen Wecker benötigen, ich könnte …«

Sie ignorierte wie üblich den Flirtversuch des jungen Mannes, versuchte sich im Vorbeigehen aber immerhin an einem Lächeln. Schließlich hatten er und der andere ihr heute einen Gefallen getan, die nächste Fähre kam erst in einer Dreiviertelstunde.

Giovanna stellte sich an die Reling und atmete tief durch, während sie ihr Gesicht in die Sonne hielt und ihre dunklen Haare schüttelte, damit ihr der Wind die Locken nicht ins Gesicht wehte. Zu dieser Uhrzeit war die Luft noch angenehm, später würde es unerträglich heiß werden.

Seit einem halben Jahr lebte sie nun hier und nahm jeden Werktag um 06:46 Uhr die Fähre nach Como. Schon am dritten Morgen hatte der gut aussehende Mitarbeiter von Navigazione del Lago herausbekommen, dass sie dort als Commissaria bei der Polizia di Stato arbeitete. Neuigkeiten sprachen sich schnell herum, Bellagio war einfach klein. Es gab zu wenig Platz und zu viele Touristen, und dennoch liebte Giovanna den Ort und ihre gemütliche Wohnung mit Garten heiß und innig. Sie hatte früher ihrer Großmutter gehört, Nonna Maura, der Mutter ihres Vaters, bei der Giovanna einige Zeit gelebt hatte, bevor diese sehr krank geworden war.

Die Fahrt dauerte eine Dreiviertelstunde, und als Giovanna der Wind um die Nase wehte und sie die feuchte Alpenluft einsog, entspannte sie sich ein wenig. Sie genoss die ruhige Zeit auf der Fähre jeden Morgen und Abend. Die Straßen um den See waren fast immer verstopft, man stand hupend und fluchend im Stau, vor allem auf ihrem Heimweg – wie viel angenehmer war es da, an Deck in der Sonne zu sitzen. Sie hatte sogar wieder angefangen zu lesen. Im Augenblick versuchte sie es mit *I promessi sposi*, einem Liebesroman aus dem 19. Jahrhundert von Alessandro Manzoni, der lange am Comer See gelebt hatte. Nachdem sie das umfangreiche Buch damals in der Schule nur mit großem Widerwillen gelesen hatte, war sie inzwischen bereit, sich erneut darauf einzulassen. Doch sie wurde abgelenkt von den Geräuschen auf der Fähre und sah sich immer wieder um. Inzwischen kannte sie die meisten hier auf dem Boot, die wie sie zur Arbeit pendelten: der Anzugträger, der die gesamte Fahrt über telefonierte, die zwei Frauen in langen Kleidern, die gern mit den meist männlichen Mitarbeitern an den Fährhäfen ein paar scherzhafte Worte wechselten, und der Radler, vermutlich der einzige Passagier hier, der nicht zur Arbeit fuhr. Der Mann schien für den Giro d'Italia zu trainieren, so oft, wie sie ihn hier antraf. Giovanna ließ ihren Blick über die Umgebung schweifen und genoss die Aussicht: Der Hafen von Bellagio, den sie verließen, wirkte im Morgenlicht besonders romantisch. Gelbe und orangefarbene Häuser mit bunten Fensterläden schlängelten sich am sanften Hügel der grünen Halbinsel hinauf, die den See in Richtung Lecco und Como in zwei Arme teilte. Nach Westen zog sich die von Oleander gesäumte Promenade hin, und das blaue Wasser des Sees glitzerte in der Morgensonne.

Als Teenager hatte Giovanna hier einige Jahre verbracht, Jahre, an die sie sich gerne erinnerte, vor allem an Nonna Mauras Wärme und das Plätschern der Wellen ans Ufer beim Einschlafen. Jetzt war sie zurück. Allein.

Um halb acht erreichte die Fähre schließlich ihr Ziel, und Giovanna hoffte, die Woche würde so friedlich beginnen, wie die letzte geendet hatte. Am Freitag hatte sie nur noch die letzte Zeugin einer Einbruchsserie befragt, und auch wenn Signora

Maravallo ziemlich gerne und viel redete und Giovanna damit auf die Nerven gegangen war, so hatte sie zumindest Licht ins Dunkel des Falls gebracht. Sie war das erste Opfer, das den Einbrecher gesehen hatte und ihn somit beschreiben konnte. Sogar die Haarfarbe hatte sie ihnen nennen können, Signora Maravallo entging wirklich nichts, jetzt war es nur noch eine Frage der Zeit, bis sie den Mann fassen würden.

Giovanna beschloss, einen zweiten Espresso zu trinken, und kaufte noch ein Cornetto, das sie mit ins Büro nahm. Um kurz vor acht betrat sie das graubraune Gebäude der Questura, der Dienststelle der Polizia di Stato in der Nähe des Bahnhofs.

»*Buongiorno*, Commissaria Ruggieri!«, grüßte der ältere Kollege, der ihr entgegenkam.

Giovanna quittierte den Gruß mit einem Nicken, Small Talk war noch nie ihre Sache gewesen. Effizienz schon eher, und so hatte sie sich mit Mitte dreißig bereits zur Commissaria heraufgearbeitet. Ihre Kolleginnen und Kollegen schätzten sie, denn auch wenn Giovanna nicht die Herzlichkeit in Person sein mochte, so bearbeitete sie ihre Fälle gewissenhaft und hartnäckig. Gerechtigkeit war ihr nicht nur bei der Arbeit wichtig, sondern auch im Umgang auf der Questura, und so stellte sie sich bei Kritik gerne schützend vor ihre Mitarbeiter, was ihr Respekt eingebracht hatte. Sie scheute sich nicht, ihre Hartnäckigkeit auch bei höhergestellten Personen anzubringen, und so wurde sie von ihren Vorgesetzten gleichermaßen geschätzt und auf Abstand gehalten.

Gut, Questore Aliverti, ihr neuer Chef in Como, war anders. Der Polizeipräsident ließ ihr Freiheiten, vertraute auf ihr Urteil und, womit sie noch nicht ganz klarkam, lud sie gern zum Mittagessen ein, was sie bisher jedoch meist abgelehnt hatte. Private Gespräche waren ihre Sache nicht, schon gar nicht mit Menschen, mit denen sie zusammenarbeitete. Die längsten

Unterhaltungen führte sie mit Bruno, und Bruno antwortete meist nur mit einem in Zeitlupe gehobenen Kopf – wenn er überhaupt reagierte. Aber so war das mit Schildkröten.

»Ruggieri!« Daniele Aliverti stand in der Bürotür und sah sie auffordernd an. Trotz der Hitze, die in spätestens zwei Stunden über sie hineinbrechen würde, trug der Questore auch heute eine Krawatte und ein weißes Hemd unter einem hellgrauen Jackett. Sein Modegeschmack war einwandfrei, seine Fähigkeit, sich dem Wetter anzupassen, eher gering.

Giovanna hatte gerade eben den Computer angeworfen und nicht einmal einen Bissen von ihrem Cornetto nehmen können. Mit hochgezogenen Augenbrauen blickte sie zu ihrem Chef, dann auf ihr Gebäckstück. Doch Aliverti bedeutete ihr nur ungeduldig, Cornetto Cornetto sein zu lassen, und scheuchte sie in sein Büro.

»Es gibt eine Beschwerde«, eröffnete er ohne Umschweife das Gespräch, und vielleicht war gerade das einer der Gründe, warum er ihrer Versetzung von Bergamo nach Como sofort zugestimmt hatte: Sie machten beide nicht viele Worte.

»Über mich?«

Nun war er es, der die Augenbrauen hochzog. »Nein, Giovanna, über die Sekretärin der Speditionsfirma drei Straßen weiter, ich wollte dir nur den neuesten Klatsch und Tratsch erzählen«, antwortete er sarkastisch. »Also ja, natürlich über dich.« Das »wieder einmal« dahinter verkniff er sich, es hallte dennoch laut und deutlich in Giovannas Kopf nach.

Seufzend nahm sie auf dem altmodischen Stuhl vor seinem Schreibtisch Platz. Das Gespräch würde länger dauern. »Um was geht es heute?«, fragte sie.

»Signora Maravallo, die alte Dame mit der Katze, die du als Zeugin in dieser Einbruchsserie vernommen hast.«

Giovanna dachte angestrengt nach, versuchte sich an ein

Fehlverhalten zu erinnern, konnte aber keines erkennen. »Ich habe bei ihr einen schauderhaften Caffè getrunken, hat es was damit zu tun?« Vielleicht war der Dame aufgefallen, dass sie dabei kurz das Gesicht verzogen hatte?

»Nun ja.« Aliverti hatte eine entschiedene Abneigung gegen schlechten Caffè. »Du hast dich auf jeden Fall geweigert, ihre Katze zu streicheln. Obwohl Papillon mehrfach um deine Beine gestrichen sei.«

»Das ist nicht ihr Ernst.« Ungläubig blickte Giovanna ihren Chef an. »Das ist nicht *dein* Ernst.«

»Giovanna, würde es dich umbringen, Menschen ein kleines bisschen freundlicher zu begegnen?« Aliverti hob die Arme, um sein Unverständnis auszudrücken.

»Ich glaube nicht, dass in meinem Arbeitsvertrag etwas über das Streicheln von Katzen steht«, antwortete sie steif. Nicht, dass sie Katzen nicht mochte, im Gegenteil, sie fand die Fellknäuel durchaus knuffig. Aber Bruno hatte Angst vor ihnen, und wenn Giovanna nach einer Katze roch, verkroch er sich ins hinterste Eck seines Geheges. Es war eine Frage der Abwägung, und Bruno siegte über Signora Maravallo. Auch über eine Beschwerde beim Polizeipräsidenten. Aliverti selbst hätte aus Angst vor weißen Haaren auf seiner grauen Anzughose einen großen Bogen um die Perserkatze gemacht.

Seine nächsten Worte jedoch überraschten sie: »Ich möchte, dass du dich bei Signora Maravallo entschuldigst.«

So perplex war Giovanna, dass sie nicht einmal etwas Sarkastisches erwidern konnte.

»Du könntest ihr vielleicht ein Macaron vorbeibringen«, schlug er jetzt vor. »Oder eine andere Kleinigkeit, und für den Kater Sardellen. Signora Maravallo ist die Mutter von …« Glücklicherweise entband sie in diesem Moment das Klingeln des Telefons von seinen weiteren Ausführungen. Sonst hätte

Giovanna nicht dafür garantieren können, dass diese Woche tatsächlich so friedlich begann, wie sie gehofft hatte.

»Pronto«, beschied Aliverti zackig, nachdem er den Hörer abgenommen hatte. Für einige Augenblicke hörte er einfach nur zu, doch als Giovanna langsam aufstand, hob er eine Hand in die Höhe als Mahnung, dass sie sich nicht aus seinem Büro schlich. Also ließ sie sich zurück in den Stuhl sinken und wartete. Aliverti stellte ein paar knappe Fragen, dann beendete er das Gespräch, ohne sich zu verabschieden. Er blickte Giovanna an. »Wir haben eine Leiche.«

Sie nickte bedächtig. »Um die kann ich mich ja dann auf dem Rückweg von Signora Maravallo kümmern«, sagte sie geradeheraus, bevor sie flink dem Bleistift auswich, den Aliverti nach ihr warf.

*

Die Leiche war auf der Isola Comacina gefunden worden, der einzigen Insel im Comer See. Am Westufer gelegen und gerade einmal fünfhundert Meter lang, befand sie sich etwas unterhalb von Bellagio, wo sich der See in zwei Arme teilte.

Zunächst waren die Carabinieri gerufen worden, die jedoch offenbar schnell festgestellt hatten, dass es sich um Mord handelte, und deshalb Aliverti informiert hatten: In diesem Fall übernahmen die Commissari der Polizia di Stato.

Eine Reisegruppe hatte den Toten entdeckt, bei einem Schiffsausflug von Menaggio zu der kleinen Insel, um dort Überreste aus der Römerzeit zu besichtigen. Man konnte sich auf der Insel kaum verlaufen, sodass die Touristen auf ihrem Weg geradezu über die Leiche gestolpert waren.

Eine ganze Reisegruppe – allein bei dem Gedanken hatte Giovanna aufgestöhnt, Menschenmengen waren etwas, von dem sie sich fernhielt. Genau aus dem Grund hatte Aliverti ihr wohl auch Alberto Fini zur Seite gestellt. Der Ispettore war deutlich älter als Giovanna, Ehrgeiz war ihm fremd, doch mit seiner gemütlichen Art machte er sich Freunde, wo er ging und stand, und es fiel ihm nie schwer, die richtigen Worte zu finden. Oder, wie Giovanna es ausdrückte, es fiel ihm schwer, seine Worte auch einmal abzustellen. Jetzt, auf dem Weg zur Fundstelle jedoch, war er auffallend ruhig. »Comacina«, sagte er nur einmal ungläubig. »Da lebt doch noch nicht einmal jemand!«

Er hatte recht. Die meisten Gebäude waren nur noch Ruinen, nachts lag die Insel verlassen da, das Restaurant war geschlossen. Es war ein Rätsel, was ihr Mordopfer dort zu suchen gehabt hatte – oder wie die Leiche dort hingekommen war.

»Vielleicht war er mit seinem Mörder verabredet«, begann Giovanna eine erste Theorie zu formen, bevor sie den Fundort oder die Leiche gesehen hatte. Noch waren sie unterwegs auf der Via Regina Nuova, kurz vor Argegno, und Giovanna trat fluchend auf die Bremse, als ein Laster vor ihr abrupt stehen blieb. Der Fahrer hatte offenbar etwas auszuladen, doch durch den ständig strömenden Gegenverkehr gab es auf der engen Straße keine Möglichkeit zu überholen. Ein Eiscafé lockte mit seiner bunten Auslage, und langsam wurde die Sonne stärker. Fini hatte die Klimaanlage schon aufgedreht. Giovanna seufzte und trommelte mit den Fingern auf dem Lenkrad herum. Sie überlegte, die Sirene aufs Dach zu stellen, um schneller voranzukommen, aber das würde sicherlich eine weitere Strafpredigt von Aliverti nach sich ziehen, dieses Mal zum Thema »Weshalb das Blaulicht nur im Notfall eingeschaltet wird«.

Hinter ihnen hupte es. Die typische Kausalkette, dachte sie, bevor sie ihre Hand hob, um im Rückspiegel deutlich zu machen, dass sie ebenfalls nicht weiterfahren konnte und der Fahrer Geduld haben musste.

Fini schnalzte mit der Zunge. »Ich kann ihm einen Strafzettel verpassen«, bot er an, und wider Willen musste Giovanna grinsen. Dann endlich ging es weiter, und nach einem erneuten kurzen Blick in den Rückspiegel sagte sie: »Vielleicht sollten wir den Carabinieri mal den Tipp geben, hier eine Radarfalle aufzustellen. Wenn das sein täglicher Weg zur Arbeit ist …«

Fini lachte, dann umklammerte er den Haltegriff fest, als Giovanna aufs Gaspedal drückte. Kurz darauf murmelte er erneut: »Comacina, die Insel der Verdammten«, und sie wusste, worauf er hinauswollte, bevor er die Worte über die Lippen brachte: »Es werden niemals mehr die Glocken läuten, niemand wird mehr einen Stein auf den anderen setzen«, zitierte er den Anfang des Fluchs, den Bischof Vidulfo im Jahre 1169 über der Insel ausgesprochen hatte. Und wirklich, die Isola Comacina war seitdem jahrhundertelang unbewohnt gewesen, zerstört in einem Krieg zwischen Como und Mailand, an dessen Ende der Bischof sie schließlich mit einem Fluch belegte, der denen, die sich dort niederlassen wollten, mit dem Tode drohte.

»Niemand wird hier mehr Wirt sein unter der Strafe eines qualvollen Todes«, zitierte Giovanna den Bischof weiter, während sie einen Radfahrer überholte. »Aber der Fluch ist gebannt. Das Restaurant dort floriert seit Jahrzehnten.«

»Das ist nur wegen des Rituals.«

Giovanna schnaubte. Bei diesem magischen Ritual, das den Fluch vertreiben sollte, wurden am Ende jedes Abends unter großem Brimborium hochprozentiger Likör und Kaffee mit Zauberformeln beschworen und flambiert. Für Giovanna, die weder an den Fluch noch an Rituale glaubte, sah das alles ganz nach Hokuspokus aus und nach einer hervorragenden Ausrede, um Alkohol zu trinken, aber es war ziemlich sicher auch gutes Marketing.

»Nein, der Fluch ist nämlich ganz und gar nicht gebannt. Im Jahre 1947 wollten drei Männer ein Restaurant eröffnen«, begann Fini, »doch lange bevor es so weit war, kamen zwei von ihnen ums Leben. Einer starb bei einem Unfall mit einem Motorboot – der See holte sich zurück, was er ihm schuldete. Der andere wurde von seiner Verlobten aus Eifersucht ermordet.« Er schüttelte den Kopf. »Wenn das nicht nach der Strafe eines qualvollen Todes klingt.«

Giovanna zog es vor, nicht darauf zu antworten, schließlich hatte der dritte sein Restaurant erfolgreich eröffnet. Ohnehin kamen sie kurz darauf am kleinen Hafen von Sala Comacina an, wo bereits ein Carabiniere mit einem örtlichen Fischer auf sie wartete, um sie zur Insel zu bringen. Der Polizist war etwa in ihrem Alter, trug eine verspiegelte Sonnenbrille und raspelkurz geschnittene Haare. Die Carabinieri, die den italienischen Streitkräften angehörten, wirkten schon in ihrem Aussehen und der Uniform militärisch, im Gegensatz zu ihr und Fini. Sie waren beide in Zivil unterwegs, und Fini schien sich gerade ernsthafte Sorgen um seine eleganten Lederschuhe zu machen.

Als der Carabiniere sie kommen sah, unterbrach er ein hitziges Telefongespräch. »Commissario«, wandte er sich sofort an Fini, der das Gesicht verzog.

Kein guter Start. Und leider musste Giovanna zugeben, dass sie in diesen Dingen nachtragend war. »Ich bin Commissaria Ruggieri, das ist mein Kollege, Ispettore Fini«, unterbrach sie den Carabiniere, der diese Information lediglich schulterzuckend zur Kenntnis nahm.

»Die Spurensicherung ist schon vor Ort«, sagte er und bestieg als Erster das Boot.

Das Boot war deutlich schneller als die morgendliche Fähre, aber auch die wenigen Minuten genügten, um Giovannas Locken durcheinanderzubringen.

Sie blickte zur Insel. Grün war es hier, wie eigentlich überall am Comer See, selbst im Hochsommer noch. Trotz der Hitze war die Vegetation am Ufer üppig, gespeist von vielen Quellen. Geschützt vor den Nordwinden durch die Alpen wuchsen hier mediterrane Pflanzen: Zypressen, Magnolien oder Palmen, stellenweise auch Kamelien, Orangenbäume und Zedern. Nicht umsonst war die Region auch für ihre wunderbaren Parks und Gärten bekannt, darunter die der Villa Carlotta in Tremezzo, deren Parkanlage in verschiedene Abschnitte wie den Rhododendron- oder Azaleengarten unterteilt war.

Kurz vor der Anlegestelle verlangsamte der Steuermann das Tempo. Ein Motorboot, dem Aussehen nach recht neu, lag vertäut am Ufer. Gehörte das dem Toten? »Können wir das Boot schon zuordnen?«, fragte sie den Carabiniere, der unschlüssig den Mund verzog.

»Vielleicht ist das Mordopfer damit gekommen. Aber das dürfen alles Sie herausfinden«, sagte er dann missmutig.

Giovanna nickte Fini zu, der sich daraufhin Namen, Modell und Kennzeichen notierte.

»Aliverti sagte mir, die Leiche ist männlich?«, fragte Giovanna, nachdem sie ausgestiegen waren.

»Männlich, Anfang vierzig, Schusswunden in der Brust«, bestätigte der Carabiniere und führte sie und Fini quer über die Insel zur Ruine von Sant'Eufemia, der vormaligen Basilika, die im zwölften Jahrhundert im Krieg zwischen Como und Mailand zerstört worden war.

Das Mordopfer war schon von Weitem zu sehen, umringt von den Beamten der Spurensicherung in ihren Anzügen. Aber der Tatort wäre Giovanna auch ohne sie gleich ins Auge gefallen: Inmitten der hellen Ruinen lag die Leiche wie drapiert auf den Treppen vor den wenigen verbliebenen Säulen da.

»Wie eine Opferdarbietung«, erklärte Fini düster. »Der Fluch hat einen weiteren Toten gefordert.«

»Dann wäre er kaum erschossen worden«, entgegnete Giovanna. »Für ein satanistisches Ritual hätte man ihm wohl die Kehle durchschneiden müssen.« Aber sie verstand durchaus, was ihr Kollege meinte: Dunkles Blut hatte den hellen Stein verfärbt, und die Leiche wirkte wie hingegossen. Er war vermutlich hier getötet worden, die Muster, die das Blut gezeichnet hatte, sprachen dafür.

Mit der Sonne, die durch die Bäume neben der Ruine schien, sah die Szenerie beinahe friedlich aus. Für einen Moment ließ Giovanna alles auf sich wirken: das Grün der Pflanzen, das Blau des Sees, das Ufer, das nicht weit entfernt lag. Von hier aus hatte man einen Blick nach Sala Comacina mit seinen hellen Häusern und dem verschnörkelten Turm der Chiesa San Bartolomeo.

Sie straffte die Schultern und machte sich bereit für das Gespräch mit den Forensikern. Kurz ging ihr durch den Kopf, dass sie den Namen des Carabiniere nicht wusste, der sie begleitet hatte. Sie hoffte, Fini würde ihn danach fragen und auch seine Kontaktdaten aufnehmen. Außerdem musste jemand mit den Touristen sprechen, die den Toten gefunden hatten, und dabei hoffte sie ebenfalls auf Fini. Er war einfach besser im Umgang mit Menschen. Der Carabiniere hatte gesagt, dass sie im Restaurant warteten, wo ihnen Caffè und Wasser angeboten wurden, nachdem die geplante Besichtigung ja nun ausfiel.

Eine junge Frau, aschblond mit Stirnfransen, blickte auf, als Giovanna näher kam, erhob sich und schob die Kapuze ihres Anzugs von der Spurensicherung etwas zurück.

»Können Sie mir schon mehr zu seinem Tod sagen?«, fragte Giovanna sofort.

Die Forensikerin, die sich als Paola Trevisani vorstellte, nickte. »Er wurde hier ermordet, schauen Sie mal.« Sie deutete auf versprenkelte dunkle Blutflecken, die auch Giovanna schon an den Steinen aufgefallen waren. »Wie es aussieht, wurde er von vorn erschossen, zwei Schüsse in den Oberkörper. Ich schätze in der Nacht, Genaueres erfahren Sie von der Rechtsmedizin.« Sie zuckte die Schultern. »Wir haben Papiere bei ihm gefunden«, sagte sie dann. »Dottor Simone Fabrizio, wohnhaft in Menaggio, Via IV Novembre. Das ist direkt am Ufer, soweit ich weiß.«

Giovanna horchte auf. Eine Villa mit Seezugang, dafür musste man wirklich sehr gut verdienen – oder geerbt haben. »Wissen Sie, was er studiert hat?« Der Titel Dottore wurde schließlich jedem Akademiker verliehen, ganz gleich, welche Fachrichtung er studiert hatte. Man musste keinen PhD vorweisen oder gar Arzt sein, um sich Dottore zu nennen.

Trevisani schüttelte den Kopf. »Aber Sie können seine Papiere und sein Portemonnaie heute noch bekommen«, bot sie an.

»Danke, bis dahin versuche ich es mal mit Google.« Vielleicht wurde sie fündig, allzu viele Dottor Simone Fabrizio aus Menaggio sollte es nicht geben. »Wie ist er hergekommen? Mit dem Boot an der Anlegestelle?«, fragte sie. Fini würde den Halter sicher schnell ausfindig machen.

Die Forensikerin zuckte mit den Schulten. Mit einer unbestimmten Geste zu einem der Männer in Schutzanzügen, die hinter ihr die Ruinen nach Patronenhülsen und weiteren Spuren absuchten, sagte sie: »Meine Kollegen haben einen Schlüssel gefunden, wenn Sie möchten, können Sie ausprobieren, ob er passt.«

Giovanna winkte Fini, damit er sich den Schlüssel ansah. Die Forensikerin schwieg einen Moment, blickte auf die Markenschuhe des Toten. »Kein armer Mann«, kommentierte sie schließlich.

Vielleicht war er ja tatsächlich Arzt. Oder Anwalt. »Darf ich?« Giovanna trat einen Schritt vor, um den Toten aus der Nähe zu betrachten.

Erneut nickte die Forensikerin, und Giovanna kniete sich neben den toten Dottore. Grau melierte Haare, die erst kürzlich geschnitten worden waren, ein scharfkantiges Gesicht, ganz leicht zeichneten sich erste Bartstoppeln ab, wahrscheinlich hatte er sich noch am gestrigen Morgen rasiert. Fabrizio war gut aussehend, von schlanker Gestalt, etwa Anfang vierzig, mit feingliedrigen langen Händen. Am linken Ringfinger trug er einen schmalen Ring, er schien verheiratet zu sein. Ein teurer blauer Anzug, maßgeschneidert, sein vormals weißes Hemd war mit Blut getränkt. Zwei Schüsse in den Oberkörper, von vorn, hatte die Kollegin gesagt, einer etwas unterhalb des Brustbeins, einer oberhalb, als hätte der Täter aufs Herz gezielt, es jedoch nicht getroffen. Kein besonders guter Schütze, dachte Giovanna. Oder er war zu weit entfernt, überlegte sie. Sie entschied sich, ihrem ersten instinktiven Gedanken zu folgen: Sie hatten es nicht mit einem erfahrenen Schützen zu tun. Doch sein Ziel hatte er erreicht – bei diesen Verletzungen hatte es für Dottor Fabrizio keine Chance zu überleben gegeben. Ihr Blick wanderte tiefer zur Hose und den Füßen des Mordopfers. Die Sohlen seiner hellbraunen Schuhe waren matschig vom Gras und der Erde auf der Insel. Es hatte in der Nacht geregnet, das leise Trommeln auf dem Dach hatte Giovanna kurz vor dem Einschlafen gehört. Sein Hosensaum war zerknittert, möglicherweise aber nicht wegen des Regens, vielleicht war er beim Anlegen nicht sauber an Land gelangt, sodass Schuhe und Hose nass geworden waren.

Langsam stand Giovanna auf, drehte sich einmal um die Achse. »Hinweise auf den Täter?«, fragte sie Paola Trevisani, die jedoch den Kopf schüttelte.

»Augenzeugen?« Erneutes Kopfschütteln. Sie würden in Sala Comacina und in Ossuccio nachfragen müssen, die beiden Orte lagen nahe genug, dass jemand etwas gesehen oder gehört haben könnte.

Sie nickte Fini zu, der abseits stand und sie ansah, als erwartete er weitere Instruktionen. Giovanna unterdrückte ein Seufzen, mit Eigeninitiative hatte Fini sich noch nie hervorgetan – aber deshalb war er auch von Aliverti nicht mit ihr mitgeschickt worden. Er hatte andere Qualitäten.

»Die Touristen«, sagte Giovanna zu ihm und setzte sich schon Richtung Restaurant in Bewegung. »Das musst du übernehmen, wenn wir Aliverti keine weitere Beschwerde wegen Unhöflichkeit zumuten wollen.«

2. KAPITEL

»Ihr habt *was? Dio mio*, ihr zwei bringt mich noch um den Verstand!« Das bisschen, was ihr mir noch gelassen habt, ergänzte Maria in Gedanken. Ispettrice Maria di Bartolomeo liebte ihre Söhne, doch mit ihren sechzehn und siebzehn Jahren hatten Luca und Michele nur Flausen im Kopf. Das haben sie von ihrem Vater, dachte Maria verärgert. Mit dem musste sie mal ein Wörtchen reden, denn nun hatte er sie angespornt und ihnen geholfen, sich Geld für einen Roller zusammenzusparen, den er offenbar für sie frisiert hatte. Und was taten die beiden? Seit Mai verging kaum eine Woche, in der Maria nicht von den Kollegen bei den Carabinieri angerufen wurde, die ihre Söhne beim Rasen erwischt hatten. Sie wollten die Mädchen beeindrucken, die auf der Strandpromenade von Bellano flanierten oder sich am Lido in der Sonne bräunten, die einheimischen und die Touristinnen. So wie heute: Eben hatte Gabriele sie darüber informiert, am Lido di Bellano zwei jugendliche Raser angehalten zu haben, zudem ohne Helm. Der Carabiniere würde großzügig darüber hinwegsehen, hatte er verkündet, und Maria hatte ihm im Gegenzug versprochen, ein Wörtchen mit ihren Söhnen zu reden. Jetzt standen sie neben dem Carabiniere schuldbewusst vor ihr. Beide überragten sie mittlerweile um ein ganzes Stück, und trotz der hängenden Köpfe musste sie zu ihnen aufsehen. Micheles Locken fielen ihm wie üblich in die Augen, der Junge musste dringend zum Friseur, und Luca hatte seine Sonnenbrille in seine kurz geschnittenen Haare geschoben. Immerhin baumelten zwei Helme am Lenker des Rollers. Maria vermutete, es war Micheles Angst um seine Haarpracht, die ihn zum wiederholten Male davon abgehalten hatte, den Helm aufzusetzen.

Aber egal, welche Strafpredigt Maria ihnen hielt, in wenigen Tagen würden sie wieder hier stehen. Sie selbst arbeitete bei der Polizia Locale, wo es hauptsächlich darum ging, den Verkehr in Bellano zu überwachen oder Taschendiebe abzuschrecken, ein eher geruhsamer Job, doch es gab genug Berührungspunkte mit den Carabinieri in der Via Denti, sodass sie auch dort die meisten Kollegen kannte. Der Ort war nicht sehr groß, wenn man die Touristen abzog, blieben etwas über dreitausend Einwohner. Mit vielen davon war Maria persönlich bekannt, entweder durch ihre Arbeit bei der Polizei oder durch das Restaurant, das ihre Mutter Rosa und ihre Tante Domenica betrieben und in dem sich Urlauber und Einheimische gleichermaßen tummelten. Daher wusste auch jeder, dass diese beiden Unfugtreiber zu ihr gehörten.

»Kommt nicht wieder vor.« Michele nickte ernsthaft. Als eine Gruppe junger Mädchen kichernd mit ihren Strandtaschen und Eisbechern in der Hand an ihnen vorbeischlenderte, schüttelte er seine Locken.

Maria seufzte. »Verpass ihnen einen Strafzettel«, sagte sie an den Carabiniere gewandt. »Einen saftigen.«

»Mamma!« Entsetzt hoben beide ihre Hände in die Höhe.

»Und wenn ich euch noch einmal ohne Helm erwische«, begann sie, wurde jedoch vom Klingeln ihres Handys unterbrochen. Der Anruf kam von einer unbekannten Nummer, doch gleich nach den ersten Worten erkannte sie die Stimme von Vicente, dem Bauern aus Vendrogno, der das Restaurant ihrer Tante hin und wieder mit Käse belieferte.

»*Ciao*, Maria, entschuldige, dass ich dich damit so überrumple, aber ein Unfall …«

»Unfall?« Sie warf ihren Söhnen einen eindringlichen Blick zu. Strafzettel waren nicht das Schlimmste, was bei zu schnellem Fahren passieren konnte. Und gerade auf einem Roller konnte ein Zusammenstoß mit einem Auto böse enden. Zumal es auch noch so viele Tunnel gab, in denen … Schluss jetzt, Maria verbot sich jeden weiteren Gedanken in diese Richtung. »Strafzettel!«, rief sie Gabriele noch einmal zu, bevor sie sich mit ihrem Handy ein Stück abseits stellte.

»Was ist los?«, fragte sie dann Vicente. »Ist dir etwas passiert?«

»Nein, nein, mir geht es gut. Ich wollte gerade meine Schwägerin in Margno besuchen, aber … ach, Maria, kannst du bitte herkommen?«

*

Der Wagen war von der Straße abgekommen und einen Abhang hinuntergestürzt. Bremsspuren waren keine zu sehen, aber die Straße war nass gewesen vom Regen in der Nacht.

»Aquaplaning. Und zu hohe Geschwindigkeit«, vermuteten die Carabinieri, die den Unfall aufnahmen. Schon während des Telefonats mit Vicente war Maria klar gewesen, dass es um mehr als einen kleinen Kratzer ging, der Bauer hatte sich vollkommen aufgelöst an sie gewandt, und sie hatte sofort sowohl die Carabinieri als auch einen Rettungswagen informiert.

Der Unfall musste schon vor ein paar Stunden passiert sein – hier oben in den Wäldern auf der Landstraße von Casargo nach Vendrogno, dem Ort, der erst seit ein paar Jahren überhaupt zu Bellano gehörte. Niemand hatte den Wagen bisher bemerkt, nachdem er in die Tiefe gestürzt war und die meisten, die hier oben entlangfuhren, den Blick in den engen Kurven auf die Straße gerichtet hielten.

Maria war so schnell hergekommen, wie es ihr möglich war, und keiner der anderen Offiziellen – Carabinieri, die Feuerwehr und ein Krankenwagen – hatte beim Anblick ihres weißen Dienstwagens mit dem grünen Streifen auch nur mit der Wimper gezuckt, obwohl die Polizia Locale bei solch einem Unfall nicht zuständig war. Maria war bekannt und beliebt, und eine zusätzliche helfende Hand war immer willkommen. Das Unfallauto, ein weißer SUV, war durch den Sturz vollkommen zerstört worden. Es hatte sich allem Anschein nach mehrfach überschlagen, die Windschutzscheibe war zersplittert, Blut auf deren Innenseite zu sehen.

Während das Auto geborgen und der Tote schließlich hinausgezogen wurde, um ihn in einen Leichenwagen zu betten, stand Vicente unsicher am Straßenrand, seine graue Schiebermütze in den Händen. Offensichtlich hatte keiner der Kollegen Zeit, sich um den bedauernswerten Mann zu kümmern. Doch genau das war der eigentliche Grund, warum Maria Polizistin geworden war: Sicher, sie war schon einmal die erste Beamtin an einem Unfallort gewesen, hatte sich auch durchaus schon mit dem Tod konfrontiert gesehen, doch ihren Beruf gewählt hatte sie, um den Menschen zu helfen, ihnen Mut zuzusprechen und die kleinen Dinge am Laufen zu halten. Und das konnte sie wirklich gut: mit Menschen reden. Daher stellte sie sich nun neben Vicente und drückte tröstend seine Hand. »Du hast also den Wagen entdeckt?«, fragte sie.

»Ja. Ja … Das ist Marchesi«, stotterte Vicente. »Antonio Marchesi, mein Nachbar.« Er war blass und konnte den

Blick kaum von dem Leichenwagen abwenden. »Ich wollte nur schnell pinkeln, habe am Straßenrand angehalten, und dann habe ich etwas gesehen, dort unten. *Oddio*, der arme Antonio!«

Der Name Marchesi sagte Maria etwas. »Der Unternehmer?« Wenn sie sich recht erinnerte, war er mit Brillen reich geworden, die Optiker-Filialen rund um den See hießen Marchesi & Morelli, nach den Namen der beiden Firmengründer.

Vicente nickte, sichtlich erschüttert.

»Kanntet ihr euch gut?«, fragte sie mitfühlend.

»Er war immer im Stress, viel zu tun, oft kurz angebunden, aber …« Der Bauer sah sie an. »Ich mochte ihn. Kannte ihn schon ewig. Hat als Kind in Vendrogno gewohnt, seine Familie ist dann weggezogen, aber vor fünfzehn Jahren ist er zurückgekommen.«

»Heimat«, sagte Maria schlicht. Der Ort, an dem man aufwuchs, blieb für immer im Herzen. Auch wenn man die große weite Welt kennen- und vielleicht lieben lernte, die Kindheit und Jugend waren etwas Besonderes, dort würde man sich immer zu Hause fühlen. Sie selbst hatte sich nie vorstellen können wegzuziehen, zu tief verwurzelt war sie in Bellano, dem Uferstädtchen am See, mit den Alpen im Hintergrund und der Sonne am Abend. Die kleinen Bergdörfer, die oberhalb in den Wäldern rund um den Comer See lagen, besaßen einen Charme, der schwer zu fassen war. Sie konnte verstehen, weshalb es Marchesi dorthin zurückgezogen hatte.

»Weißt du, was er hier in der Nacht gewollt haben könnte?«, fragte sie dann.

»Keine Ahnung. Er war doch immer unterwegs. Hierhin und dorthin. Er wollte ja der nächste Bürgermeister werden.«

Das wird Castelnuovo aber gar nicht gefallen, dachte Maria. Das Büro des Bürgermeisters befand sich, wie auch die Polizia

Locale, im Rathaus. Der Mann stand mehr als nur einmal pro Woche vor ihrem Schreibtisch.

Vicente verlagerte das Gewicht von einem Fuß auf den anderen. Und dann drehte er sich plötzlich zu ihr um und fragte zu ihrer Überraschung: »Glaubst du, jemand hat ihm etwas angetan?«

*

»Auf nach Menaggio«, sagte Giovanna zu Fini, nachdem sie die gefürchteten Gespräche mit den Touristen hinter sich gebracht hatte. Natürlich waren die Urlauber nicht in der Lage gewesen, auch nur ein Wort Italienisch zu sprechen, weshalb Fini sich mit bedauerndem Blick an Giovanna gewandt und sie wohl oder übel die Befragung hatte übernehmen müssen. Ihr Englisch war leidlich, hatte aber gereicht, die Zeugenaussagen aufzunehmen. Die Amerikaner waren außerordentlich höflich, leise und rücksichtsvoll gewesen, hatten in präzisen Worten ihre Ankunft auf der Insel und den Spaziergang – die »Wanderung«, wie sie es nannten – zu den Ruinen von Sant'Eufemia beschrieben und alle Fragen, die Giovanna hatte, klar beantwortet. Falls noch weitere Fragen auftauchten, würde sie im Hotel anrufen, in dem die Touristengruppe untergebracht war, aber sie glaubte nicht, dass das nötig sein würde. Die Amerikaner waren einfach zur falschen Zeit am falschen Ort gewesen. Außer dem Toten hatten sie nichts bemerkt, und wie die Forensikerin Trevisani ging auch Giovanna davon aus, dass Dottor Fabrizio schon viele Stunden vor ihrem Eintreffen erschossen worden war, letzte Gewissheit über den Todeszeitpunkt würde die Rechtsmedizin geben. Vielleicht, dachte Giovanna, war die Insel doch ganz klug gewählt worden, aus dieser Entfernung hätte man in Sala Comacina oder Ossuccio einen Schuss für eine Fehlzündung eines Motors gehalten, erst vorletzte Nacht war Giovanna bei offenem Fenster auf diese Weise geweckt worden.

Während sie die Zeugenaussagen aufgenommen hatte, hatte Fini sich nützlich gemacht und den Dottore gegoogelt. Oder wahrscheinlich vielmehr in Como angerufen und jemand anderen googeln lassen, Fini kam mit seinem Smartphone nicht sehr gut zurecht. Das Ergebnis jedenfalls konnte sich sehen lassen: Nicht nur, dass das Boot an der Anlegestelle auf Dottor Simone Fabrizio zugelassen war, der Mann arbeitete tatsächlich als Hausarzt, einer der wenigen in der Stadt. Seine Praxis befand sich an der gleichen Adresse wie sein Wohnort, und er hatte eine Frau, die Apothekerin war, und zwei Kinder. Ursprünglich in Monza beheimatet, hatte er in Mailand studiert und lebte inzwischen mit seiner Familie in Menaggio. Und dorthin waren sie nun auf dem Weg.

Die Bootsfahrt zurück nach Sala Comacina war ebenso kurz wie die Hinfahrt, und Fini bedankte sich überschwänglich bei dem Fischer. Dem Carabiniere reichte er wortreich die Hand, während Giovanna beiden zunickte und schon einmal den Dienstwagen öffnete.

Nach Menaggio war es nicht weit, sie kannte das kleine Städtchen mit dem hübschen Marktplatz am Ufer gut, auch hier war es touristisch, jedoch nicht ganz so überlaufen wie in ihrer Heimat Bellagio, wo man in den Sommermonaten in den schmalen Gassen der Innenstadt oft kaum vorankam. Giovanna nannte Menaggio insgeheim die »gelbe Stadt«, auch hier waren die Häuser im typischen Comer-See-Stil in hellen warmen Farben gestrichen, doch am Hafen, der von der Fähre aus in ihrem Blickfeld lag, dominierte das Gelb. Sie mochte die Farbe, vor allem in der Kombination mit den grünen Fensterläden, wie man sie hier oft sah.

»Todesnachrichten überbringen«, sagte Fini düster. »Gibt es etwas Schlimmeres?«

»Nicht viel«, musste sie zugeben. Vor allem, wenn kleine Kinder im Spiel waren: Fabrizios Tochter besuchte noch die Grundschule, der Sohn war gerade aufs Liceo gekommen. Aber es half nichts, und so startete sie den Motor, um zur angegebenen Adresse in der Via IV Novembre zu fahren.

Das Anwesen – ein anderes Wort fiel Giovanna nicht ein – wirkte wie aus einem Werbeprospekt für Luxusapartments am Comer See entsprungen: Hinter dem hohen Torbogen lag ein blühender Garten, Zypressen und Palmen säumten einen säuberlich gepflegten Rasen, und das cremefarbene Haus mit den grünen Fensterläden zierte ein gusseiserner Balkon. Ohne Zweifel befand sich auf der Rückseite eine Terrasse mit Privatzugang zum See.

»Kranke gibt es immer«, kommentierte Fini den feudal anmutenden Bau, und Giovanna drückte auf den Klingelknopf an der Toreinfahrt. Lautes Hundegebell war die Antwort, und ein schwarz-weißer Mischling sprang über das Gras auf sie zu. Unwillkürlich trat Fini einen Schritt zurück, als sich gleichzeitig automatisch das Tor öffnete, doch Giovanna hatte bemerkt, dass der Hund vor Freude wild mit dem Schwanz wedelte. Das Tier stürmte auf sie zu, strich ihr um die Beine, und nachdem sie ihn ausgiebig hinter den Ohren gekrault hatte, schmiegte er seinen Kopf an ihr Knie.

»Pimpa, aus!«, rief jetzt eine Frau, die ihnen mit hochrotem Kopf entgegenhastete, und nun traute sich auch Fini wieder aus der Deckung der Gartenmauer.

»Pimpa, wie diese Comic-Hündin?«, fragte er erleichtert.

»Ja. Entschuldigen Sie bitte vielmals«, sagte die Signora, als sie die Hündin an ihrem Halsband von Giovanna wegzog. »Sie ist immer so aufgeregt, wenn wir Besuch bekommen.«

»Das macht nichts, Bruno hat kein Problem mit Hunden«, antwortete Giovanna freundlich. »Nur Katzen mag er nicht. Sind Sie Emilia Fabrizio?«

Die Frau, die höchstens fünf Jahre älter sein mochte als Giovanna und ihr rötlich-braunes Haar bis knapp über die Schultern trug, nickte, auch wenn sie die Bemerkung über Bruno ganz offensichtlich nicht einordnen konnte.

Giovanna atmete tief durch. Was jetzt kam … Die Nachricht vom Tod eines geliebten Angehörigen zu überbringen war ein Teil ihrer Arbeit, an den sie sich nie würde gewöhnen können. Der Schmerz in den Augen der Hinterbliebenen schnitt ihr jedes Mal ins Herz. Vielleicht, so hatte sie schon öfter gedacht, versah sie ihre Arbeit deshalb so hartnäckig, weil das Einzige, was sie tun konnte, um den Menschen zu helfen, war, die Täter zu finden, die mit ihrem Verbrechen für diesen Schmerz verantwortlich waren.

»Wir sind von der Polizei. Dürfen wir hereinkommen?«, begann sie.

Doch Signora Fabrizio hatte schon verstanden: Vielleicht war es etwas an Giovannas Tonfall gewesen, höchstwahrscheinlich war ihr auch das Fehlen ihres Ehemannes bereits aufgefallen, jedenfalls wurde sie blass, und wenn Fini ihr nicht augenblicklich seinen Arm gereicht hätte, wäre sie womöglich gestürzt.

»Dann ist er … Er ist … Simone ist … tot?«

*

Die Kinder waren noch in der Schule, und Fini organisierte, nachdem Emilia Fabrizio ihm fahrig ihr entsperrtes Smartphone in die Hand gedrückt hatte, dass die Großeltern, die in der Nähe wohnten, die beiden abholten. Bis zu ihrer Ankunft würden Giovanna und er bei Emilia bleiben, das hatte Fini ihr versprochen.

Vor allem wird Pimpa bei ihr bleiben, dachte Giovanna gerührt, als sie sah, wie die Hündin tröstend ihren Kopf in den Schoß der trauernden Witwe legte. Sie hatten die Signora ins Haus begleitet, wo sie sich, immer noch leichenblass, im hellen Wohnzimmer auf ein ledernes Sofa gesetzt hatte. Fürsorglich war Fini eine Decke holen gegangen, die Giovanna jedoch anschließend zur Seite gelegt hatte – Schock hin oder her, die Temperatur war mittlerweile auf dreißig Grad gestiegen, und die Sonne, die durch die Verandafenster schien, wärmte auch hier.

»Ich koche einen Caffè«, sagte Fini, der offenbar nach Beschäftigung suchte. Emilia Fabrizio blickte ihn teilnahmslos an, was er als Zustimmung auffasste, denn kurz darauf hörte Giovanna ihn in der angrenzenden Küche Schränke und Schubladen öffnen.

»Signora Fabrizio«, begann Giovanna ruhig. »Sie müssen uns jetzt keine Fragen beantworten.« Vermutlich war sie dazu auch gar nicht in der Lage. Denn obwohl Giovanna selbst diese Erinnerung gern aus ihrem Gehirn verbannt hätte, so sah sie noch so deutlich, als ob es gestern gewesen wäre, vor sich, wie zwei Polizisten ihrer Großmutter und ihr die Nachricht vom Unfalltod ihrer Eltern überbracht hatten. Nie und nimmer hätte Nonna – oder sie selbst mit ihren zwölf Jahren – den Beamten in diesem Moment irgendwelche Fragen beantworten können. Es war schon schwer genug gewesen, in den folgenden Tagen die Kraft aufzubringen, überhaupt aufzustehen.

»Nein, ich möchte.« Bleich, mit leiser Stimme, blickte Emilia Fabrizio sie an. »Es war kein Unfall?«

Sie ist klug, diese Signora, fuhr es Giovanna durch den Kopf. Und auch wenn sie nur Mitgefühl mit ihr haben wollte, nichts als Mitgefühl für diese junge Witwe, so konnte sie als ermittelnde Beamtin nicht anders, als diese Information zu hinterfragen. Fini und sie hatten noch nichts zu den Umständen seines Todes gesagt, wäre es ein Unfall gewesen, so hätten sie zweifellos mit dieser Information begonnen – Emilia Fabrizio entgingen diese kleinen Dinge nicht.

»Er ist erschossen worden«, beantwortete Giovanna ihre Frage.

Ein Muskel zuckte in Emilias Wange, sie sagte aber nichts.

»Wann haben Sie Ihren Mann zum letzten Mal gesehen?«

Signora Fabrizio beschrieb stockend, wie sie gemeinsam zu Abend gegessen hatten. Anschließend hatte sie die Kinder ins Bett gebracht, während er sich in den Anbau zurückgezogen hatte, um »Papierkram zu erledigen«. Den Anbau hatte Giovanna bei ihrem Eintreffen für die Garage gehalten, aber offenbar befand sich dort Dottor Fabrizios Hausarzt-Praxis.

»Haben Sie ihn später noch einmal gesehen?«

Stumm schüttelte Emilia den Kopf.

Sie hat entweder einen sehr festen Schlaf, oder die Eheleute schlafen getrennt, dachte Giovanna.

Jetzt fuhr die Witwe sich über die Augen. »Meine letzten Worte waren: ›Nimm bitte den Müll mit raus.‹ Die letzten Worte, die ich je zu meinem Mann gesagt haben werde, drehen sich um den verdammten Müll!« Alarmiert hob Pimpa den Kopf, als sie ihr Frauchen mit erhobener Stimme sprechen hörte.

»Es war Alltag«, sagte Fini, der nun mit einem Tablett mit drei Tassen und einer silbernen Kaffeekanne hereinkam. »Wenn wir jedes einzelne Gespräch mit unseren Liebsten mit hehren Worten beenden würden, kämen wir gar nicht mehr dazu, etwas anderes als Floskeln auszutauschen. Nein, Signora Fabrizio, machen Sie sich bitte keine Gedanken. Wären Sie nicht in Liebe miteinander verbunden, hätten Sie sich nicht Kinder, Haus und die damit verbundenen Aufgaben geteilt, hätten Sie diese Worte nicht zu ihm sagen müssen. So aber …« Er zuckte mit den Schultern, nachdem er das Tablett auf dem Couchtisch abgestellt hatte.

Giovanna musterte ihn überrascht. Ich wusste gar nicht, dass Fini so poetisch veranlagt ist, dachte sie leicht amüsiert. Aber seine Worte hatten eine positive Wirkung auf Emilia Fabrizio, die sich besänftigt zurück in die Sofakissen fallen ließ und Fini sogar vorsichtig anlächelte, als er ihr eine Espressotasse reichte.

Der Caffè schmeckte durchaus annehmbar, fand Giovanna, wenn man bedachte, dass Fini ihn mit einer fremden Bialetti in einer unbekannten Küche gebrüht hatte. Sie selbst kochte ihren Caffè schon seit fünfzehn Jahren auf die gleiche Art und Weise, so, wie ihre Großmutter es ihr beigebracht hatte.

»Er ist nicht ins Bett gekommen«, murmelte Emilia jetzt und blies auf ihre Tasse. »Ich habe heute Morgen seine unberührte Decke bemerkt, mir aber nicht viel dabei gedacht. Er arbeitet manchmal bis spät in die Nacht, das ist für ihn die produktivste Zeit des Tages, sagt er, das war schon im Studium so. Und es ist durchaus vorgekommen, dass er an Ort und Stelle auf der Liege für seine Patienten eingeschlafen ist.« Sie lächelte bei dem Gedanken daran. Offenbar war es also doch nicht ganz ungewöhnlich, dass das Paar getrennt schlief, und wenn Emilias Aussage stimmte, dann aus Rücksichtnahme und nicht aufgrund von Eheproblemen. Giovanna würde diese Information im Auge behalten. »Aber dann ist er auch zum Frühstück nicht aufgetaucht, und ich habe begonnen, mir Sorgen zu machen. Er war weder im Garten noch in der Praxis, auf dem Handy nicht zu erreichen. Ich habe die Kinder zur Schule geschickt und seitdem …« Sie brach ab, räusperte sich, fuhr dann entschlossener fort: »Seitdem habe ich mit mir gerungen, ob ich die Polizei rufen soll.«

Die Signora hatte ihren Mann also zum letzten Mal am Vorabend gesehen. Das passte zu Giovannas Theorie, dass der Dottore in der Nacht ermordet worden war.

»Meinen Sie, wenn ich heute früh um sieben schon …« Emilia brach ab und biss sich auf die Lippen.

Giovanna wusste, worauf sie hinauswollte.

»Es hätte nichts geändert.« Mitleidig blickte Fini die junge Witwe an. »Machen Sie sich keine Vorwürfe.« Leere Worte, dachte Giovanna, die diese Situation besser kannte, als ihr lieb war. Sie beschloss, eine weitere Frage zu stellen. »Wissen Sie, ob er verabredet war? Wir haben sein Boot an der Isola Comacina gefunden. Wollte er dort jemanden treffen?« Wieso war er dorthin gefahren? Und war er spontan aufgebrochen? Oder hatte er einen entsprechenden Anruf bekommen? Sie notierte sich, dass sie Fabrizios Telefonverbindungen überprüfen mussten. War das Treffen mit seinem Mörder vielleicht sogar schon länger geplant gewesen? Wenn er seinen Mörder überhaupt bewusst getroffen hatte …

»Das Boot. Richtig. Ich habe gar nicht nachgesehen, ob es da ist.« Stirnrunzelnd blickte Emilia auf. »Ich habe gar nicht daran gedacht«, sagte sie geistesabwesend. Das Ehepaar besaß also offenbar tatsächlich eine private Anlegestelle in der Nähe ihres Gartens. Ob sie die einfach so vergessen konnte?

»Ein Treffen, nein, er hat nichts davon gesagt, dass er noch einmal wegwollte. Nur, dass er noch etwas arbeiten würde.« Sie schüttelte den Kopf, wie um ihren Gedanken einen Schubs zu geben. »Wir haben das Boot erst im letzten Jahr gekauft. Eigentlich machte er nur am Wochenende Ausfahrten. Mit den Kindern oder seinen Freunden. Aber so spontan und alleine? Nein.« Sie schüttelte den Kopf.

»Ihr Mann sagte also, er wolle noch arbeiten, das war nach dem Abendessen, haben Sie gesagt. Wissen Sie noch, um wie viel Uhr genau?«

»Um kurz nach acht, vielleicht war es auch schon halb neun. Da ist er dann rüber in seine Praxis.«

»Und dann haben Sie nicht mehr nach ihm gesehen, nicht mehr mit ihm telefoniert?«, hakte Giovanna noch einmal nach.

Die Witwe verneinte.

Giovanna überlegte. Wenn sie davon ausging, dass die Forensikerin recht behielt mit ihrer Annahme, der Todeszeitpunkt läge in der Nacht, waren ein paar Stunden vergangen. Stunden, in denen er tatsächlich in seiner Praxis gearbeitet hatte? Oder war er vor der Isola Comacina schon woanders gewesen?

»Ihnen ist gestern sonst nichts aufgefallen? Kein Anruf? Niemand hat geklingelt?«

Ein erneutes Kopfschütteln. »Kein Anruf. Und ich habe niemanden gesehen. Nachdem ich die Kinder ins Bett gebracht hatte, habe ich ferngesehen. Irgendwann bin ich selbst beinahe auf dem Sofa eingeschlafen, da habe ich ihn ausgestellt und nicht länger auf Simone gewartet. In der Nacht habe ich dann geschlafen, bis heute früh.« Etwas verloren und als wollte sie sich entschuldigen, hob sie die Schultern.

So viel auch zu einem Alibi, dachte Giovanna.

»Ist Ihnen in letzter Zeit etwas Ungewöhnliches aufgefallen? War Ihr Mann anders als sonst?«, wechselte sie das Thema. »Unruhiger? Womöglich angespannter?«

»Nein, nichts. Ich hatte nicht den Eindruck, dass etwas anders war. Außer …« Nachdenklich kraulte sie Pimpas Kopf. »Ich bin mir nicht sicher, ob ich mir das nicht vielleicht einbilde, aber ich hatte das Gefühl, er achtet mehr auf sein Telefon als sonst. Nicht, dass er es direkt vor mir versteckt hätte, aber … Er schien es immer im Blick haben zu wollen, hat es immer mitgenommen, wenn er den Raum verließ.«

Giovanna nickte. Immer im Blick und ohne dass seine Frau es sehen sollte. Das konnte ein Zeichen dafür sein, dass Dottor Fabrizio ein Geheimnis gehabt hatte. Vielleicht eine Affäre? Eine Affäre sorgte auf allen Seiten für Gefühle, für verletzte Gefühle, und auch für Rachegefühle. Sie überlegte, danach zu fragen, ging aber nicht davon aus, dass die Witwe ihr eine ehrliche Antwort geben würde. Ganz abgesehen davon, dass Fini sicher nicht begeistert gewesen wäre von solch einer delikaten Frage in diesem sensiblen Moment.

»Hatte Ihr Mann Feinde?«, schaltete Fini sich jetzt zu Giovannas Überraschung in das Gespräch ein. »Ein Arzt ist ja meist beliebt, vor allem bei seinen Patienten, aber vielleicht gab es auch Neider, die ihm seinen Erfolg nicht gönnten?« Sein Blick schweifte vielsagend durch das teuer eingerichtete Wohnzimmer.

»Ich weiß nicht.« Jetzt wirkte Emilia unsicher, während sie ihre Finger in Pimpas Fell vergrub. »Ich bin in Menaggio aufgewachsen, mein Herz hängt an diesem Ort. Ich kann mir nicht vorstellen, dass irgendjemand hier uns etwas Böses gewollt hätte.« Sie fuhr sich mit der Zungenspitze über die Lippen. »Mir hat er nie etwas erzählt, er wollte nicht, dass ich mir Sorgen mache. Da war er ein wenig altmodisch.« Ein Lächeln glitt über ihre Gesichtszüge. Doch als hätte sie Giovannas Gedanken geahnt, fügte sie schnell hinzu: »Auch wenn er sonst ein moderner Mann war, durch und durch. Ich hätte mir keinen besseren wünschen können. Half im Haushalt, half mit den Kindern.«

Es ist keine *Hilfe*, wenn es auch sein Haus ist, so, wie es kein *Babysitting* ist, wenn er auf die *eigenen* Kinder aufpasst, ging Giovanna durch den Kopf, aber sie sprach den Gedanken nicht laut aus. Diesen Kampf würde sie nicht heute gewinnen. Italien war, sosehr sie ihr Heimatland auch liebte, zu ihrem Leidwesen teilweise immer noch ziemlich patriarchal geprägt.

»Er war nicht so auf seine Karriere fixiert, wie man das von erfolgreichen Ärzten sonst glauben könnte«, fuhr Emilia fort. »Er hat viel gearbeitet, aber das Wichtigste, seine Familie, zwischenmenschliche Kontakte, hat er immer im Blick gehabt. Sehen Sie, deshalb kann ich mir auch nicht vorstellen, dass er so etwas wie Feinde hatte. Aber vielleicht ...« Hastig stand sie auf, wobei sie Pimpa beinahe vom Sofa schubste, die ihr das jedoch nicht übel zu nehmen schien. Signora Fabrizio ging zum Sekretär, einem dunklen Möbelstück, das im starken Kontrast zu den hellen Teppichen und Wänden stand. »Vielleicht können Ihnen Simones Freunde weiterhelfen«, vollendete sie ihren Gedanken und kritzelte zwei Namen auf gelbe Post-its. Dann suchte sie aus ihrem Handy die dazugehörigen Telefonnummern heraus.

»Sind noch weitere Menschen als Sie beide hier im Haus ein und aus gegangen? Ihr Mann hatte sicher eine Mitarbeiterin?«

Auch diese Namen und Telefonnummern notierte die Witwe, und gerade als sie Giovanna die Zettel in die Hand drückte, sprang Pimpa plötzlich auf, stieß ein freudiges Bellen aus und flitzte zur Haustür. Sekunden später hörte Giovanna eine Autotür zuschlagen und aufgeregte Kinderstimmen.

»Meine Eltern bringen die Kinder«, sagte Emilia, und Giovanna hatte den Eindruck, als würde sie die Polizei jetzt gern verabschieden.

Sie nickte. Auch wenn sie Emilia keineswegs als mögliche Mörderin ausschloss, war es gut zu wissen, dass die aufgewühlte junge Frau jetzt nicht allein war.

»Wir sind auch schon fertig«, beruhigte sie Signora Fabrizio und stellte die Kaffeetassen zurück auf das Tablett, das Fini wieder in die Küche brachte. Bevor sie aufstand, überreichte Giovanna Emilia ihre Visitenkarte. »Wenn Ihnen noch etwas einfällt zum gestrigen Abend, oder vielleicht auch zu den Tagen und Wochen davor, etwas, das von Bedeutung sein könnte, rufen Sie mich an«, schärfte sie der Witwe ein. »Wir tun alles, was möglich ist, um den Mörder Ihres Mannes zu finden, und dabei können vor allem Sie uns helfen.«

3. KAPITEL

Der Unternehmer Antonio Marchesi war sofort tot gewesen, wenigstens das war ein kleiner Trost. Er hatte nicht leiden müssen, berichtete Maria im Rathaus. Der Bürgermeister, Signor Castelnuovo, ein Endfünfziger mit beginnender Glatze, sah genauso aus, wie man sich den Bürgermeister einer Kleinstadt vorstellte: rund, gemütlich und mit rötlichem Gesicht. Er hatte ein freundliches Wesen, war weder gutem Essen noch Alkohol abgeneigt, und wenn er eine Versammlung besuchte, lehnte er auch eine ihm angebotene Zigarre nicht ab. Die Menschen kamen gut mit Castelnuovo aus, deshalb hatten sie ihn gewählt. Angemessen bekümmert senkte er den Kopf, als Maria ihm von dem tödlichen Autounfall erzählte. Dann sprach er von Statistiken und davon, die Straßen am Comer See sicherer zu machen.

»Erzählen Sie das mal meinen Söhnen«, murmelte Maria, als sie kurze Zeit später sein Büro verließ. »*Ciao*, Signora Pizzi«, grüßte sie die schmale Sekretärin des Bürgermeisters, bevor sie die Treppe hinunter zur Polizia Locale nahm, die im Erdgeschoss des Rathauses angesiedelt war. Gleich am Haupteingang befand sich das winzige Büro, in dem ihr Chef Riccardo an diesem Vormittag allein arbeitete. Loretta, ihre

Kollegin, war heute für die Verkehrsüberwachung zuständig. Das bedeutete vermutlich, sie saß gerade im Café Signor Ferrari und trank einen Affogato.

Maria setzte sich schnell an den Schreibtisch im hinteren Büro, um den kurzen Bericht über den Unfall abzutippen. Schließlich war sie in offizieller Funktion in Vendrogno gewesen. Ihre Runde durch die Stadt würde sie später nachholen, gerade in den Sommermonaten lohnte es, auf der Uferpromenade Präsenz zu zeigen, um etwaige Taschendiebe abzuschrecken.

»Bellano ist nicht Venedig«, sagte der Bürgermeister immer wieder und hatte damit doppelt recht: Zum einen war die Kriminalität hier lange nicht so schlimm wie in der Lagunenstadt, in der eine rechtspopulistische Stadträtin mit lauten *»Attenzione Pickpocket!«*-Rufen vor Taschendieben warnte. Zum anderen war Bellano aber eben auch nicht ganz so bekannt – wenn die Kriminalität hier zunahm, würden die Touristen das nicht so leicht verzeihen.

Maria mochte ihre Runden: So kam sie mit den Menschen ins Gespräch, erfuhr zum Beispiel, was der Sohn von Signora Martelli, der Wochenmarktverkäuferin, in Mailand studierte, wie es der kranken Tochter von Signor Ferrari ging, dem Besitzer des Eiscafés. Vielleicht würde sie heute sein Geschäft beleben und sich ein Gelato gönnen. Außerdem hielt sie immer die Augen offen, was zu schnell fahrende Vespas betraf.

»Ein Unfall?«, fragte Riccardo gerade und trat mit gerunzelter Stirn hinter sie. Wie sie selbst hatte auch er ein paar Kilo zu viel auf den Hüften, im Gegensatz zu ihr hatte er den Kampf gegen die Rundungen jedoch noch nicht aufgegeben: Er fuhr jetzt Fahrrad, wurde nicht müde, davon zu erzählen, wie fit er werden wollte, und hielt sich mit Cornetti und Gelato über Wasser – bei dem ganzen Sport müsste er aufpassen, nicht zu viel Gewicht zu verlieren, betonte er immer wieder mit ernstem Gesicht. *Das* zumindest klappt gut, dachte Maria, die bemerkte, dass er seinen Gürtel mittlerweile auf das letzte Loch stellen musste.

»Ein tödlicher Unfall oben in Vendrogno, Vicente hat mich angerufen, der Bauer mit dem guten Käse.«

»Ah, sein Caprino, der ist wundervoll.«

»Ein *tödlicher* Unfall«, betonte Maria noch mal, und Riccardo blickte sie schuldbewusst an.

»Vicente hat den Unfallwagen entdeckt und als Erstes mich angerufen, er war total durcheinander«, fuhr sie fort. »Er hat in dem ganzen Trubel da oben einfach eine vertraute Person gebraucht, mit der er reden konnte. Viel konnte er mir aber auch nicht berichten. Er kam gerade zurück von einem Besuch bei seiner Schwägerin in Margno. Als er kurz angehalten hat, ist ihm ein heller Fleck unten im Wald aufgefallen, der sich bei näherem Hinsehen als Auto entpuppte. Es war nichts mehr zu machen, der Fahrer war tot.«

»Hm«, brummte Riccardo. »Wäre nicht der Erste, der dort zu schnell unterwegs war.«

»Wem sagst du das?« Maria seufzte.

Er nickte wissend. »Der frisierte Roller? Wieder erwischt worden?«

»Sie wollen ihre Mutter frühzeitig ins Grab bringen«, schimpfte Maria.

Riccardo lachte. »Wir waren doch alle einmal jung«, begann er, verstummte aber schnell, als er Marias vorwurfsvollen Blick bemerkte. Er war ihr Chef, aber sie war älter und Mutter, er wusste, wann es klüger war, den Mund zu halten.

»Vicente hat mich etwas Seltsames gefragt«, wechselte Maria schließlich das Thema. Seit der Bauer den Satz ausgesprochen hatte, gingen ihr seine Worte nicht mehr aus dem

Kopf. Sie stützte den Ellenbogen auf den Schreibtisch und drehte sich mit dem Oberkörper zu Riccardo. »Er hat gefragt: Glaubst du, jemand hat ihm etwas angetan?«

Riccardo sah sie aufmerksam an. »Das ist wirklich seltsam. Wie kommt er denn darauf?«

Das hatte sie den Bauern auch gefragt, doch der hatte nur unsicher geantwortet, dass Marchesi schließlich ein wichtiger Mann gewesen sei.

Mit zusammengezogenen Augenbrauen fragte Riccardo nun: »Und? Glaubst du, jemand hat ihm etwas angetan?«

Maria zögerte, dann schüttelte sie den Kopf. »Warum sollte ich?« Dafür gab es keinen Grund. Es gab keinerlei Hinweis auf ein Fremdverschulden, keine fremden Lackspuren, keine Manipulation am Wagen selbst. Die Carabinieri hatten noch vor Ort zweifelsfrei einen Unfall festgestellt. Die Polizia di Stato war nicht informiert worden, es waren keine Ermittlungen eingeleitet worden. Vielleicht würde noch ein Mechaniker schauen, ob mit dem Auto alles in Ordnung war, aber es war höchst unwahrscheinlich, dass dabei etwas herauskam. Ein Unfall, wie er täglich überall passieren konnte.

»Dann ist doch alles gut.« Riccardo nickte zufrieden. »Du schreibst den Bericht zu Ende, legst ihn ab, und dann denkst du nicht mehr an die Sache.«

Maria nickte. Er hatte ja recht. Nur, weshalb wollte ihr Vicentes Frage nicht mehr aus dem Kopf gehen? Nachdenklich wandte sie sich wieder ihrem Computer zu. Sie mochte Computer nicht. Computer und Formulare und Berichte und Papiere, furchtbare Arbeit, damit machte man den Menschen das Leben nicht einfacher, alles wurde nur komplizierter. Ein Gespräch am Hafen, ein Caffè mit einem Zeugen … Ja, sie würde den Bericht zu Ende schreiben, und dann würde sie sich auf ihre Runde durch die Stadt begeben und bei Signor Ferrari ein

Eis essen. Der kannte den Unternehmer Marchesi bestimmt ebenfalls, und wenn er tatsächlich Bürgermeister hatte werden wollen, wussten die älteren Herren, die von morgens bis in den späten Nachmittag an den kleinen silbernen Tischen vor Signor Ferraris Eiscafé saßen, Caffè und Wein tranken und jeden im Ort kannten, sicher bestens über ihn Bescheid.

*

Nachdem Fini ein paar Worte des Beileids mit Emilia Fabrizios Eltern gewechselt und Giovanna Pimpa noch einmal die Flanke getätschelt hatte, kam ihnen, als sie das Grundstück verlassen wollten, am Tor eine ältere Dame entgegen. Sie trug einen wadenlangen Rock und darunter trotz der Hitze Nylonstrumpfhosen, wahrscheinlich, um Krampfadern vorzubeugen, vermutete Giovanna. Ihre Knöchel waren leicht geschwollen von Wassereinlagerungen, und Giovanna fühlte sich an ihre Großmutter erinnert, die immer ähnlich gekleidet gewesen war.

»Der Dottore hat heute keine Sprechstunde«, informierte Fini sie freundlich.

»Ach.« Ein tiefes Seufzen folgte. Unschlüssig drehte sich die Signora zur Straße, dann wieder zum Tor. Nach einem letzten Blick auf das Anwesen der Fabrizios ging die alte Dame schließlich langsam davon.

»Scusi!« Mit zwei Schritten hatte Giovanna die Signora eingeholt. »Sind Sie schon lange bei Dottor Fabrizio in Behandlung?«

»Sicher, sicher. Und bei seinem Vater vor ihm.«

»Oh, dann kennen Sie die ganze Familie.«

»Er ist schon ein paar Jahre tot, der alte Fabrizio. Ein guter Mann. Ein guter Arzt.«

»Besser als der Sohn?«

Die Signora schürzte die Lippen, überlegte. »Nein«, sagte sie schließlich. »Der junge Fabrizio macht seine Sache ganz hervorragend. Und …« Jetzt kicherte sie verschämt, was die junge Frau, die sie einmal gewesen war, in ihr erahnen ließ. »Er ist ein kleiner Charmeur, müssen Sie wissen. Wickelt eine alte Frau wie mich schnell um den Finger. Sein Vater hat fast drei Jahre lang versucht, mir neue Medikamente aufzuschwatzen.« Sie hob verlegen die Schultern. »Der junge Dottor Fabrizio hat ein halbes Jahr gebraucht.«

»Oh, er scheint ein ziemlicher Frauenschwarm zu sein«, sagte Giovanna, in der Hoffnung, auf diese Art und Weise Hinweise über eine etwaige Affäre herauszubekommen.

Doch die Signora schien eher pikiert von der Andeutung, dass der gute Dottore nicht nur mit ihr geflirtet hatte. »Weshalb interessiert Sie das eigentlich?« Sie blickte Giovanna mit gerunzelter Stirn an.

Den Grund dafür würde die alte Dame noch früh genug erfahren, also entgegnete Giovanna lediglich: »Oh, ich überlege, den Arzt zu wechseln.«

»Da sind Sie bei Dottor Fabrizio goldrichtig«, antwortete die Signora lächelnd. »Einen so guten Arzt und Menschen werden Sie in Menaggio nicht noch einmal finden.«

Beeindruckt wandte Giovanna sich zu Fini um. Wenn alle Menschen so beschrieben würden, gäbe es wohl weniger Verbrechen. Doch der Dottore war tot, und ob ein guter Mensch oder nicht, zumindest eine Person gab es, die ihm ans Leder gewollt hatte.

*

»Wie ist dein erster Eindruck?«, wollte Aliverti wissen, als Giovanna in ihr Büro zurückkehrte. Mittlerweile hatte der

Questore zumindest sein Jackett ausgezogen, die Hemdsärmel aber noch nicht hochgekrempelt, das geschah erst ab dreißig Grad Raumtemperatur.

»Es war Mord«, beschied Giovanna knapp, setzte sich an den Schreibtisch, fuhr ihren Computer hoch und klackte ungeduldig mit einem Kugelschreiber.

»Nein, das meinte ich gar nicht. Ich meinte Fini.«

»Fini?«

»Fini.« Er nickte.

»Es reicht, wenn du einfach mit Ja antwortest.« Giovanna ließ den Kugelschreiber sinken. »Was soll mit ihm sein?«

Aliverti seufzte und blickte sie an wie ein Kind, dem man selbst die kleinste Kleinigkeit erklären muss. »Wie läuft die Zusammenarbeit?«

Misstrauisch zog Giovanna die Nase kraus. »Ich habe ihm noch keine Beleidigung an den Kopf geworfen«, sagte sie schließlich. Sie dachte an das Gespräch mit Emilia Fabrizio. »Und er kocht leidlichen Caffè.«

»Ein voller Erfolg also.« Zufrieden rieb Aliverti sich die Hände, und Giovanna hob skeptisch eine Augenbraue.

»Du weißt, dass ich lieber allein arbeite.« So erträglich Fini bisher tatsächlich gewesen war, sie hatte nichts gegen den Ispettore, aber er war niemand, dem sie je blind vertrauen würde, keiner, den sie als gedanklichen Sparrings-Partner in Betracht zog. Ein guter Caffè oder eine Pasta al ragù war ihm wichtiger als jeder Fall.

»Es war also Mord?«, griff Aliverti den Faden auf, zog einen Stuhl heran und setzte sich. Der Questore schien in Plauderlaune.

Sarkastisch verzog sie den Mund. »Bei den wenigsten Unfällen wird zweimal geschossen.«

»Deshalb Fini«, sagte er. »Er hat das Temperament einer

englischen Bulldogge. Jeder andere wird mit dir wahnsinnig.«

Sie zuckte mit den Schultern. »Du hast mich eingestellt.« Und bei ihrem ersten Gespräch hatte sie sich nicht anders gegeben als üblich, sondern war genauso geradlinig und misanthropisch aufgetreten wie sonst auch.

Aliverti machte eine wegwerfende Handbewegung. »Erzähl mir von unserem Opfer«, forderte er sie dann auf.

In knappen Worten berichtete sie ihm, was sie bisher in Erfahrung gebracht hatte, auch von Emilia Fabrizio und der älteren Patientin.

»Fini hat mittlerweile die beiden Freunde, die seine Witwe uns genannt hat, angerufen und für morgen auf die Questura bestellt. Was sie am Telefon über Fabrizio gesagt haben, ging in die gleiche Richtung wie das, was wir ansonsten gehört haben: ein rundum netter Mann.«

»Ein rundum netter Mann«, wiederholte Aliverti nachdenklich. »Vielleicht die Ehefrau? Die engsten Angehörigen sind oft die Täter, wenn es sich nicht um einen Raubüberfall handelt.«

»Ich habe mit dem Gedanken gespielt, ob er vielleicht eine Affäre hat.« Sie zuckte mit den Schultern, um ihm zu verstehen zu geben, dass sie diesbezüglich jedoch noch keine konkreten Hinweise gefunden hatte.

»Gut möglich«, gab Aliverti zu.

»Ihre Trauer wirkte allerdings echt.«

»Das muss nichts bedeuten, wie viele Mörder haben ihre Tat schon bereut und wollten ihr Opfer wieder lebendig sehen? Gerade bei häuslicher Gewalt?«

Da hatte er recht. »Die Kinder wären allein gewesen.«

»Hast du nicht gesagt, sie haben einen Hund?«

Pimpa. Giovanna schürzte nachdenklich die Lippen.

»Wenn man den Ehemann ermorden will, gibt es einfachere Methoden.«

»Einfachere, aber auch verdächtigere Methoden«, entgegnete Aliverti.

Es stimmte natürlich, die Ehepartner gerieten bei einem Mordfall automatisch in den Fokus der Ermittlungen. Wäre der Dottore zu Hause gestorben, wäre sie seiner Witwe gegenüber noch deutlich misstrauischer gewesen.

Giovanna klickte auf ein Dokument und machte sich daran, eine Mindmap zu erstellen. »Wir müssen wissen, was er auf dieser Insel wollte. Und wie er dort hingekommen ist.«

»Wenn es die Ehefrau nicht war, was ist mit Schulden?«, beteiligte der Questore sich am Gedankenkarussell.

Giovanna trug es ein.

»Ein unzufriedener Patient?«

Sie blickte auf. »Er hat halb Menaggio behandelt und sicher mehrere Hundert Personen in seiner Datei.« Schnell fügte sie den Zugriff auf Fabrizios Patientenverzeichnis zur Mindmap hinzu. »Wir können unmöglich mit allen sprechen.«

»Vielleicht sticht jemand heraus. Achte auf Drohungen. Vielleicht kann dir seine Mitarbeiterin weiterhelfen – er hatte doch eine?«

Giovanna suchte nach den gelben Post-its. »Miriam Gentile. Es gibt noch weitere Angestellte, eine Reinigungskraft und einen Gärtner, mit den beiden müssen wir ebenfalls sprechen.« Sie notierte Alivertis Vorschlag, nach Drohungen von Patienten zu fragen, ebenfalls auf der Mindmap.

»Hast du schon etwas gegessen?«, wechselte er plötzlich das Thema. »Gegenüber hat eine neue Trattoria eröffnet, vielleicht könnten wir die ausprobieren.«

Sie blickte auf die Uhr und schüttelte den Kopf. Es war schon spät, beinahe zwei am Nachmittag. »Ich muss noch ein paar Anfragen erledigen. Wir brauchen seine Kontobewegungen und die Handydaten.« Sie hatten zwar das Smartphone selbst, aber mit der Auswertung der Handydaten konnte sie Dottor Fabrizios Bewegungen nachvollziehen, sollte er in unterschiedlichen Handymasten eingewählt gewesen sein. Während sie ihr E-Mail-Programm öffnete und zu formulieren begann, spürte sie Alivertis Blick auf sich, ein bisschen besorgt, ein bisschen missbilligend.

»Ein wenig Gesellschaft ab und zu würde dir nicht schaden.«

»Ich habe Bruno.«

»Entschuldige, ich habe mich falsch ausgedrückt. Ich meinte Gesellschaft, mit der man reden kann. Nein, sag nichts, wieder falsch.« Er hielt eine Hand in die Höhe. »Ich meinte menschliche Gesellschaft.«

Als sie jedoch weiterhin auf ihren Bildschirm starrte, verließ er schließlich ihr Büro. Es war nicht so, dass sie ihn nicht mochte, sie kam im Gegenteil gut mit ihm aus, besser als mit den meisten Menschen. Aber sie hatten einen Mordfall, und wenn Aliverti mittagessen gehen wollte, dann würde er erst mal Antipasti bestellen, vielleicht noch Spaghetti als Primo, und schon waren zwei Stunden vorbei und die wertvollen ersten Stunden nach dem Auffinden des Toten vertan.

Nein, dachte Giovanna, als sie zum Telefon griff, um Vodafone Italia nach den Mobilfunkdaten zu fragen, er würde es überleben. Vielleicht konnte er Fini mitnehmen.

*

»Schokolade und Himbeere, bitte«, bestellte Maria ihr Eis bei der jungen Frau in der Gelateria. Von der Straße aus wurde man hier bedient, wenn man es eilig hatte, für diejenigen, die ihren Eis oder ihren Caffè gern im Sitzen zu sich nehmen wollten, standen Tische und Stühle auf der Strandpromenade.

»Ist Signor Ferrari heute nicht da?«, fragte Maria beiläufig, als sie nach Kleingeld in ihrer Hosentasche suchte.

»Minze war aus, er holt gerade neue.« Mit einem Nicken deutete die junge Frau in Richtung des kleinen Supermercato zwei Seitenstraßen weiter.

Die Schlange hinter ihr staute sich, an einem heißen Tag wie heute freuten sich nicht nur die Touristen über ein kühles Eis. Maria bedankte sich und nahm ihre Waffel entgegen. Mit der linken Hand ließ sie ihre Sonnenbrille zurück auf die Nase gleiten, bevor sie aufs glitzernde Wasser blickte. Leichte Wellen schwappten an den Kai, verursacht von der abfahrenden Fähre Richtung Bellagio. Zwei Blesshühner ließen sich davontragen und wippten auf und ab. Der Lungolago, die gepflasterte Uferpromenade, war nicht der schönste am See, doch die Stadt hatte sich durchaus Mühe gegeben mit den Blumenkästen an der gusseisernen Reling – und das Panorama war schlichtweg atemberaubend.

Das Rathaus mit dem Büro der Polizia Locale befand sich nur wenige Meter hinter ihr, und kurz überlegte sie, Riccardo ein Eis zu bringen, doch in diesem Moment sah sie die kleine wippende Gestalt mit dem Panama-Hut um die Ecke biegen. Signor Ferrari war kaum größer als einen Meter sechzig, schlank und immer in Bewegung. Maria hatte ihn noch nie still bei einem Caffè sitzen sehen.

»Ispettrice!«, rief er schon von Weitem und zog seinen Hut.

Ein Gentleman der alten Schule war er mit seinen knapp siebzig Jahren ebenfalls. Sie wartete, bis er seiner Mitarbeiterin die Minze gereicht und flink hinter die Theke geeilt war, um drei Espressi und zwei Cappuccini – Letztere für die Touristen, die Einheimischen tranken um diese Uhrzeit keine mehr – zuzubereiten. Mit ausladender Gestik befüllte er noch zwei Eisbecher, und das alles in der gleichen Zeit, in der seine Mitarbeiterin zwei Eiswaffeln herausgegeben hatte. Ganz zu schweigen von dem Lächeln, das er dabei unter seinem dünnen Schnurrbart auf den Lippen trug.

»Was kann ich für Sie tun, Ispettrice?« Er winkte sie zu sich seitlich an die Theke.

»Ich bin heute über einen Namen gestolpert«, sagte sie. »Antonio Marchesi.«

»Marchesi.« Der Eisverkäufer pfiff durch die Zähne. »Ja, da kann ich mir auch gleich vorstellen, weshalb Sie über den Namen gestolpert sind.« Er grinste.

Maria wusste nicht so recht, was sie antworten sollte. Der Eisverkäufer war immer gut unterrichtet, kannte alles und jeden, es war also nur anzunehmen, dass er bereits von dem tödlichen Autounfall wusste. Sein Grinsen wirkte jedoch etwas deplatziert für den sensiblen Signore.

»Na, weil er doch vielleicht Ihr neuer Chef im Rathaus wird«, fuhr Ferrari fort, als sie nichts erwiderte.

»Dann stimmt es also? Er wollte Bürgermeister werden?«

Signor Ferrari zuckte mit den Schultern. »Sie haben neulich ein Interview mit ihm ausgestrahlt auf Rai 2.«

»Ach.«

»Vor zwei oder drei Monaten.«

Weshalb hatte sie davon nichts mitbekommen? Zumindest Riccardo hätte mich doch wohl darüber informieren können, dachte sie, fragte sich dann aber gleich, ob er das womöglich auch noch nicht wusste. Na, der würde verärgert sein, wenn er als einer der Letzten davon erfuhr. Es verging kaum ein Tag, an dem sie den Bürgermeister nicht zu Gesicht bekamen. Andererseits hat sich eine mögliche Kandidatur von Marchesi nun ja erledigt, dachte sie. Castelnuovo würde vermutlich keine

Konkurrenten bekommen. Schade. Mit dem Mann konnte man reden, aber bei einem ernsthaften Mitbewerber würde er sich vielleicht etwas mehr ins Zeug legen – sie hoffte immer noch auf die zusätzliche Ampel an der Strada Provinciale.

»Wer tritt denn noch zur Wahl an?«, fragte sie den kleinen Eisverkäufer und fügte augenzwinkernd hinzu: »Wollen Sie sich nicht aufstellen lassen?«

*

Nachdem sie die Bank und die Telefongesellschaft um die Daten gebeten hatte, machte Giovanna sich auf die Suche nach den Angestellten der Fabrizios. Die Reinigungskraft war nicht zu erreichen, Giovanna sprach ihr auf die Mailbox, und der Gärtner gehörte zu einer Gartenbaufirma, deren Chef ihr missmutig die Auskunft erteilte, der Mann sei bis nächste Woche im Urlaub, auf Familienbesuch in Kalabrien. Da er dort offenbar schon seit einer Woche weilte, konnte sie den Gärtner – zumindest bis auf Weiteres – von der Liste der Verdächtigen streichen. Sie ließ sich seine Handynummer geben, um ihn zumindest als Zeugen zu befragen, aber der Mann genoss offensichtlich seinen Urlaub: Er schien sein Handy gleich ganz ausgeschaltet zu haben, denn ohne ein Klingelzeichen sprang sofort die Mailbox an. Nachdem sie um einen Rückruf gebeten hatte, versuchte sie es bei der dritten Mitarbeiterin: Miriam Gentile, die medizinische Fachangestellte von Dottor Fabrizio, nahm gleich beim zweiten Klingeln das Gespräch an.

»Sie sind von der Polizei?«, wollte sie wissen, noch bevor Giovanna ein Wort sagen konnte. Anscheinend hatte sie eins und eins zusammengezählt. »Signora Rossi hat mich vorhin angerufen, Dottor Fabrizios Schwiegermutter«, erklärte sie.

Emilias Mutter kümmerte sich also nicht nur um die Kinder, sondern hatte auch ansonsten die Lage im Griff.

»Ich würde gern mit Ihnen sprechen«, sagte Giovanna, nachdem sie endlich dazu gekommen war, sich vorzustellen. »Sind Sie zu Hause?«

Sie war es, und so kam es, dass Giovanna zum zweiten Mal an diesem Tag die Seestraße hinauffuhr. Obwohl es nur eine Strecke von etwa vierzig Kilometern war, brauchte Giovanna über eine Stunde. Dieses Mal gab es etwas weniger Verkehr, die Autos, die unterwegs waren, gehörten um diese Uhrzeit zumeist Touristen, die deutlich langsamer fuhren als die Einheimischen. Keine so schlechte Sache, fuhr es ihr durch den Kopf, als ein – einheimischer – Roller ihr an einer Einmündung die Vorfahrt nahm und sie so heftig bremsen musste, dass sie ins Schleudern geriet. Das Radio meldete gerade einen tödlichen Autounfall auf der anderen Seeseite bei Bellano, und durch das geöffnete Fenster rief sie: *»Stupido!«* So ein Dummkopf, solche Manöver mochten ihm dreißig Sekunden Zeit einbringen, aber konnten übel enden, vor allem für den ungeschützten Zweiradfahrer. Die Leute müssen wirklich lernen, vorsichtiger zu fahren, dachte sie kopfschüttelnd. Sie wusste schon, weshalb sie morgens die Fähre nach Como nahm: Auf diese Weise kam sie nicht schon mit viel zu hohem Blutdruck in der Questura an.

Miriam Gentile wohnte in Acquaseria, wenige Kilometer oberhalb von Menaggio. Kurz vor der Ortschaft passierte Giovanna die Villa La Gaeta, die durch einen James-Bond-Film zu zweifelhaftem Ruhm gekommen war. Die Einheimischen waren geteilter Meinung, ob es begrüßenswert war, dass Daniel Craig ausgerechnet hier den Bösewicht des *Casino Royale* stellen durfte. Unbestritten jedoch war die einzigartige Lage der Luxusvilla: Die Berge reichten fast ganz bis ans Seeufer, und so hatte man das Anwesen auf einem winzigen Landvorsprung direkt ans Ufer gebaut – man hätte beinahe vom Balkon ins Wasser springen können.

Gleich hinter La Gaeta fuhr Giovanna in den Tunnel ein und hatte nach wenigen Minuten Acquaseria erreicht. Der Ort lag ebenfalls gleich am Wasser, war aber lange nicht so touristisch wie Menaggio oder gar Bellagio, und so waren die Restaurants mit Seeblick hier nicht so teuer. Giovanna parkte auf einer kleinen Piazza, die durch eine Mauer von der Hauptstraße getrennt war. Daran klebten vom gestrigen Regen durchnässte Plakate mit Mitteilungen der örtlichen Kirche: Wer war gestorben, wer feierte Hochzeitstag. Oftmals mit einem Bild versehen, wusste man auf diese Weise auch ohne Zeitung, was in den Gemeinden passierte. In ein paar Tagen, sobald die Rechtsmedizin die Leiche freigegeben hatte, würde man in Menaggio solch ein Plakat mit dem Foto von Dottor Simone Fabrizio finden, mit dem Hinweis, wann und wo die Beerdigung stattfand.

Giovanna schloss den Wagen ab und überquerte die Straße. Dabei musste sie einem der vielen Radfahrer ausweichen, die oft und gern rund um den See trainierten.

Beim Anblick der Bar gegenüber erinnerte Giovanna sich, dass sie heute außer dem Cornetto am Morgen noch nichts gegessen hatte, und bestellte ein mit Tomate-Mozzarella belegtes Panino. Auf dem engen Bürgersteig vor der Bar saß ein älterer Herr bei einem Glas Wein und grüßte jeden, der vorbeiging, mit einem fröhlichen »*Buongiorno!*«.

Im Inneren war es nach der blendenden Sonne draußen richtiggehend schummrig, und Giovanna brauchte einen Moment, bis sie etwas erkennen konnte. Die Besitzerin sammelte gerade von einer Gruppe junger Briten die Schlüssel ihrer Ferienwohnungen ein, und Giovanna dachte, dass sie möglicherweise unterschätzt hatte, wie viel sich auch hier in Acquaseria um den Tourismus drehte. Auf einem Fernseher an der Decke liefen Musikvideos, und Giovanna schlang ihr Panino zu den Klängen eines Klassikers von Edoardo Bennato hinunter, bedankte sich und zahlte.

4. KAPITEL

Miriam Gentile wohnte in einer kleinen Wohnung im zweiten Stock eines grauen Mietshauses. Die Balkone gingen zum Seeufer hinaus, und Giovanna vermutete, dass einige der Wohnungen häufig an Touristen vermietet wurden. Sie drückte auf den Klingelknopf, wartete das Summen ab und öffnete dann das Tor. Über eine frei stehende Treppe gelangte sie nach oben, wo eine unscheinbare junge Frau, deren Alter irgendwo zwischen fünfundzwanzig und Mitte dreißig liegen konnte, ihr neugierig entgegenblickte.

Ihre nackten Arme zeigten mehrere Tattoos, und Giovanna fragte sich, ob sie damit dem ersten Eindruck, den man vor ihr hatte, entgegenwirken wollte. In einer Menschenmenge jedenfalls wäre Giovannas Blick, ob mit oder ohne Tattoos, nicht an Miriam Gentile hängen geblieben.

»Kommen Sie gern mit auf den Balkon, ich habe einen Sonnenschirm.« Miriam ging voraus durch einen kleinen Flur und deutete auf die offen stehende Glastür im Wohnzimmer. Während Miriam in der angrenzenden Küche Limonade in zwei Gläser füllte, betrat Giovanna den Balkon, auf dem es trotz Sonnenschirm glühend heiß war. Über die nächste Häuserreihe hinweg konnte sie den See und die Berge überblicken.

Bellano, ihnen genau gegenüber, lag sonnenbeschienen da, eine Fähre im Hafen. Im Herbst beneidete Giovanna manchmal die Bewohner der Ostseite des Comer Sees, die im Gegensatz zum Westen noch bis spät in den Abend auf einer Piazza oder der Terrasse die Sonne genießen konnten. Andererseits waren um diese Uhrzeit in Bellagio dann die meisten Tagestouristen verschwunden, was ihr auch gelegen kam, da sie dann in Ruhe ihr kleines Städtchen genießen konnte.

Als Miriam mit den Gläsern auf den Balkon trat, nahm Giovanna dankbar die Limonade an. Sie setzten sich unter den Sonnenschirm an den kleinen Tisch, der weiß war wie der Rest des Balkons. Giovanna war froh über ihre Sonnenbrille.

Sie musste an Alivertis Worte denken: »Würde es dich umbringen, Menschen ein kleines bisschen freundlicher zu begegnen?«

»Sie haben es wirklich schön hier!«, war das Erstbeste, was ihr einfiel. Es schien auch gut anzukommen bei Miriam Gentile, doch als sie daraufhin begann, die Orte auf der gegenüberliegenden Seite aufzuzählen – Bellano, Dervio, Noceno und Vendrogno in den Bergen –, reichte es Giovanna mit dem Small Talk. Sie war als Polizistin hier, es ging um einen Mord.

»Erzählen Sie mir von Dottor Fabrizio«, forderte sie die Arzthelferin also auf. Die ließ sich nicht zweimal bitten. Offenbar liebten alle Patienten den Dottore heiß und innig, wie die alte Signora vor dem Haus der Fabrizios schon gesagt hatte. In der Ehe lief es gut, mit den Schwiegereltern verstand er sich gut, die Kinder waren herzallerliebst. Miriam Gentile konnte sich beim besten Willen nicht vorstellen, wer ihm etwas hätte antun wollen. So weit die Fassade, die auch Giovanna gesehen hatte, das teure Haus, die gut gehende Praxis, die Vorzeige-Familie. Ihrer Erfahrung nach war nicht immer alles so, wie es auf den ersten Blick den Anschein hatte.

»Gab es unter seinen Patienten jemanden, der unzufrieden war mit der Behandlung? Haben Sie jemals Beleidigungen oder gar Drohungen gehört, die jemand gegen Dottor Fabrizio ausstieß?«

»Niemals!«

Skeptisch zog Giovanna die Augenbrauen nach oben. Miriam Gentiles Antworten kamen schnell – ihrer Meinung nach etwas *zu* schnell, so als hätte sie sie sich vorher zurechtgelegt. Und dafür, dass ihr Arbeitgeber angeblich solch ein wunderbarer Mensch gewesen war, wirkte seine Mitarbeiterin erstaunlich wenig erschüttert über seinen plötzlichen Tod. Giovanna konnte keinerlei Anzeichen entdecken, dass sie geweint hatte, stattdessen saß sie entspannt auf ihrem Stuhl, die Limonade in der Hand, eine Sonnenbrille in den Haaren, und sah Giovanna so interessiert an, als würde diese ihr gerade eine spannende Geschichte erzählen. »Und Sie?«, fragte Giovanna leicht irritiert. »Mochten Sie Ihren Chef?«

»Oh, ich habe ihn geliebt!«

»Hat er Sie gut bezahlt?«

Miriam stutzte. »Ja natürlich. Er war auch sehr großzügig.«

Nachdenklich nickte Giovanna. Wenn sie ehrlich war, musste sie sich eingestehen, dass sie keine Ahnung hatte, was in dieser Frau wirklich vorging. So wenig sie ihr Alter einschätzen konnte, so wenig zu fassen war ihre Persönlichkeit. Giovanna traute ihr nicht. Deshalb beschloss sie, die Arzthelferin ein wenig unter Druck zu setzen.

»Wissen Sie, was mir seltsam erscheint«, sagte sie und legte den Kopf leicht schräg. »Sie haben von Dottor Fabrizios Tod erst heute Vormittag erfahren, aber schon heute Morgen sind Sie nicht zur Arbeit erschienen.«

Miriam Gentile verstand augenblicklich. Ihre Wangen färbten sich knallrot, sie wandte den Blick ab und stotterte:

»Ich … Also … Sie können doch nicht glauben, dass ich …« Nervös krampften sich ihre Hände um das Glas. »Ich habe mich krankgemeldet.«

»Dann würde ich mich freuen, wenn Sie mir verraten, was Ihnen fehlt?« Denn wenn irgendjemand nicht krank war, dann diese Frau, die ihr gerade gegenübersaß und Zitronenlimonade trank.

Miriam stellte ihr Glas ab und schlang die Arme um den Oberkörper, wobei die linke Hand mit dem Daumen über das Tattoo einer Rose auf ihrem rechten Oberarm strich. Sie biss sich auf die Unterlippe und sagte dann zögerlich: »Ich brauchte einen freien Tag.« Tief holte sie Luft, dann, als hätte sie nun Mut geschöpft, fuhr sie fort: »Die Arbeit war so stressig in letzter Zeit, es gab so viel zu tun, und die Patienten und Patientinnen, sie sind so anstrengend. So undankbar und fordernd. Und gestern habe ich mich mit meinen Eltern gestritten, sie wohnen oben in Sant'Abbondio, und … Ich wollte einfach nur einmal durchschnaufen.« Mit flehendem Blick sah sie Giovanna an.

»Die Patienten sind anstrengend«, wiederholte Giovanna.

»Ja, und sie haben Dottor Fabrizio auch nicht alle geliebt«, strömte es jetzt nur so aus der Arzthelferin heraus. »Es gab diesen einen alten Mann, Signor Colombo, ich konnte ihn nicht leiden, und der Dottore auch nicht. Er hat mir Angst gemacht.«

Oha. Giovanna notierte sich den Namen und ließ sich erzählen, was genau Signor Colombo Angsteinflößendes gesagt oder getan hatte.

»Nichts Konkretes«, lenkte Miriam Gentile ein. »Aber er hat mich nervös gemacht. Als ob er auf irgendetwas wartet, geradezu lauert. Die Art, wie er mich angesehen hat …« Sie schauderte.

Welche Verwandlung innerhalb von wenigen Minuten! Giovanna fragte sich, ob sie sie geknackt oder einfach nur die Bühne für eine ausgebuffte Schauspielerin bereitet hatte. »Wissen Sie vielleicht, was er gestern auf der Isola Comacina wollte?«, wechselte sie das Thema.

»Nein, es ist mir ein Rätsel. Signora Rossi, Dottor Fabrizios Schwiegermutter, hat mir erzählt, dass man ihn dort gefunden hat.« Bei ihren nächsten Worten wich sie Giovannas Blick aus. »Ich weiß jedenfalls nichts von einer Verabredung auf der Insel oder überhaupt davon, dass er am Sonntag einen Ausflug machen wollte.«

»Hatte er in der Vergangenheit einmal einen Termin dort? Vielleicht ein Geschäftsessen im Restaurant?«

Erneut schüttelte Miriam den Kopf. »Nicht, dass ich wüsste.«

»Haben Sie in letzter Zeit etwas Ungewöhnliches bemerkt?«

Davon wusste Miriam Gentile nichts zu berichten, der Dottore sei gewesen wie immer. »Vielleicht etwas vergesslicher als sonst«, überlegte sie dann jedoch hilfsbereit. Seit einigen Wochen oder Monaten hätte sie ihn häufiger an seine Termine erinnern müssen. »Aber ich habe es auf den Stress geschoben, sehen Sie, es werden immer mehr Patienten, aber der Tag bekommt nicht mehr Stunden.«

Giovanna lächelte ihr unverbindlich zu.

»Glauben Sie, das ist wichtig?«

Es konnte durchaus von Bedeutung sein. Möglicherweise war es der Stress, möglicherweise hatte irgendetwas den Arzt beschäftigt, ihm Sorgen bereitet. Vielleicht finanzielle Schwierigkeiten? Giovanna hoffte, bald Auskunft von der Bank zu bekommen. Andererseits könnte es noch einen ganz anderen Grund haben: Zu einer Affäre würde solch ein zerstreutes Verhalten ebenfalls passen.

»Haben Sie bemerkt, dass er sein Telefon öfter im Blick hatte als sonst?«

»Sein Telefon?« Miriam Gentile blinzelte. »Ja, jetzt, wo Sie es sagen … Das war schon so«, sagte sie langsam.

Auch diese Information notierte Giovanna und ging dann zum letzten Teil ihrer Befragung über. »Was haben Sie heute Nacht gemacht? Sagen wir, ab gestern Abend gegen acht?«

Beinahe beleidigt schaute Miriam sie nun über ihr Limonadenglas hinweg an. Wieder musste Giovanna an Aliverti denken. Fini leitete seine Fragen auch immer mit einem mitfühlenden Satz ein, wenn er denn welche stellte. »Ich muss Sie das fragen.« Nun ja, sie war nicht hier, um eine Freundin zu finden.

»Ich war zu Hause. Allein.« Weiterhin war es die schnippische Version von Miriam Gentile, die Giovanna jetzt zu sehen bekam.

»Keine neugierige Nachbarin, die mal über den Balkon einen Schwatz halten wollte?« Sie deutete auf die Nachbarbalkone, die nur mit einer niedrigen Mauer aneinandergrenzten.

»Ich habe ferngesehen. Drinnen.« Ebenso kurz angebunden.

Weiter war nun wohl nichts mehr aus Miriam Gentile herauszukriegen, und so blieb Giovanna nur noch, ihre Karte zu hinterlassen und die junge Frau zu bitten, sie anzurufen, sollte ihr noch etwas einfallen.

Und bis dahin würde sie Miriam Gentiles wenigen Hinweisen nachgehen.

*

Als Giovanna in die Questura zurückkehrte, standen Aliverti und Fini im Flur und grinsten zufrieden, in ein Gespräch vertieft. Zielstrebig steuerte sie auf sie zu, was zumindest den Polizeipräsidenten in Alarmbereitschaft zu versetzen schien. »Ich hoffe, es hat gut geschmeckt.«

»Hervorragend.« Aliverti klang vorsichtig abwartend.

»Großartige Agnolotti«, schwärmte Fini begeistert.

»Ich habe in der Zwischenzeit mit Miriam Gentile gesprochen.« Giovanna schilderte das Gespräch und den Eindruck, den sie von der Arzthelferin hatte. »Sie kam mir seltsam vor, und ich glaube, sie hat etwas zu verbergen. Aber ob das mit Fabrizio zu tun haben muss? Wahrscheinlich wollte sie sich einfach einen freien Tag machen und hat jetzt ein schlechtes Gewissen.«

»Kommt sie als Täterin infrage?«, fragte Aliverti, der sich zu freuen schien, so früh in den Ermittlungen eine erste Verdächtige präsentiert zu bekommen.

»Was sollte denn ihr Motiv sein?«, fragte Giovanna. »Geld bekommt sie nach seinem Tod nicht, und eine lang geplante Rache, weil ihr Chef sie vielleicht mal schlecht behandelt hat, halte ich für etwas weit hergeholt.« Unter den Umständen wäre Aliverti selbst auch ein heißer Kandidat als Mordopfer.

»Da ist noch etwas. Sie hat mir den Namen eines Patienten genannt, der ihr und dem Dottore unangenehm aufgefallen ist. Gino Colombo, siebenundsechzig Jahre alt, ehemaliger Bäcker aus Menaggio.« Noch auf der Rückfahrt hatte Giovanna in der Questura angerufen und sich von einer Kollegin, Ispettrice Romina Mantovani, die Daten geben lassen. Sie hatte sofort die Nummer des Mannes gewählt, ihn jedoch nicht erreichen können, auch zu Hause war er nicht gewesen. »Mit ihm müssen wir unbedingt sobald wie möglich sprechen.« Sie schwieg einen Moment. »Dabei kann ich mir irgendwie nicht vorstellen, dass ein unzufriedener Patient der Täter ist«, sprach sie ihre Zweifel laut aus. Was sie dabei beschäftigte, war vor allem die Frage nach dem Fundort. »Weshalb die Isola Comacina? Diese ganze Geschichte mit dem Fluch, das erscheint mir so … persönlich. Wer begeht solch einen Aufwand? Mit einem Boot auf die Insel, dazu noch nachts. Und das, weil ein Arzt vielleicht nicht das richtige Medikament aufgeschrieben hat? Nein, da steckt mehr dahinter.«

Fini nickte ernst. »Der Fluch.«

»Ach, nun reißt euch zusammen und kümmert euch um handfeste Zeugen wie zum Beispiel die Reinigungskraft«, wies Aliverti sie zurecht, und Giovanna warf Fini einen bösen Blick zu. Mit dem Fluch hatte er nun wirklich nicht kommen müssen. An so etwas glaubte doch kein vernünftiger Mensch. Aber etwas steckte hinter dem Fundort, er besaß eine Bedeutung, das spürte sie.

»Rache«, überlegte Giovanna leise. »Vielleicht war es Rache.«

*

Um kurz nach fünf betrat Maria die Trattoria Miralago, die ihre Mutter Rosa gemeinsam mit Marias Tante Domenica führte. Die beiden Frauen hätten unterschiedlicher nicht sein können, Rosa klein und rundlich, mit dichten Locken, die Michele wohl von ihr geerbt hatte, ihre Schwester Domenica groß und hager, mit einem streng zusammengeknoteten Dutt.

Marias Tante, Zia Domenica, kümmerte sich ums Kochen mit einer Leidenschaft, die ihresgleichen suchte: Seit Jahren weigerte sie sich standhaft, Geräte wie Schnellkochtöpfe zu nutzen, die ihr die Arbeit erleichtern könnten. Fertigprodukte, und sei es auch nur ein Brühwürfel für die Suppe, kamen einer Gotteslästerung gleich, und das alles schmeckte man ihren Gerichten an. Nirgends sonst gab es solch ein gutes Fritto misto di lago, fangfrische Fische aus dem See, Arborellen und Finten, mit etwas Mehl bestäubt und in einer eisernen Pfanne frittiert. Zum Dessert dann ein Stück von Domenicas Mandelkuchen, und man war im siebten Himmel.

Rosa, von der Maria sehr zu ihrem Leidwesen ihre rundliche Statur geerbt hatte, nahm die Bestellungen auf, servierte die Getränke und schwatzte mit den Gästen, die immer und gern wiederkamen. Bei den Touristen begehrt, von den Einheimischen geliebt, war das Miralago fast jeden Abend auch ein Anlaufpunkt für Maria, ein Ort zum Wohlfühlen, an dem sie bei einem Risotto oder einer Polenta den Arbeitsalltag hinter sich lassen konnte. Nicht zu vergessen, dass sie sich auf diese Art und Weise das Kochen sparte, das an Domenicas Künste ohnehin nicht heranreichte.

Heute konnte Maria ausnahmsweise schon von draußen die lauten Stimmen von Zia Domenica und Mamma Rosa hören. Dann knallte eine Tür, und sie betrat vorsichtig das Restaurant. Es war noch zu früh für Gäste, selbst die deutschen Touristen aßen um fünf noch nicht zu Abend, und so befanden sich Domenica und Rosa allein im Raum, die Hintertür anstarrend, die offensichtlich gerade zugeschlagen war.

Als Domenica Maria bemerkte, warf sie die Hände in die Luft und rief schrill: »Weißt du, was dein Sohn vorhat?« Sie schüttelte den Kopf mit den dunkel gefärbten Haaren in dem festen Dutt. »*Mamma mia*, diese *ragazzi*, ich bekomme noch einen Herzinfarkt!«, jammerte sie. Doch bevor Maria reagieren konnte, verschwand ihre Zia schimpfend in der Küche.

Maria blickte ihre Mutter an, die mit einem Seufzer auf der Eckbank am Tisch neben der Theke Platz nahm. Einen Stapel Servietten vor sich, begann sie, diese zu kleinen Hütchen zu falten.

»Will ich wissen, was passiert ist?«, fragte Maria.

»Er ist jetzt Vegetarier, dein Michele.«

Das war allerdings ein Grund, Zia Domenica in helle Aufregung zu versetzen. »Sag mir, er isst wenigstens noch ihr Fritto misto di lago«, bat Maria inständig.

Ihre Mutter zog entschuldigend die Mundwinkel zur Seite.

»*Che sfiga!*« So ein Mist. Maria ließ sich auf einen Stuhl sinken und half Rosa mit den Servietten. »Wahrscheinlich ist eines der Mädchen, das er beeindrucken will, Vegetarierin«, mutmaßte sie. »Wenn es schon mit den Locken oder der Vespa nicht klappt, versucht er es eben so.«

Rosa schmunzelte. »Ein kleiner Casanova.«

»Kein Wunder, bei dem Vater.« Maria beäugte den Strauß Rosen, der auf der Theke stand.

»Ach, richtig«, erwähnte ihre Mutter wie beiläufig. »Der ist von ihm. Für dich«, fügte sie überflüssigerweise hinzu.

»Wenn er sich früher auch nur halb so viel Mühe gegeben hätte, wären wir noch verheiratet«, sagte Maria und stand auf, um an den Rosen zu schnuppern. Schön waren sie ja. Und sicher nicht billig gewesen.

»Manche Männer müssen erst den Verlust kennenlernen, bevor sie zu schätzen wissen, was sie haben. Oder hatten.« Auch ihre Mutter stand auf und begann, die Servietten auf den Tischen zu verteilen. Bei Rosa und Domenica gab es ausnahmslos Tischdecken aus schwerem glattem Stoff, blütenweiß. Nur beim Thema Servietten hatten sie sich darauf eingelassen, welche aus Papier zu nehmen. Maria holte die Kiste mit dem sorgfältig polierten Besteck und legte Messer und Gabel jeweils daneben.

»Kanntest du diesen Unternehmer?«, wechselte Maria das Thema, während sie einträchtig nebeneinander arbeiteten. »Der heute Nacht bei dem Unfall gestorben ist?«

Rosa fragte nicht einmal nach, von welchem Unfall sie

sprach, Neuigkeiten verbreiteten sich hier schnell, hatten es auch schon vor dem Internetzeitalter getan. Sie zuckte lediglich mit den Schultern. »War ein paarmal zum Essen hier. Mit einer jungen Frau«, fügte sie verächtlich hinzu.

Maria horchte auf. »Seine Tochter?« Um die musste es sich handeln, er würde doch eine Affäre nicht in Bellano präsentieren? Selbst ihr Ex-Mann Stefano hatte den Anstand besessen, mit seiner Eroberung nach Varenna oder Dervio auszuweichen. Nicht, dass ihr das nicht dennoch zu Ohren gekommen wäre, aber er hatte es wenigstens versucht.

»Oh.« Rosa hielt inne. Dann runzelte sie die Stirn, dachte nach und nickte langsam. »Das kann sein. Sie hat von ihrem Studium in Mailand erzählt. Warum fragst du?«, wollte sie nun wissen.

»Nur so.«

Ihre Mutter musterte sie. Sie kannte Maria gut genug, um sofort zu spüren, wenn sie nicht ganz die Wahrheit sagte. Maria hatte nicht »nur so« nach Antonio Marchesi gefragt, sie wollte wissen, was für ein Mensch er gewesen war, wollte ein Gefühl für ihn bekommen.

»Es war doch ein Unfall, oder?«, fragte Rosa sogleich misstrauisch.

»Natürlich.« Maria nickte beruhigend. Sie war schließlich selbst vor Ort gewesen. Auch wenn sie seitdem versuchte, Vicentes Worte wieder aus dem Kopf zu bekommen.

»Maria!«, unterbrach Zia Domenica das Gespräch, als sie mit einem Teller Antipasti sowie einer dampfenden Schale Risotto aus der Küche kam. »Hier, iss.«

»Es ist doch viel zu früh, um …«

»Du hattest zu Mittag nichts Vernünftiges.« Woher ihre Tante das immer wusste, war Maria ein Rätsel. Aber sie hatte recht.

Domenica hatte Paprika, Zucchini und Auberginen angerichtet, etwas Käse und Salami dazugelegt und den obligatorischen Brotkorb danebengestellt. Maria schnupperte. Das gegrillte, marinierte Gemüse roch hervorragend. Jetzt erst merkte sie, wie viel Hunger sie tatsächlich hatte.

»Und für später habe ich dir noch ein Stück Kuchen eingepackt.« Domenica deutete auf ein liebevoll zusammengeknotetes Bündel Papierservietten. »Es ist genug auch noch für Luca.«

Maria setzte sich an den Tisch mit der Eckbank, der für Familie und Stammgäste reserviert war, und spießte einen Zucchinistreifen auf die Gabel.

»Und hier, das kannst du Michele mitbringen.« Domenica stellte eine Plastiktüte auf den Tisch.

»Was ist da drin?«

Die Tante hob das Kinn. »Karotten«, sagte sie und rauschte ab.

*

Etwas verspätet, weil sich so viele Touristen am Hafen von Como gedrängelt hatten, legte die Fähre in Bellagio an. Wie Giovanna es schon vorhergesehen hatte, lag der Ort nun im Schatten. Die Temperaturen waren angenehm, und auch wenn sie das Licht schon vermisste, atmete sie glücklich die langsam abkühlende Abendluft ein. Die letzten Tagestouristen drängelten sich um die Anlegestelle, im Ort selbst wurde es nach und nach ruhiger. An der Promenade vertrat Giovanna sich unter den Oleanderbäumen, die in allen Rosatönen blühten, noch ein wenig die Füße. Sie hatte am heutigen Tag zu viel Zeit im Auto verbracht.

Schließlich stieg sie die kleinen Gässchen den Berg hinauf.

Sie wohnte gleich in der Altstadt, unweit der Chiesa di San Giorgio. In ihrer Wohnung im Erdgeschoss öffnete sie als Erstes sämtliche Fensterläden, dann ging sie durch die Terrassentür nach draußen in ihren kleinen Garten und atmete tief ein. Es duftete nach dem Jasmin, der an der mannshohen Mauer entlangkletterte und dessen weiße Blüten die rissige graue Wand verschönerten. Draußen fuhr knatternd ein Roller vorbei, und eine Hummel, die noch spät unterwegs war, summte zwischen den Blüten.

»Hey, Bruno.« Mit nackten Füßen betrat Giovanna den Rasen bis an das Gehege der kleinen Schildkröte heran. Es stand neben den Hortensien und war vor Raubvögeln, Katzen oder anderen Tieren mit Draht geschützt, sodass Bruno genug Sonne abbekam und dennoch nicht gefressen wurde. Jetzt drehte er sein Köpfchen in ihre Richtung, am Abend ging das immer schneller als am Morgen, wenn er wegen der niedrigeren Körpertemperatur noch träge war.

»Ich hab dir was zu essen mitgebracht.« Sie öffnete das Gehege und legte ihm die Löwenzahnblätter hin, auf die er sich gleich stürzte – so schnell sich eine Schildkröte eben stürzen konnte.

»Wir haben einen neuen Fall.« Die Beine überkreuzt ließ Giovanna sich neben ihren Mitbewohner ins Gras sinken. Während sie ihm von ihrem Tag erzählte, mampfte Bruno entspannt vor sich hin, und so genossen beide die Situation.

Für einen Moment musste sie an Aliverti denken, der sich deshalb Sorgen um sie machte. Doch die Einsamkeit war nichts, was sie bedrückte. Nur ganz selten wünschte sie sich die Unbeschwertheit, mit anderen Menschen zu lachen, ihnen zu vertrauen und sich an sie anlehnen zu können, zurück. Lange war das her, ein ganzes Leben, so kam es ihr vor. Nach dem Tod ihrer Eltern war es schwer gewesen, wieder zurückzufinden zu einer Art Normalität, aber sie hatte darum gekämpft, hatte ihre Freunde behalten wollen. Dann war Nonna Maura krank geworden, und Giovanna musste ins Internat. An die Zeit dachte sie ungern zurück, hielt sie fest verschlossen ganz hinten in ihrer Erinnerung, sprach mit niemandem darüber. Aber da hatte es angefangen, das Abschotten. Nie wieder wollte sie geliebte Menschen verlieren, da erschien es ihr besser, sie von Anfang an gar nicht erst an sich heranzulassen. Und sie hatte es sich gut eingerichtet, mit ihrer Arbeit, ihrer Wohnung, mit Bruno. Sie machte Sport, am liebsten Yoga, ging manchmal laufen, ihr Leben war »erfüllt«, wie Selbsthilfe-Ratgeber gerne sagten. Nur hin und wieder, da dachte sie an die Abende zurück, die sie mit ihren Eltern und Nonna Maura hier im Garten verbracht hatte.

Der Gedanke ließ sie den Blick heben zu dem Balkon, der über ihrer Wohnung lag, doch Ludovico schien nicht zu Hause zu sein. Im Gegensatz zu ihr hatte der alte Mann ein reges Sozialleben, und Giovanna musste grinsen. Sie gönnte es ihm.

Dann wandte sie sich wieder Bruno zu, in dessen Maul der Löwenzahn immer schneller verschwand.

»Ein Arzt ist ermordet worden, weißt du.«

Die Eindrücke des Tages auf diese Weise noch einmal Revue passieren zu lassen, half ihr, den Fokus auf Momente zu lenken, die sie im Trubel leicht übersehen haben könnte. Sie berichtete Bruno von dem Anblick des Toten zwischen den Ruinen … und plötzlich musste sie an eine Opfergabe denken. Hingerichtet auf einem Altar. Rache, dachte sie erneut. Aber wofür? Was hatte Simone Fabrizio getan?

Die Zeuginnen und Zeugen, die sie vernommen hatte, blitzten vor ihrem inneren Auge auf und wurden zum Inhalt von Brunos Geschichte. Miriam Gentile, die Unlesbare, die Schauspielerin. »Warum hat sie gelogen? Aus Angst, weil sie etwas zu verbergen hat, oder steckt etwas Banales dahinter?« Giovanna zupfte an einem Grashalm. »Und dann die Witwe des Toten«, berichtete sie. War Emilia Fabrizio tatsächlich blass geworden, als sie ihr die Todesnachricht übermittelt hatten? Oder nahm Giovanna dies nur an, da sie geschwankt hatte, sodass Fini sie stützen musste. War das Schwanken gespielt gewesen oder nur vorgetäuscht?

»Ach, Bruno, das sieht nicht gerade nach einem leichten Fall aus«, schloss sie, und die Schildkröte wackelte mit ihrem Kopf.

Den ganzen Tag war er allein, und Giovanna hatte manchmal ein schlechtes Gewissen deshalb. Seit ihrem dreizehnten Lebensjahr besaß Giovanna Bruno, ein Geschenk ihrer Großmutter, die nach dem frühen Unfalltod von Giovannas Eltern nicht wusste, ob sie ihre Enkelin je wieder zum Lachen würde bringen können. Mit Bruno war es ihr schließlich gelungen. Giovanna hoffte, die Schildkröte würde hundert Jahre alt werden.

Schließlich zog ihr kleiner Freund sich unter einen der Terrakottatöpfe zurück, die sie als Unterschlupf in sein Gehege gestellt hatte. Giovanna stand auf, schüttelte die Beine aus und machte sich auf den Weg in die Küche, um selbst etwas zu Abend zu essen.

»*Buonanotte*«, wünschte sie der Schildkröte leise.

5. KAPITEL

Sommerferien, das bedeutete grundsätzlich einen entspannten Morgen vor der Arbeit, auch weil Maria ihre Söhne nicht wecken musste, damit sie rechtzeitig zur Schule kamen. So hatte sie das Bad für sich und konnte ohne laute Hip-Hop-Musik oder Streiterei ihren Caffè trinken und dazu zwei Biscotti knabbern. Die Sonne schien durchs Fenster herein, und im Radio lief leise ein alter Hit von Umberto Tozzi. Während sie die Läden schloss, um die Wohnung über den Tag so kühl wie möglich zu halten, ertappte sie sich, dass sie mitsummte. Ein weiterer Pluspunkt, dass ihre Söhne schliefen. *Ti amo*, Maria wippte mit den Füßen. Umberto Tozzi als betrügender Ehemann bettelte seine Frau an, ihm noch eine Chance zu geben. Jetzt schaltete Maria doch zu einem anderen Sender, an ihren Ex-Mann Stefano wollte sie heute früh wirklich nicht denken. Stattdessen lauschte sie den Nachrichten und nahm sich einen dritten Keks, der nach dem üppigen Abendessen von Zia Domenica eigentlich nicht nötig war, aber irgendwoher mussten sie ja kommen, die Pfunde um ihre Hüften, die sich hartnäckig hielten. Als der Radiosprecher von einem Mord in Menaggio berichtete, merkte sie auf. Auf der Isola Comacina war am Vortag ein Toter gefunden worden, und verwundert hob Maria die Augenbrauen. Was war da los? Drehten jetzt alle durch? Hatte die Hitze den Leuten aufs Gemüt geschlagen? Plötzlich klingelte lautstark ein Telefon, am Ton erkannte sie Micheles Handy, und keine Minute später raste ihr Ältester an ihr vorbei ins Badezimmer.

»Es ist noch nicht einmal acht Uhr«, kommentierte sie erstaunt.

»Wir wollen wieder zum Lido«, rief Michele, bevor er die Tür zuschlug. Sicherlich steckte ein Mädchen dahinter. Vielleicht die Vegetarierin.

»Wehe, du fährst ohne Helm!« Der Strand von Bellano lag an der äußersten Spitze der Ausbuchtung des Ortes in den See. Groß war der Lido nicht, vielleicht stand Michele auch so früh auf, weil er nach Varenna fahren wollte, wo vor nicht allzu langer Zeit ein öffentlicher Park rund um einen Strandabschnitt neu gebaut worden war. »Hast du genug zu essen für den Tag?«

»Ich hole mir später ein Panino«, rief er, bevor sie nur noch das Rauschen des Wassers aus der Dusche hören konnte.

Maria stand auf, schaltete das Radio ab und spülte ihre Kaffeetasse aus. Auf Wimperntusche würde sie heute verzichten müssen, bei Michele konnte es gut und gerne eine halbe Stunde dauern, bis er seine Locken so geföhnt hatte, dass sie lagen, wie er sie haben wollte. Im Gehen rief sie über die Schulter: »Viel Spaß!« Eine Antwort bekam sie nicht.

*

Der Fahrtwind wehte Giovanna um die Nase, und sie genoss die angenehme Luft des Morgens. Eine Möwe kreischte, als sie über die Fähre hinwegflog, und Giovanna versuchte erst gar nicht, einen Blick in ihr Buch zu werfen. Wenn sie in einem Mordfall steckte, konnte sie an kaum etwas anderes denken.

Auf einen Caffè in Como verzichtete sie an diesem Morgen auf ihrem Weg in die Questura, sie hoffte, schon Neuigkeiten von der Forensik auf dem Schreibtisch zu haben. Also ging sie geradewegs in ihr Büro, wo jedoch leider noch keine Nachricht der Spurensicherung auf sie wartete.

»Wäre es sehr schlimm für dich, bei deiner Ankunft einmal *Buongiorno* zu sagen?« Schnaufend stellte sich Aliverti in ihre Bürotür.

»Wen habe ich heute ignoriert?« Giovanna schaltete ihren Computer an.

»Mich zum Beispiel.« Der Questore ließ sich auf dem Stuhl vor ihrem Schreibtisch nieder. Dann machte er mit der Hand eine Geste, die wohl »Schwamm drüber« bedeuten sollte, und fragte stattdessen: »Der tote Dottore. Was gibt's Neues?«

»Die Banca d'Italia war schnell«, antwortete Giovanna und deutete auf den Computerbildschirm. In ihren Mails befand sich ganz oben die Datei mit den gewünschten Kontoauszügen. Sie klickte sie an, um sie auszudrucken, so konnte sie die Zahlenreihen leichter durchgehen als auf dem Bildschirm.

Der Kopierer ratterte, und Aliverti reichte ihr das Papier.

»Unser Mordopfer hat keine Schulden«, sagte sie nach einem ersten schnellen Blick. »Keine ungewöhnlichen Kontobewegungen. Oder zumindest keine sonderlich ungewöhnlichen.« Sie zuckte mit den Schultern. »Ich muss mir das gleich noch mal genauer ansehen. Aber es ist alles ausgeglichen, Spielschulden oder so fallen raus.«

Aliverti nickte.

»Und Fini hat gestern … Moment.« Stirnrunzelnd las sie die Notiz, die der Ispettore an ihrem Computer hinterlassen hatte. »Er hat gestern Abend mit der Reinigungskraft gesprochen, offenbar hat sie hier angerufen, und er war noch da.« Sie wusste nicht, was sie davon halten sollte, dass er Befragungen durchführte, ohne sie augenblicklich darüber zu informieren. Schließlich leitete sie die Ermittlungen, und sie hatte zu oft erlebt, dass ein älterer Kollege – immer ein Kollege, immer ein Mann – ihre Anweisungen übergangen hatte. Bisher hatte sie Fini nicht so eingeschätzt, er war stets respektvoll ihr gegenüber gewesen, ganz zu schweigen davon, dass er keinerlei Motivation hatte, Karriere zu machen. Vielleicht war es also auch reine Rücksichtnahme gewesen, um sie am Abend nicht zu stören. Sie musste ihm dringend sagen, dass sie während der Ermittlungen in einem Mordfall über alles immer umgehend informiert werden wollte.

Als Giovanna merkte, dass der Questore sie mit fragend hochgezogenen Augenbrauen ansah, schüttelte sie schnell den Kopf. Über Fini konnte sie später immer noch nachdenken.

»Die Reinigungskraft hatte nichts Interessantes zu erzählen«, las sie Finis Notiz vor. »Der Dottore sei immer höflich und zuvorkommend gewesen, ihr ist nichts Ungewöhnliches aufgefallen.« Es wäre auch zu schön gewesen. »Außer schwammigen Aussagen haben wir noch keinen Hinweis, dass etwas nicht stimmte. Er war angespannt, stand unter Stress. Sein Handy war ständig in seiner Reichweite, aber das kann ja alles und nichts bedeuten.«

»Allseits beliebt, freundlich, brav und verlässlich«, murmelte Aliverti. »Er war also ein ziemlicher Saubermann.«

»Es sieht so aus. Keine Feinde, keine Probleme.« Sie deutete auf den Bildschirm ihres Computers. »Und ich habe nachgesehen: nicht eine schlechte Google-Rezension. Colombo war offenbar wirklich der einzige unzufriedene Patient.«

Der Questore schürzte die Lippen. »Könnte er das zufällige Opfer eines Gelegenheitsverbrechens gewesen sein?«

»Mitten in der Nacht? Auf der Isola Comacina?« Giovanna musste nicht einmal sarkastisch werden, Aliverti lenkte schon ein.

»Aber was, wenn es sich um eine Verwechslung handelt?«, kam er dann mit dem nächsten Vorschlag.

»Du meinst, jemand wollte einen anderen Arzt ermorden und hat sich vertan?«

»Sehr witzig.« Aliverti schnaufte, aber es klang nicht amüsiert. »Du konzentrierst dich gerade auf sein Umfeld. Wenn unser Opfer und sein Mörder sich nicht kannten, kommen wir so nicht weiter. Was ist mit den Befragungen in Sala Comacina? Ossuccio? Gibt es Zeugen, die etwas gehört oder besser noch jemanden gesehen haben?«

»Jemanden?« Giovanna hob skeptisch die Augenbrauen.

»Jemanden, den sie nicht kennen.« Aliverti begleitete seine Worte mit einer ungeduldigen Handbewegung.

Daher verkniff sie sich den Hinweis darauf, dass jetzt im August der See von Touristen nur so wimmelte, und griff stattdessen zum Telefon. »Ich hake mal nach.« Sie hatte die Ispettori Butti und Invernizzi zu einer Haustürbefragung in den umliegenden Orten abgestellt und bisher nichts gehört. Das hieß mit ziemlicher Sicherheit, dass die beiden Beamten bisher nichts erfahren hatten, aber es schadete nicht, einmal nachzufragen. Und, apropos nachfragen: »Kannst du vielleicht mal der Forensik Feuer unterm Hintern machen? Wenigstens das Smartphone könnten sie doch schon längst untersucht haben.«

*

»Maria, du sollst zum Bürgermeister kommen.« Riccardo stand an der kleinen Theke, die ihnen bei der Polizia Locale als Empfang diente, und sortierte die Post. Er trug noch seine Radlerhosen, offenbar war er wieder sportlich unterwegs gewesen.

Maria runzelte bei dem Anblick die Stirn. »Gab es die nicht größer?«, fragte sie. »Nicht, dass es mich etwas angeht, aber sollte das Blut nicht noch fließen können?«

»Ich habe sie etwas kleiner gekauft, damit sie in einem halben Jahr noch passen. Außerdem habe ich dadurch immer mein Ziel vor Augen. Manifestation nennt sich das.«

»Manifestation.« Maria nickte verwundert, dann deutete sie in Richtung Treppe. »Ich manifestiere mich mal besser beim Bürgermeister.« Und vielleicht, hoffentlich, trug Riccardo seine Uniform, wenn sie zurückkam.

Das Rathaus von Bellano war hübsch und hell. Maria stieg rasch die Stufen der breiten Steintreppe zum Büro des Bürgermeisters empor.

Im ersten Stock wurde sie bereits von Signora Pizzi erwartet. Ohne ein Wort zu sagen, nickte die schmale, aber resolute Sekretärin des Bürgermeisters ihr zu und stand auf, um an Giulio Castelnuovos halb offene Bürotür zu klopfen. »Die Ispettrice«, rief sie und verschwand dann ohne einen weiteren Blick wieder hinter ihrem Schreibtisch.

Maria würde also wohl keinen Caffè angeboten bekommen. Trotz Signora Pizzis Ankündigung klopfte sie an die Bürotür, bevor sie eintrat.

»Ah, Signora di Bartolomeo!« Genau das war es, was die Menschen so an dem Bürgermeister mochten: Er schien sich wirklich zu freuen, sie zu sehen. Doch wenn Maria ehrlich war, war sie sich nicht sicher, was sie von ihm halten sollte – möglicherweise war ihre Zurückhaltung aber auch durch die Tatsache geprägt, dass Castelnuovo einige Eigenschaften ihres Ex-Manns Stefano teilte, der ebenso gesellig war und keine

Feier ausließ. Dafür konnte der Bürgermeister zwar nichts, aber Maria ließ dennoch meist Riccardo die Gespräche mit Castelnuovo führen. »Wie geht es Ihrer Familie? Michele macht doch im nächsten Jahr sein Abitur, richtig?«

Es war phänomenal, was alles in Castelnuovos Gedächtnis hängen blieb. Diesbezüglich unterschied er sich dann doch eklatant von ihrem Ex-Ehemann, der kein einziges Mal auch nur an ihren Hochzeitstag gedacht hatte. Vielleicht tat sie dem Bürgermeister ja doch unrecht.

»Das stimmt, nächstes Jahr ist es so weit«, antwortete sie auf seine Frage.

»Hat er schon Pläne, was er danach machen will? In die Fußstapfen seiner Mutter treten, vielleicht?«

Auf jeden Fall trat er, was das weibliche Geschlecht betraf, in die seines Vaters. »Er weiß noch nicht, was er werden will. Abgesehen natürlich von Profifußballer.« Er spielte tatsächlich nicht schlecht, hatte Stefanos Sportlichkeit geerbt, für die Profiliga würde es aber vermutlich nicht reichen. »Ich hoffe, er will studieren. Seine Großmutter wünscht sich einen Arzt in der Familie.«

»Damit macht man nichts falsch«, stimmte Castelnuovo zu, der sich nun setzte und Maria ebenfalls einen Platz anbot. Für Besucher gab es in seinem weiträumigen Büro einen runden Tisch mit vier Stühlen, Signora Pizzi sorgte dafür, dass alle paar Tage neue Blumen in der Vase steckten. Heute waren es weiß-gelbe Alpenmargeriten.

»Was kann ich für Sie tun?«, kam Maria nun nach dem Vorgeplänkel auf den eigentlichen Grund ihres Besuchs zu sprechen. Den Grund, den sie erst noch erfahren musste.

Umständlich faltete der Bürgermeister die Hände vor dem Bauch, wobei er zunächst sorgfältig seine Krawatte zur Seite schob. Trotz der Hitze trug Castelnuovo ein Hemd mit

Schlips, sein Büro war allerdings, im Gegensatz zu Marias, auch klimatisiert.

»Sie waren doch gestern an der Unfallstelle.«

»Ja, an der von Antonio Marchesi, dem Unternehmer«, bestätigte sie. Davon hatte sie dem Bürgermeister doch schon am Vortag berichtet. Was wollte er jetzt von ihr?

»Ich nehme an, es gab keine Auffälligkeiten.«

Sie runzelte die Stirn. »Nein«, antwortete sie langsam. »Den Carabinieri, die den Unfall aufgenommen haben, ist nichts Ungewöhnliches aufgefallen.«

»Ich weiß, der Wagen wurde untersucht, aber man hat nichts gefunden«, bestätigte Castelnuovo. »Und was sagen Sie? Ist Ihnen etwas aufgefallen?«

»Keine Unregelmäßigkeiten, nein.« Kein Wort zu Vicentes Bemerkung zu ihr, erst recht kein Wort zu diesem Gefühl, das sie verspürte. Hatte Castelnuovo ihr am Vortag etwas angemerkt? Oder verspürte er ebenfalls so ein diffuses Gefühl – ein Gefühl, dass alles seine Richtigkeit haben konnte, dass hier aber möglicherweise auch ganz und gar nichts stimmte.

»Weshalb fragen Sie?«, wollte sie wissen.

Castelnuovo zögerte. »Nun, ich vertraue den Carabinieri, keine Frage, die Beamten leisten gute Arbeit. Aber Ihnen, Maria, vertraue ich einfach noch mehr.« Er lächelte schief. »Mit diesem Mord in Menaggio, Sie haben sicher davon gehört, und nun unserem Unfall hier ... Die Leute sollen doch nicht denken, hier in Lario wäre es gefährlich.« Ach, daher wehte der Wind! Er hatte Angst, dass Touristen wegblieben. Das war wegen eines Unfalls allerdings eher unwahrscheinlich, dafür mussten schon sämtliche Bootsverleihe und Signor Ferraris Gelateria gleichzeitig schließen.

»Also ... Gibt es vielleicht doch irgendetwas?«, hakte er nach.

Maria zögerte. *Glaubst du, jemand hat ihm etwas angetan?*, hörte sie Vicente in ihrem Kopf sagen. »Nein, rein gar nichts«, sagte sie stattdessen.

»Dann können wir die Sache ja beruhigt zu den Akten legen.« Tatsächlich wirkte er erleichtert, und Maria kam für einen winzigen Augenblick der Gedanke, dass er sich neben dem Tourismus noch andere Sorgen gemacht haben könnte: Die Sorge, wegen des Unfalls seines Konkurrenten selbst in Verdacht zu geraten.

Sie nickte langsam. Etwas zupfte in ihrem Gehirn. »Ich habe schon einen kurzen Bericht getippt«, sagte sie. »Mehr ist in dieser Sache nicht notwendig.«

*

Als Maria ins Büro der Polizia Locale zurückkehrte, hatte Riccardo sich gerade ein Cornetto geholt und krümelte den Schreibtisch voll. Vor ihm lag eine Tageszeitung, in der er mit gerunzelter Stirn las.

»Was wollte denn Castelnuovo von dir?«, fragte er geistesabwesend.

Sie stellte sich hinter ihn, um über seine Schulter blicken und erfahren zu können, was ihn so sehr beschäftigte. »Ah, der Mord in Menaggio. Lass mal sehen.« Am Morgen hatte sie nur den halben Radiobericht gehört.

»Ein Arzt«, klärte er sie auf. »Ist erschossen worden.«

»Danke, ich kann lesen«, sagte sie grinsend. »Seit etwa vierzig Jahren.« Schnell überflog sie den Artikel, der beschrieb, wie man den Arzt auf der Isola Comacina gefunden hatte. Die Questura in Como hatte ihre besten Leute geschickt, um den Mord so schnell wie möglich aufzuklären und so weiter und so fort.

»Weißt du, um welchen Arzt es geht?«, fragte sie Riccardo. Vielleicht hatte er schon mit den Kollegen aus Como gesprochen, Riccardo hatte immer irgendwelche Quellen.

Doch er schüttelte den Kopf. »Ich habe aber im Internet nachgesehen«, sagte er. »Es gibt in Menaggio nicht allzu viele Hausärzte, wenn man die eine Ärztin abzieht.« Die Stadt war sogar noch etwas kleiner als Bellano, und hier war es schon schwer, einen Arzt zu finden. »Es muss einer von diesen drei hier gewesen sein.« Nacheinander rief er die Webseiten verschiedener Ärzte auf. »Was er wohl angestellt hat?«

Maria war überrascht. »Wie kommst du darauf, dass er was angestellt hat?«

»Na, er ist ermordet worden. Mit zwei Schüssen. Menschen werden nicht einfach so erschossen.«

»Wie lange bist du Polizist, Riccardo?«, fragte Maria kopfschüttelnd. »Du solltest wissen, dass sehr viele Menschen *einfach so* ermordet werden.«

»Deshalb bin ich ja bei der Polizia Locale, damit ich genau diese Dinge nicht wissen muss«, widersprach er. »Vielleicht war es auch nur so ein Gefühl«, ergänzte er dann schulterzuckend. »Weil ich dachte, ein Arzt hat Geld. Sag mal, was würdest du mit viel Geld anstellen?« Er drehte sich auf seinem Stuhl so weit um, dass er sie direkt anblickte. Der Mord war offensichtlich schon wieder Nebensache geworden.

»Viel Geld ist relativ. Mit zehntausend würde ich mir ein neues Auto kaufen. Also ein gebrauchtes Auto, das sich für mich neu anfühlt«, stellte sie klar. »Mit einer Million würde ich wahrscheinlich kündigen und den Rest meines Lebens am See liegen.«

»Du würdest uns wirklich verlassen?« In gespielter Enttäuschung schüttelte Riccardo den Kopf.

»Es würde mir schwerfallen.« Maria nickte bedeutungsvoll.

»Vor allem all die ungeduldigen Autofahrer würde ich vermissen, die Hupkonzerte und Flüche.«

Riccardo lachte laut auf. »Na gut«, lenkte er ein. »So viel Geld verdient ein Arzt jetzt aber auch nicht. Für eine Million könnte ich einen Mord verstehen. Aber so …«

»Für irgendjemanden lohnt es sich bestimmt.« Sie zuckte mit den Schultern. »Vielleicht war es aber auch ein Verbrechen aus Eifersucht. Vielleicht hatte er eine Affäre.« Auch in ihrer Ehe hatte es Momente gegeben, in denen sie Stefano die Pest an den Hals gewünscht hatte.

»Oder aus Hass. Oder Rache«, ergänzte Riccardo. »Eben weil er etwas angestellt hat.«

»Ja, möglicherweise hat er etwas angestellt«, gab sie verdrießlich zu. »Vielleicht hat er einen Patienten falsch behandelt.« Oder ein Patient dachte, falsch behandelt worden zu sein. Doch bevor sie weiter darüber diskutieren konnten, klingelte das Telefon auf dem Schreibtisch, und Maria nahm den Hörer ab.

»Maria, kannst du schnell kommen, ein Notfall!« Zia Domenica klang gehetzt, und Maria war sofort in Alarmbereitschaft.

»Was ist passiert?« Ein Unfall? »Geht es Mamma gut?«

»Ja, ja, mit Rosa ist alles in Ordnung. Also, ich hoffe es. Aber mir fehlen Zitronen, Maria! Deine Mutter ist seit Stunden auf dem Markt, um Bohnen zu kaufen, ich gehe davon aus, sie hat ihre Freundinnen getroffen. Sie ist nicht zu erreichen, und wie soll ich ohne Zitronen eine Torta al limone backen?«

»*Zia!* Ich bin bei der Arbeit!« Maria wusste nicht, ob sie lachen oder schimpfen sollte – ein Dilemma, in dem sie beim Umgang mit ihrer Familie häufiger steckte.

»Ja, ich doch auch«, kam es entrüstet aus dem Hörer.

Maria schloss für einen Moment die Augen und atmete tief

ein. Sie kannte ihre Tante gut genug, um zu wissen, dass Diskutieren keinen Sinn hatte. »Hast du noch Mandeln?«, fragte sie so ruhig wie möglich.

»Ja, aber was hat das mit …«

»Mach eine Torta di mandorla.« Damit legte sie den Hörer auf und blickte Riccardo ungläubig an. »Ich warte noch auf den Tag, an dem sie den Notruf wählt, weil ihr das Eis ausgegangen ist. Und um deine Frage zu beantworten«, wechselte sie das Thema, »Castelnuovo wollte nur noch einmal sichergehen, dass wir die Sache mit dem Unfall zu den Akten legen können.«

»Da hast du ihn sicherlich beruhigen können.«

Ja, trotz dieses einen Satzes. Das sagte sie allerdings nicht laut. »Es besteht kein Grund zur Beunruhigung. Der Mord in Menaggio hat ihn einfach nervös werden lassen.«

Riccardo nickte langsam. »Domenicas Torta al limone *ist* allerdings hervorragend«, sagte er. »Und da du in Sachen Unfall nichts mehr zu tun hast, könntest du in deiner Mittagspause ja vielleicht doch schnell ein paar Zitronen besorgen.«

*

Dottor Fabrizios Freunde waren im gleichen Alter und hatten ähnliche Hobbys wie der Arzt: Alle drei waren passionierte Radfahrer und Wassersportler, sagten aber zu einem Bier oder einem guten Glas Wein nicht Nein. Fini hatte beide Männer, Rechtsanwalt Barbieri und Apotheker Galli, für zehn Uhr in die Questura bestellt. Giovanna hatte sich entschieden, die beiden zeitgleich, aber getrennt zu befragen, damit sie ihre Antworten nicht absprechen konnten. Fini redete mit Rechtsanwalt Barbieri, dem Ehemann von Emilia Fabrizios Cousine, und Giovanna sprach mit Andrea Galli, einem Apotheker, den

Fabrizio wohl ebenfalls über seine Frau kennengelernt hatte. Auch Andrea Galli war verheiratet, ganz offensichtlich aber in nicht besonders glücklicher Ehe, wenn man sein Flirtverhalten fremden Frauen gegenüber – im Besonderen fremden Polizistinnen gegenüber – in Betracht zog. Und davon hatte Giovanna schnell ganz gewaltig die Nase voll.

»Signor Galli«, sagte sie scharf, nachdem der Mann zum dritten Mal ihre Fragen nach Simone Fabrizio mit einer Frage nach einem Date gekontert hatte. »Ich glaube, Sie haben den Ernst der Lage nicht erkannt. Wenn Sie nicht kooperieren, kann ich Sie festnehmen lassen.« Das konnte sie nicht, auf welcher Grundlage auch, aber in dieser Hinsicht war es gut, dass sie mit dem Apotheker sprach und nicht mit dem Rechtsanwalt, der für ihren Bluff sicher nur ein müdes Lächeln übrig gehabt hätte. Der Apotheker hingegen blickte sie erschrocken an.

»Können Sie das denn?«, fragte er verunsichert. Schnell zog er die Hand, die er über den Tisch in ihre Richtung hatte wandern lassen, zurück. Er war kein schlecht aussehender Mann, aber bei Giovanna hatte Signor Galli nicht den Hauch einer Chance. Zum einen, weil er Zeuge in ihrem Mordfall war, zum anderen, weil er verheiratet war. Abgesehen davon mochte Giovanna es grundsätzlich nicht, wenn Männer, die sie überhaupt nicht kannten, ihr gleich Honig ums Maul schmierten.

»Würden Sie mir jetzt meine Frage beantworten: Hatte Simone Fabrizio eine Affäre?«

»Natürlich nicht!«, wies Galli entrüstet von sich, schränkte dann aber sofort ein: »Also, nicht, dass ich wüsste.«

»Ist das ein Schuldeingeständnis?« Ungeduldig klackte sie mit dem Kugelschreiber, mit dem sie sich Notizen machte.

»Natürlich nicht!«, wiederholte er. »Ich meinte damit nur, dass ich meine Hand dafür nicht ins Feuer legen würde.«

»Nehmen Sie da sich selbst als Maßstab?«

Immerhin besaß er den Anstand, zerknirscht zu schauen.

»Seit wann kannten Sie Ihren Freund?«

Endlich kam Andrea Galli ins Reden: Der Apotheker hatte Dottor Fabrizio tatsächlich über seine Frau kennengelernt, die damals noch seine Kollegin gewesen war. »Mittlerweile arbeitet sie natürlich nicht mehr.«

Natürlich nicht. Das waren offenbar seine Lieblingsworte. Giovanna schoss ihm einen bösen Blick zu.

Ein Fachgespräch hier, ein Aperitivo nach Feierabend dort – bald hatten die beiden Männer festgestellt, dass sie beide Wassersport mochten, und schon war ein erster Bootsausflug geplant. »Ich habe ihn dazu gebracht, sich schließlich selbst eines zu kaufen«, berichtete er stolz.

»Na, so ein Glück, sonst hätte man ihn unter Umständen nicht ermorden können«, murmelte Giovanna, nur um erneut seinen erschrockenen Gesichtsausdruck genießen zu können.

»Sie glauben ... Meinen Sie ... Habe ich etwa ...«, stotterte er.

Sie beschloss, ihn zu erlösen, und wechselte das Thema. »Fabrizio hat in Mailand studiert, richtig? War es keine Option, dass er mit seiner Frau dorthin zieht?«

Galli blickte sie verwirrt an. »Sie haben sich hier kennengelernt. Nach seinem Abschluss, als er Urlaub gemacht hat. Und da er sowieso auf der Suche nach einem Ort für seine Praxis war, ist er kurz entschlossen an den See gezogen. Er wollte weg aus Mailand.«

»Wissen Sie, weshalb?«

Jetzt wirkte Galli noch erstaunter. »Kennen Sie Mailand?«, fragte er. »Und kennen Sie Menaggio?« Er hob die Hände, wie um zu sagen, dass eine Entscheidung zugunsten Menaggios für jeden eindeutig sein müsste, und vielleicht hatte er recht. Sie selbst hatte Bergamo schließlich nur allzu gern gegen Bellagio getauscht.

»Wie viele Jahre ist das her?«

Er blies die Wangen auf. »Etwa fünfzehn«, sagte er. »Und seitdem sind wir regelmäßig in Kontakt. Ich würde sagen, es gibt nicht viel, was ich über Simone nicht weiß.«

Na, das war doch mal eine Aussage.

»Kam er Ihnen in den letzten Wochen irgendwie verändert vor?«

Diesbezüglich konnte Andrea Galli ihr jedoch nicht weiterhelfen: Nicht nur, dass er nichts von einer Affäre wissen wollte, sein Freund sei immer ganz normal gewesen – was auch immer das heißen mochte.

»Haben Sie ihn am Sonntag gesehen? War er am Abend mit Ihnen zusammen?«

Vehement schüttelte der Apotheker seinen Kopf. »Zum letzten Mal habe ich Simone vor über einer Woche gesehen.«

»Wissen Sie, was er am Sonntagabend gemacht hat? Ob er eine Verabredung hatte?« Sie wussten immer noch nicht, weshalb der Dottore auf die Isola Comacina gefahren war und was er in den Stunden zwischen dem Abendessen mit seiner Familie und seiner Ermordung getan hatte.

Ein erneutes Kopfschütteln. »Er erzählt mir nun auch nicht alles.« Nun wirkte der Apotheker beinahe beleidigt, und Giovanna kniff die Augen zusammen.

»Aha. Hatte Ihr Freund denn ein Geheimnis vor Ihnen?«

»Ich habe Ihnen doch schon gesagt, er war ganz normal!« Das beantwortete ihre Frage nicht, und so stellte Giovanna sie noch einmal.

»Nein«, sagte Galli. »Das war nur so dahergesagt, ich habe keine Anhaltspunkte.«

Aber offenbar ein Gefühl. Das durchaus bedeutsam werden könnte. Giovanna machte sich eine kurze Notiz.

»Wenn Sie am Sonntagabend nicht mit Ihrem Freund zusammen waren, was haben Sie dann gemacht?«

Giovanna war froh, als sie das Gespräch mit dieser Routine-Frage nach seinem Alibi beenden konnte. Auch wenn er im Moment nur als Zeuge hier war, so wusste sie doch nie, was ein Mordfall noch mit sich brachte, und versuchte möglichst oft, offensichtliche Alibis schon gleich im ersten Gespräch abhaken zu können. Galli gab ihr erstaunlich bereitwillig Auskunft: Er war am Abend zuerst mit seiner Frau essen gewesen, in einem Ristorante im Norden von Menaggio mit privatem Seezugang, den Rest des Abends und der Nacht hatten sie gemeinsam verbracht. Auch hinter diesen Namen machte Giovanna zunächst einmal also einen Haken.

Fini brauchte etwas länger mit seiner Befragung des Rechtsanwalts. Doch ihre Hoffnung, dass er brauchbarere Informationen für sie hatte, zerschlug sich schon beim Anblick seines Gesichtsausdrucks. »Typisch Rechtsanwalt«, grummelte er. »Hat sich jedes einzelne Wort aus der Nase ziehen lassen.«

Es tröstete sie etwas, dass Fini es ebenfalls nicht leicht gehabt hatte. Dennoch verschwieg sie ihm Gallis Avancen und setzte ihn nur kurz ins Bild über dessen Aussagen.

»Weshalb ist er aus Mailand weg?« Dieser Satz hatte sich in ihrem Gehirn verhakt. Es gab eine vollkommen logische Erklärung, er hatte eine Frau aus Menaggio kennengelernt, die er schließlich geheiratet hatte. Aber dennoch wurde sie den Gedanken nicht los, dass mehr dahintersteckte. »Kurz entschlossen«, hatte Galli gesagt, war Fabrizio an den Lago di Como gezogen. Hatte er aus Mailand weg*gewollt* oder weg*gemusst*? Vielleicht hatte es sich ja nicht einfach so ergeben, vielleicht hatte er es für besser gehalten, Mailand zu verlassen. Warum? Das Wort »Rache« kam ihr wieder in den Sinn, und wenn sich einmal etwas in ihren Gedanken festgesetzt hatte, so ließ es sich nur äußerst schwer wieder vertreiben.

6. KAPITEL

Als Maria die Trattoria Miralago betrat, schlug ihr schon der Duft aus Zia Domenicas Küche entgegen. Dass sie mit ihren siebzig Jahren immer noch bei dieser Hitze mittags am Herd stand, fand Maria bewundernswert – auszureden war es ihr jedenfalls nicht, das hatten schon mehrere versucht. Gerade trug Marias Mutter zwei Teller mit Bresaola an ihr vorbei. Garniert mit Parmesansplittern, ließ allein der Anblick des Rinderschinkens Maria deutlich spüren, dass sie Hunger hatte. Ihr Blick fiel auf die beiden Gäste, vor denen Rosa die Vorspeise abstellte.

»*Oddio*«, murmelte sie. Ihr Jüngster, Luca, saß dort am Tisch mit der rot-weißen Decke, und ihm gegenüber, übers ganze Gesicht grinsend, sein Vater. Der hatte ihr gerade noch gefehlt.

»Maria!«, rief Stefano prompt, er hatte sie vermutlich schon beim Eintreten entdeckt.

»Du rettest mir das Leben«, flüsterte Rosa ihr ins Ohr und schnappte sich die Zitronen, die Maria ihr hinhielt. Sie hatte extra die schönsten und größten Früchte ausgesucht, um Zia Domenicas Ansprüchen zu genügen. »Deine Tante hat mir die Hölle heißgemacht«, klagte ihre Mutter. »Man kann sich nicht einmal für drei Minuten mit einem Caffè hinsetzen!«

»Du warst stundenlang nicht erreichbar.«

»Ich habe eben Freundinnen. Täte dir auch gut, mal wieder Pause zu machen und mit Micaela oder Adriana zu plauschen.« Den vorwurfsvollen Blick ihrer Mutter quittierte Maria mit einem Augenrollen. Es lag nicht an ihr, dass sie kaum Zeit für ihre Freundinnen hatte.

»Ich möchte auch ein Stück Torta«, rief sie ihrer Mutter hinterher, die die Zitronen in die Küche brachte, wo Zia Domenica zweifellos vor dem Herd stand. Sie meinte, gebratene Pilze zu riechen, dann gab es sicher Polenta Taragna, die Buchweizen-Polenta aus dem Valtellina nordwestlich des Comer Sees. Marias Magen knurrte.

»Setz dich zu uns, *bella*«, schmeichelte Stefano. »Domenica hat wieder fantastisch gekocht.«

Jetzt kam Rosa erneut mit Tellern zurück, für ihre Enkel konnte sie das Essen nie schnell genug servieren, als ob die beiden verhungern würden, wenn das Essen nicht gleich auf dem Tisch stand. Gut, dachte Maria, bei den Mengen, die die Jungs täglich verdrücken, kann man tatsächlich denken, dass sie kurz vor dem Verhungern stehen.

Rosa stellte die dampfende Polenta mit Pilzragout auf den Tisch, dann wandte sie sich erneut an Maria. »Ab jetzt darfst du dich um deine Männer kümmern.«

»*Dai*, Mamma!« Auch Luca bestand darauf, dass sie sich zu ihnen setzte, und so rutschte sie neben ihn auf die Eckbank.

»Warum, muss ich eure Rechnung bezahlen?«, grummelte sie. Auf den verdutzten Blick ihres Sohnes hin wuschelte sie ihm durch die kurzen Haare. »Du bist natürlich immer eingeladen.« Als wenn sie oder ihre Söhne bei Rosa und Domenica je etwas hätten zahlen müssen. Was Stefano anging, sah die Sache anders aus, und sie schoss ihm einen misstrauischen Blick zu. »Musst du nicht arbeiten?«

»Das Gleiche könnte ich dich auch fragen«, gab er unbekümmert zurück. Wenn er wenigstens nicht so gut aussehen würde, dachte Maria missmutig. Ein Brotkrümel hatte seinen Weg auf den Ärmel seines hellblauen Hemdes gefunden, und Maria unterdrückte den Impuls, hinüberzulangen und ihn wegzufegen.

»Diese Sache mit dem Roller«, begann sie. »Meinst du nicht, dass du das mit mir hättest absprechen müssen?«

»*Cavolo!*« Ihr Ex-Mann machte eine wegwerfende Geste. »Die beiden haben Spaß, das ist doch die Hauptsache!«

»Nein, die beiden haben hauptsächlich Strafzettel«, korrigierte Maria. »Das ist nicht ungefährlich, Stefano.«

»Ach, Mamma!« Luca blickte sie über seinen Teller mit großen Augen an.

Unzufrieden presste sie die Lippen aufeinander. »Ich mach mir einfach Sorgen«, sagte sie.

In diesem Moment stellte Rosa ihr einen Teller Bresaola hin, und sie griff nach ihrem Besteck.

»Als Eltern machen wir uns immer Sorgen«, lenkte Stefano ein.

Maria wollte fragen, ob er da wirklich von ihnen beiden sprach, aber sie hatte gerade den ersten Bissen des hauchdünn geschnittenen Schinkens im Mund, den Domenica mit Olivenöl, Zitronensaft und Pfeffer verfeinert hatte, und konnte daher nicht antworten. Fantastisch, hatte Stefano gesagt, und er hatte recht.

»Weißt du noch, als wir jung waren?« Stefano zwinkerte ihr zu. »Du und ich auf meiner Vespa, am See entlang. Weißt du noch, deine Sommerkleider, wie du sie immer festhalten musstest?« Er lachte, und wider Willen musste auch Maria lächeln. Sie waren wirklich noch jung gewesen damals, gerade zwanzig und frisch verliebt. Der Sommer war ihre Zeit gewesen, und sie hatten den See auf und ab erkundet, waren von Bellano nach Dervio, im Süden nach Varenna und Lecco gefahren und hatten eines schönen Sonntags sogar eine gesamte Rundtour gemacht, mit vielen Pausen zwischendurch zum Küssen und Picknicken.

»Wie verliebt wir damals waren!« Stefano schwelgte in Erinnerungen.

»Iih.« Luca verzog angewidert das Gesicht, und jetzt musste Maria herzhaft lachen.

»Gönn deinen Eltern ihren Spaß«, sagte Stefano und knuffte seinen Sohn ans Ohr.

»Ich bezahle mein Essen selbst, wenn ich dafür so was nicht hören muss«, stöhnte Luca.

»Du erzählst ihm doch nicht etwa von diesem schrecklichen Unfall?«, hörte Maria in diesem Moment Zia Domenica empört hinter ihnen sagen.

Als sie aufblickte, stellte ihre Tante ihr die Polenta hin, dann stemmte sie die Hände in die Hüften.

»Viel schlimmer«, rief Luca.

Jetzt lachte auch Stefano, und Domenica entspannte sich etwas.

»Welchen Unfall meinst du?«, fragte Stefano dann. »Antonio Marchesi?«

Wahrscheinlich wusste inzwischen ganz Bellano Bescheid. Maria nickte.

»*Che peccato*, wie schade! Ich bin mit ihm zur Schule gegangen.«

»Ach, wirklich?« Hatte sie nicht gerade eben noch gedacht, Bellano war klein? »Wie war er denn?«

»Netter Kerl, aber ich habe nicht viel mit ihm zu tun gehabt und ihn nach der Schule aus den Augen verloren.« Stefano arbeitete als Elektriker. Mit einem Unternehmer, der Brillen herstellte, hatte er als junger Mann wahrscheinlich kaum Gemeinsamkeiten gehabt. »Was ist denn passiert?«

»Aquaplaning.« Maria blickte scharf in Lucas Richtung. »Und mit einem Roller seid ihr der Straße noch viel mehr ausgeliefert.« Dann wandte sie sich wieder an Stefano. »Er hat auf der nassen Fahrbahn die Kontrolle über seinen Wagen verloren.«

»Ja, es hatte geregnet.« Ihr Ex-Mann nickte. »Warum hat er die Kontrolle verloren? Wollte er bremsen?«

Maria presste die Lippen aufeinander. Wenn sie das wüsste ... »Es muss wohl Wild auf der Straße unterwegs gewesen sein«, sagte sie schulterzuckend. Oder aber ... Oder ihr Bauchgefühl trog sie nicht, und es hatte einen anderen Grund gegeben. Das wollte sie Stefano aber ganz sicher nicht auf die Nase binden.

*

Weder in Sala Comacina noch in Ossuccio hatte jemand etwas von dem Mord auf der vorgelagerten Insel bemerkt, so lautete der Abschlussbericht der Ispettori Butti und Invernizzi, als sie Giovanna in ihrem Büro aufsuchten. Die beiden jungen Männer hatten den gesamten gestrigen Tag damit verbracht, von Haustür zu Haustür zu gehen und die Einwohner zu befragen. Sicher, hier und da hatte jemand ein Motorboot gehört, da dies am Comer See jedoch keine Seltenheit war, nicht einmal nachts, hatte sich niemand etwas dabei gedacht oder gar nach dem Boot Ausschau gehalten. Und ob das etwas gebracht hätte, bezweifelte Giovanna ohnehin, für sie sahen diese kleinen Motorboote sowieso alle gleich aus: weiß und schnell.

Das einzig Interessante, das die Ispettori Butti und Invernizzi ihr mitteilen konnten, war die Tatsache, dass verschiedene Menschen gegen halb zwei in der Nacht zweimal direkt hintereinander einen Knall gehört hatten, was von ihnen auf die Fehlzündung eines Rollers geschoben worden war. Kein Wunder, das passierte bestimmt zweimal wöchentlich auch in Bellagio und schreckte die Menschen aus dem Schlaf. Und auf solch eine Entfernung den Knall einer Fehlzündung von dem eines Schusses unterscheiden zu können, das traute sie sich nicht einmal selbst zu, geschweige denn den Einwohnern von Sala Comacina, falls es nicht ehemalige Spezialisten des Militärs waren. Lediglich zweimal hintereinander war ungewöhnlich und passte zu den zwei Schüssen auf Dottor Fabrizio. Damit hatten sie höchstwahrscheinlich den Zeitpunkt des Mordes bestimmt.

»Ein Uhr dreißig«, wiederholte sie leise und fügte die Zahl zu ihren Notizen hinzu. Wenn die Rechtsmedizin die Obduktion durchgeführt hatte, würde sie die Uhrzeiten vergleichen und wäre damit zumindest einen kleinen Schritt weiter. Der Rest der Indizienfindung in diesem Fall gestaltete sich nämlich etwas zäh. Und so stieß sie beinahe einen Seufzer der Erleichterung aus, als Paola Trevisani, die Forensikerin, an ihre Bürotür klopfte. Nach einer kurzen Begrüßung reichte sie Giovanna das Handy von Dottor Fabrizio, von dem die Fingerabdrücke genommen worden waren.

»Eine erste Durchsicht hat stattgefunden, wir haben die Anrufe und Kontakte geprüft«, sagte die Forensikerin. Auch sie war offensichtlich kein Fan von Small Talk, wie es in Italien sonst üblich war. Ein Lehrer im Internat damals hatte sich immer über Giovanna und diese Eigenart von ihr lustig gemacht. In der Forensikerin schien sie jemand ihresgleichen gefunden zu haben, als Wissenschaftlerin kam Trevisani auch sofort zum Punkt. »Er hat regelmäßig seine Anrufliste gelöscht, seine Nachrichten seltener, hauptsächlich Spam.« Das

Handy schien so langweilig zu sein wie alle Zeugenaussagen bisher. Giovanna seufzte.

»Aber schauen Sie selbst.« Die Forensikerin lächelte freundlich. »Ich habe die Sperre entfernt. Sie können einfach drüberwischen und kommen dann an seine Nachrichten.«

Das war hilfreich.

»Zur Waffe kann ich Ihnen spätestens morgen etwas sagen«, fügte sie hinzu. »Mit etwas Glück noch heute im Laufe des Nachmittags.«

Darauf wartete Giovanna schon ungeduldig. Wenn sie das Kaliber kannten, waren sie einen Schritt weiter. Und wenn Fortuna ihnen hold war, würden sie die Pistole unter den registrierten Waffen finden und konnten dem Täter auf diese Weise auf die Spur kommen.

Trevisani verabschiedete sich, und Giovanna nahm das Smartphone zur Hand. Offenbar hatte Dottor Fabrizio auch einen Zugang auf das Postfach seiner Praxis, bemerkte sie überrascht. Obwohl er Miriam Gentile die Kommunikation überließ, wollte er wohl das Gefühl haben, auf dem Laufenden zu sein. Ein Kontrollfreak, dachte Giovanna. Und sie konnte es verstehen. Das Postfach quoll über vor Anfragen. Die kleinen Wehwehchen des Alltags, nichts Weltbewegendes, Gino Colombo, der alte Mann mit Arthritis war unter den Absendern nicht zu finden.

Giovanna öffnete die App, mit der der Dottore seine Nachrichten geschrieben hatte, und las flüchtig hinein. Sein Freund Andrea Galli, der Apotheker, hatte hauptsächlich lustige Bildchen geschickt, die meisten davon ziemlich sexistisch. Vielleicht hätte ich ihn doch festnehmen sollen, dachte Giovanna angewidert. Einfach so, ein paar Stunden, bis Aliverti dem Treiben ein Ende gesetzt hätte.

Die weiteren Unterhaltungen, die Fabrizio geführt hatte –

mit seiner Frau Emilia, mit seinem Freund, dem Rechtsanwalt, und mit verschiedenen Bekannten –, waren vor allem eines: kurz angebunden. Ganz der viel beschäftigte Arzt, schien der Dottore kaum Zeit gehabt zu haben, ausführliche Nachrichten zu schreiben, antwortete meistens nur mit *»Sì«* oder *»No«*, Emojis verwendete er überhaupt nicht. Gelangweilt schloss Giovanna die App, sie würde jemanden bitten müssen, alles akribisch durchzusehen, Ispettrice Mantovani oder einen der Ispettori Butti und Invernizzi. Wie die Forensik schon gesagt hatte, war auf den ersten Blick nichts Ungewöhnliches festzustellen. Sie brauchte ein Transkript.

Giovanna griff zum Telefon, erreichte jedoch niemanden. Wahrscheinlich waren sie schon in der Mittagspause, das Wetter und die stickigen Büroräume lockten alle an den See, wo zumindest hin und wieder eine leichte Brise wehte. Giovanna überlegte, in der Rechtsmedizin anzurufen, doch sie ging davon aus, dass dort ebenfalls Siesta herrschte.

Mit dem unbefriedigenden Gefühl, dass sie etwas Wichtiges in Dottor Fabrizios Umfeld übersah, stand sie auf, um sich ebenfalls etwas zu essen zu holen. Sehnsüchtig dachte sie an ihre Nonna und deren Kochkünste zurück. Giovanna selbst hatte weder die Geduld noch die Lust, sich abends an den Herd zu stellen, und so lebte sie meist von schnellem Essen zwischendurch. Nonnas entsetzte Miene, die sie zweifellos aufsetzen würde, wenn sie davon gewusst hätte, drängte sich ihr auf. Wenn der Fall gelöst ist, dachte sie. Dann werde ich hier in Como oder in Bellagio auf den Markt gehen, frisches Gemüse besorgen und Nonnas fleckiges Rezeptbuch aus dem Küchenschrank holen.

*

Es gehört einfach zum guten Ton, Hinterbliebenen sein Beileid auszusprechen, sagte Maria sich zum wiederholten Male an diesem frühen Nachmittag. Mit der Witwe eines Verstorbenen zu reden gebot der Anstand, das Mitgefühl. Und auch wenn Maria ihre Uniform trug, so bedeutete das keineswegs, dass sie den Fall nicht, wie von Castelnuovo und Riccardo gewünscht, zu den Akten gelegt hatte. Sie hatte den Bericht bereits am Vortag geschrieben und heute zweimal auf Nachfrage verneint, dass es ein Problem gab. Nein, das hier war ein reiner Höflichkeitsbesuch. Zumindest würde sie es Riccardo ganz genau so verkaufen können, falls er nachhakte, wo sie gewesen war. Mit einem Blumenstrauß in der Hand stand Maria in Vendrogno vor dem Haus der Marchesis – nun wohl dem der Witwe Marchesi – und fragte sich, ob sie wohl weitergekommen wäre in ihrem Leben, wenn sie öfter auf den Rat ihrer Vorgesetzten gehört hätte. In diesem Sinne, so musste sie sich wohl eingestehen, kamen ihre beiden Söhne nach ihr.

Bevor sie auf die Klingel drückte, blickte sie sich um. Vendrogno lag inmitten der Berge, es war zwar seit einigen Jahren eingemeindet und gehörte zu Bellano, befand sich jedoch gut fünfhundert Meter höher gelegen in den Bergamasker Alpen, den Alpi Orobie. Auf einem Felsvorsprung gebaut, schmiegten sich die Häuser dicht aneinander. Knapp dreihundert Einwohner zählte das Dorf, dementsprechend klein war der Ortskern. Von der nach außen schlicht wirkenden barocken Kirche Madonna della Neve hatte man einen wunderbaren Blick auf den See. Maria konnte gut verstehen, weshalb Antonio Marchesi hierher hatte zurückkehren wollen.

Sein Haus hatte er am Rand von Vendrogno gebaut, und Maria hielt Ausschau nach Vicente, dem Bauern und Nachbarn der Marchesis. Sein kleiner Hof lag etwas abseits, aber gut sichtbar, doch sie konnte niemanden entdecken. Gut so, wenn niemand Fragen zu ihrem Auftauchen in Vendrogno stellte, musste sie auch keine beantworten.

Die Marchesis wohnten in einem der großen Einfamilienhäuser. Es schien einigermaßen neu zu sein und war offensichtlich auch frisch gestrichen. In Hellgrau, die Bergdörfer der Alpen waren meist nicht ganz so bunt wie die Orte rund um den See. Umso farbenprächtiger blühte dann aber die Bougainvillea, die neben der Eingangstür die Wand hinaufkletterte und in intensivem Violett leuchtete. Ihr süßer Duft wurde jedoch überdeckt von dem Geruch angebratener Zwiebeln. Im Haus stand ein Fenster offen, jemand klapperte mit Geschirr, und Maria vermutete, dass das Essen vorbereitet wurde.

Beherzt drückte sie endlich die Klingel, und keine Minute später öffnete ihr eine junge Frau, sicher nicht älter als fünfunddreißig. Sie trug ein kurzes Sommerkleid und schwarze Pumps, ihre langen Haare fielen offen über die Schultern. Eine schöne Frau, die genauso in Mailand über die Via Monte Napoleone hätte schlendern können. Nur die roten und geschwollenen Augen passten nicht zu dem Eindruck, den sie nach außen offenbar vermitteln wollte – den einer gepflegten Frau, die alles im Griff hatte.

»*Buongiorno*«, grüßte Maria, stellte sich vor und überreichte die Blumen. »Ich möchte Ihnen hiermit mein aufrichtiges Beileid aussprechen.«

»Sie sind …«

»Ich war am Unfallort«, beeilte Maria sich zu sagen. »Eine schreckliche Geschichte! Als ich Ihren Mann erkannt habe, da … Dürfte ich vielleicht für einen Moment hereinkommen?«, unterbrach sie sich selbst. Die kleine Notlüge, dass sie Marchesi gekannt hatte, erlaubte sie sich – und konnte nicht ausschließen, dass noch die ein oder andere folgen würde.

Es war offensichtlich, dass der Witwe Besuch gerade gar nicht recht war, doch überfordert von Marias Geradlinigkeit gab sie nach und ging voraus durch den Flur in ein hell gefliestes Wohnzimmer. Die großen Terrassentüren führten zu einem kleinen, gepflegt wirkenden Garten hinaus.

Auch Francesca Marchesi bot Maria nichts zu trinken an, was sie der Witwe im Gegensatz zum Bürgermeister jedoch verzeihen konnte.

Aus der Küche war immer noch Geklapper von Geschirr zu hören, und ein Blubbern, vielleicht von kochendem Nudelwasser.

»Meine Mutter. Sie ist gekommen, als …« Francesca Marchesi brach ab und versuchte es erneut: »Sie ist gekommen, um nach mir zu schauen.«

»Das ist schön.« Maria war erleichtert. Es war immer gut, wenn die Hinterbliebenen in der ersten Zeit nach dem Tod ihres Angehörigen nicht allein waren, nicht selten kam der Schock erst später. Und diese arme Frau schien wirklich durcheinander. Maria schenkte ihr ein Lächeln. »Wollen Sie sich nicht setzen? Ich bleibe auch nicht lange.«

Nebeneinander nahmen sie auf einer grauen Couch Platz. Maria spürte deutlich Francescas Anspannung, sie wurde auch in ihrer Haltung sichtbar: Die Schultern hochgezogen, saß sie eng in die Sofaecke gedrängt, ihr Blick war geradeaus auf ein Bild gerichtet, ohne es wirklich wahrzunehmen. Ein Hirsch auf einer Lichtung, sehr poetisch, dachte Maria, und daneben haftete ein Wimpel von Lazio Rom.

»Ihr Mann wäre vielleicht mein neuer Chef geworden«, versuchte Maria, das Gespräch zu beginnen, und tatsächlich wandte Signora Marchesi zumindest den Kopf in ihre Richtung. »Castelnuovo«, ergänzte sie zur Erklärung, und als sie merkte, dass die Witwe mit dem Namen nichts anzufangen wusste, entschied sie sich dazu, ihr von dem Bürgermeister zu erzählen und davon, dass ihr verstorbener Mann sicher einen herausragenden Chef im Rathaus abgegeben hätte.

Tatsächlich entspannten sich Francescas Schultern langsam, und aus dem höflichen Zuhören zu Anfang schien echtes Interesse zu werden. »Wie er sich hier und in der Firma um alles gekümmert hat, wäre er für Bellano der perfekte Bürgermeister gewesen«, sagte sie plötzlich, und Tränen traten in ihre verweinten Augen. Doch sie lächelte dabei, und das war es, was für Maria von Bedeutung war. Die Witwe hatte offenbar Zutrauen zu ihr gefasst.

»Ja, sein Unternehmen war sehr erfolgreich«, stimmte sie also zu, auch wenn sie keine Ahnung hatte, ob die Firma nicht vielleicht rote Zahlen schrieb. Das Haus, der Garten, die ganze Einrichtung schrien jedenfalls nichts von Reichtum, einzig und allein das schicke Kleid von Francesca Marchesi, auf dem Maria das doppelte F der Marke Fendi gesehen hatte, zeugte davon.

»Er hat es wirklich weit gebracht«, bestätigte die Witwe gedankenverloren. »Wenn man bedenkt, dass seine Eltern einfache Bauern …« Sie brach ab, und Maria bekam den Eindruck, dass es ihr unangenehm war. Die Herkunft ihres Mannes. Interessant.

»Seine Eltern stammten aus Vendrogno, richtig?«, fragte sie jedoch einfach, und Francesca nickte.

»Sie wohnten nicht weit von hier.«

Nichts in Vendrogno ist weit voneinander entfernt, dachte Maria amüsiert. Sie wollte die Witwe nicht nach ihrem Verhältnis zu den Schwiegereltern fragen, das mangelnde Interesse und der abgebrochene Satz über die Bauern ließen vorsichtige Rückschlüsse zu.

»Sie sind gerade in Mailand bei seiner Tochter.«

Ah, die junge Frau, mit der Marchesi bei Rosa und Domenica essen ging. Aber …

»*Seine* Tochter?«, hakte Maria nach.

»Aus einer alten Beziehung.«

Das ergab Sinn, die Witwe Marchesi war deutlich zu jung für eine Tochter, die schon studierte. »Haben Sie denn auch gemeinsame Kinder?«

Francesca schüttelte den Kopf. »Wir wollten …« Erneut brach sie ab, presste dann die Hand vor den Mund und unterdrückte ein Schluchzen. Maria verstand. Zwischen den Eheleuten schien es harmonisch gewesen zu sein, voller Zukunftspläne. Und jetzt war Marchesi so plötzlich aus dem Leben gerissen worden, mit seinem Tod hatte Francesca nicht nur den geliebten Partner verloren, sondern auch die Visionen für ihre Zukunft.

Sanft berührte sie Francescas Arm, dann suchte sie in ihrer Uniform nach einem Taschentuch. Seitdem die Kinder klein gewesen waren, ging sie nie mehr ohne aus dem Haus, und hier, bei Gesprächen mit den Menschen, erwies sich diese Angewohnheit als ebenso nützlich.

»Ihr Mann besaß wirklich viel Geschäftssinn«, sagte Maria schließlich. »Da ist er doch sicher auch beneidet worden«, wagte sie sich vor, eine vorsichtige Formulierung, um nach Streitereien, Konflikten oder gar Feindschaften zu fragen. Was mache ich hier überhaupt, durchzuckte es sie. Sie war doch keine Ermittlerin, und nun stellte sie Fragen wie aus einem Fernsehkrimi! Aber wenn ihre Neugier einmal geweckt war, konnte sie einfach nicht lockerlassen.

»Nein, er wurde hier in Vendrogno von allen bewundert. Obwohl er es in der Firma nicht leicht hatte. Wissen Sie, er hatte Streit mit seinem Geschäftspartner. Silvio, mit dem mein Mann vor fast zwanzig Jahren den ersten Laden eröffnet hat, wollte das Geschäft überregional aufziehen, große Investitionen tätigen. Aber Antonio war zurückhaltend, er sagte immer, man muss das Geld, das man ausgibt, auch verdienen. Die Meinungsverschiedenheit hat ihm in letzter Zeit einige schlaflose Nächte bereitet.«

Maria konnte sich gerade noch so zurückhalten, vor Staunen die Augenbrauen zu heben. Das waren durchaus brisante Neuigkeiten. Wenn es um Geld ging – und so, wie es sich anhörte, ging es um viel Geld –, konnten die besten Freundschaften zerbrechen. Mit diesem Silvio wollte sie unbedingt sprechen. Und es gab da noch eine Sache, die sie wissen wollte, das Gespräch mit Stefano hatte ihr Misstrauen geschürt: das Wild auf der Straße. »Diese ganze Geschichte ist wirklich tragisch. Dass er ausgerechnet an dieser Stelle … Er war doch wohl ein vorsichtiger Autofahrer?«, fragte sie.

»Wenn er es gewesen wäre, wäre er jetzt noch am Leben«, antwortete Francesca traurig. »Ach, wenn ich nur wüsste, was er mitten in der Nacht dort zu suchen gehabt hat!«

Genau das hatte Maria sich auch schon gefragt. »Er hat Ihnen nichts gesagt?«, fragte sie verwundert.

»Kein Wort! Ich war an dem Abend mit einer Freundin verabredet, wir waren in Varenna etwas trinken. Und als ich gegen Mitternacht zurückkam, habe ich mich gewundert, dass er nicht da ist. Üblicherweise erzählt er mir von seinen Geschäftsterminen. Wir haben auch einen gemeinsamen Kalender, aber …« Sie schüttelte den Kopf, was wohl bedeuten sollte, dass dort nichts eingetragen gewesen war. »Das war so gar nicht seine Art.«

»Eigenartig.« Es musste also etwas gewesen sein, das er vor seiner Frau verheimlicht, oder etwas, das sich spontan ergeben hatte. Ein Treffen oder auch eine Fahrt, um den Kopf freizubekommen? Maria war froh, dass die Witwe sich bisher nicht wunderte, weshalb sie so viele Fragen stellte. Aber sie hatte die Erfahrung gemacht, dass ihre Uniform, die bei Straßenverkäufern Besorgnis auslöste, ihr in den behüteten Bevölkerungsschichten einen Vertrauensvorschuss gab. Das war einer der Vorteile ihres Berufs, und in diesen Momenten wusste sie immer, weshalb sie ihn ausübte: um den Menschen zu helfen. Um sie zu schützen und ihnen ein Gefühl von Sicherheit zu geben. Zu ihrer Pension würde sie nicht Nein sagen, aber ihre eigentliche Motivation war es, den Einwohnern von Bellano in allen kleinen und manchen größeren Belangen unter die Arme zu greifen. So wie in diesem Fall bei Francesca Marchesi. Dabei durfte sie sich natürlich nicht zu sehr auf das Gefühl von Mitleid einlassen: Wenn wirklich etwas faul war am Tod von Antonio Marchesi, dann mochte es sein Geschäftspartner gewesen sein, es war aber ebenfalls möglich, dass Marchesis junge Ehefrau ihr nur etwas vorspielte. So viel wusste Maria von der Arbeit der Polizia di Stato durchaus: dass die Ehepartner, statistisch gesehen, die wahrscheinlichsten Täter – oder in diesem Fall Täterinnen – waren.

Als in der Küche laut scheppernd etwas herunterfiel und Francesca erschrocken aufsprang, nutzte Maria die Gelegenheit, um sich zu verabschieden.

»Ach, kommen Sie doch zur Beerdigung!«, sagte die Witwe plötzlich und lächelte zaghaft. Offenbar hatte Maria wirklich Eindruck hinterlassen. »Am Freitag, ich habe dem Bestatter gesagt, dass ich nicht zu lange warten will. Dieser Schwebezustand … Jeden Moment denke ich, Antonio kommt zur Tür herein!« Etwas verlegen blickte sie zur Seite. »Um elf Uhr hier in San Lorenzo.«

7. KAPITEL

Die Forensikerin hatte sich nicht mehr gemeldet, das Ergebnis der Ballistik stand also immer noch aus. Die Rechtsmedizin hatte ebenfalls keine Neuigkeiten für Giovanna, und nachdem sie sich mit dem zuständigen Pathologen darüber gestritten hatte, wie klug es war, bei diesem Wetter mit der Obduktion zu warten – sein Argument lautete, dass die Leichen ohnehin tiefgekühlt lagerten und die Außentemperatur daher unerheblich war, was leider Gottes einer gewissen Logik nicht entbehrte –, musste sie einer ihrer Listen wohl oder übel einen weiteren Namen hinzufügen. Der Liste mit Personen, die der Questore persönlich für sie kontaktieren musste, wenn es wichtig war.

Unzufrieden blickte Giovanna auf die Uhr. Es war schon wieder beinahe sechs, der Tag fast zu Ende, und sie waren keinen Schritt weitergekommen. Abgesehen davon war Fini verschollen, die Ispettori Butti und Invernizzi hatten andere Aufgaben, und Ispettrice Mantovani war mit Kopfschmerzen nach Hause gegangen. Weder der urlaubende Gärtner der Fabrizios noch Gino Colombo, der Patient, der laut Miriam Gentile Dottor Fabrizio beschimpft hatte, waren zu erreichen, und allmählich beschlich Giovanna deswegen ein mulmiges

Gefühl. Vielleicht sollte sie später noch einmal persönlich bei ihm vorbeifahren. Aktenkundig war der Mann noch nicht geworden, und bisher hatte sie nur erfahren, dass er seit dem Tod seiner Frau allein lebte.

Giovanna stieß einen Seufzer aus und wählte die Nummer von Emilia Fabrizio, um ihr eine Frage zu stellen, mit der sie hoffte, ein kleines bisschen in ihrem Fall weiterzukommen. Die junge Witwe klang am Telefon noch niedergeschlagener als bei ihrem letzten Gespräch, schien aber fest entschlossen, sich für ihre Kinder zusammenzureißen. Von einem Grund ihres Mannes, Mailand zu verlassen, wusste sie nichts.

»Nein, nein, das war eine pragmatische Entscheidung. Er war auf der Suche nach einem Ort, an dem er eine Praxis aufbauen kann. Hier haben wir ein gutes Leben, und meine Eltern können mit den Kindern helfen. Nein, in Mailand hätte ich mich nicht wohlgefühlt.«

Das zumindest konnte Giovanna verstehen, als sie eine halbe Stunde später an Bord der Fähre Richtung Bellagio an der Reling stand und die Nase in den Wind hielt. Der Motor der Fähre dröhnte, trotzdem konnte sie das Geschnatter der Enten und anderen Wasservögel hören, die sich am Ufer stritten.

»Endlich Feierabend, Signora Commissaria?« Aus dem Augenwinkel nahm sie das blaue Hemd wahr, die Uniform der Mitarbeiter von Navigazione del Lago di Como. Darin steckte der junge Mann, der ihr schon öfter Komplimente gemacht hatte. »Na, viele Mörder geschnappt heute?«, fragte er augenzwinkernd.

»So einfach stellen Sie sich das vor?«, entgegnete sie und sah ihn ungläubig an. »Wie das Vertäuen eines Schiffs?«

»*Das* ist ganz sicher nicht einfach.« Er schob seine Sonnenbrille so weit hinunter, dass er sie über den Rand hinweg ansehen konnte. »Was glauben Sie, wie lange ich das üben musste.«

Wider Willen zuckten ihre Mundwinkel. »Das mit den Mördern ist auch nicht gerade ein Kinderspiel«, sagte sie.

Er lehnte die Arme auf die Reling und blickte auf den See. »Dachte ich mir. Sind Sie deshalb immer so ernst?«

Giovanna musterte ihn von der Seite. Sie wusste, dass sie nach außen verschlossen wirkte, dass sie oft verschlossen *war*. Natürlich hatte sie nach dem Tod ihrer Eltern versucht, Fuß zu fassen. Doch dann war Nonna Maura krank geworden, und im Internat in Bergamo hatte sie ein Bett, aber kein Zuhause gefunden. Seitdem waren alle Beziehungen, die sie gehabt hatte, irgendwann gescheitert. Und schließlich hatte sie es aufgegeben und sich ganz und gar in ihre Karriere gestürzt.

Sie schüttelte den Gedanken ab und zuckte als Antwort lediglich mit den Schultern. Ein Weilchen standen sie einfach so schweigend nebeneinander, und Giovanna musste zugeben, dass ihr die Nähe des Mannes heute nicht unangenehm war. Als die Schiffshupe laut tönte, fand sie es beinahe schade, dass er gehen musste.

Den Rest der Fahrt genoss sie den weichen Luftzug in ihrem Gesicht und die kleinen Spritzer von Seewasser auf ihrem Arm. Sie hatte den Tag viel zu lange im Büro verbracht und war froh darüber, nun im Freien zu sein. Deshalb beschloss sie, nach dem Anlegen der Fähre nicht gleich nach Hause zu gehen, sondern einen Spaziergang nach Pescallo zu machen, dem Fischerdorf mit dem kleinen Hafen auf der anderen Seite von Bellagio. Der Weg dorthin führte über die Salita Cappuccini über einen uralten Fußweg mit Treppen an einem Kapuzinerkloster vorbei, dessen Olivengärten sie im Vorbeigehen bewundern konnte. Giovanna genoss den schmalen Weg, auf dem selten viele Menschen unterwegs waren.

Es duftete nach Sommer, die Hitze, die von den Steinen ausstrahlte, von den Häusern, den Straßen, den Mauern, schufen wie so oft eine ganze besondere Atmosphäre. Jetzt, wo die Schatten länger wurden und die Sonne hinter den Berghängen der Alpen verschwand, verlagerte sich das Leben in die Cafés und Restaurants, wo man einen Aperitivo trank, einen Aperol Spritz, begleitet von Chips, Oliven oder anderen Kleinigkeiten. Die Vögel zwitscherten und trillerten noch einmal, so laut sie konnten, bevor sie für die Nacht verstummten.

Am winzigen Hafen von Pescallo hatte der Schatten das Ufer erreicht, in den Wellen schaukelten drei bunte Boote. Für einige Minuten setzte Giovanna sich auf die Steintreppe und lauschte den Geräuschen. Aus den offenen Fenstern der umliegenden Häuser war das Klappern von Geschirr zu hören, dazu leise und auch ein paar etwas lautere Stimmen. Irgendwo spielten Kinder, sie konnte das Gejauchze hören und das Geräusch von einem Ball, der gegen Steine prallte. Kein einziges Auto fuhr vorbei, die engen Gassen hier machten es dem Verkehr schwer, wie auch in der Altstadt von Bellagio.

Als Giovanna genug Ruhe und Frieden eingeatmet hatte, machte sie sich auf den Aufstieg zurück. Nun surrten Mücken zwischen den Steinmauern herum, die den Weg zu beiden Seiten begrenzten, ganz ohne einen Stich würde sie vermutlich nicht davonkommen.

Zu Hause im Garten sah sie gerade nach Bruno, als sich ein Kopf vom Balkon über ihr ins Sichtfeld schob.

»Giovanna, *ragazza, buona sera!*« Ludovico, der Nachbar, der mit ihrer Nonna befreundet gewesen war, wünschte ihr fröhlich einen guten Abend. »Willst du hochkommen? Ich habe ein Risotto mit Flussbarsch gekocht, es ist mehr als genug da!«

Bruno zwinkerte heftig mit seinen Äuglein, als wollte er sie dadurch zusätzlich ermutigen, die Einladung anzunehmen, und Giovanna stimmte zu. Als sie aufstand, kam ihr zum wiederholten Male der Gedanke, dass Ludovico, ein fast achtzigjähriger alter Mann, in Bellagio bisher der Einzige war, mit dem sie so etwas wie Freundschaft verband.

»*Ciao, ciao!*« Die Küsschen zur Begrüßung durften nicht fehlen, und Giovanna, die keine große Freundin von allzu herzlichen Begrüßungen war, ließ ihn gewähren und drückte kurz seine Schulter. Er roch nach Aftershave und ganz leicht nach dem Lavendel, den Nonna ihm in Säckchen genäht hatte, damit er sie in seinen Kleiderschrank legen konnte. Bis heute wusste Giovanna nicht, ob das zwischen Nonna und Ludovico eine Freundschaft oder mehr gewesen war. Sie hatte sich nie getraut zu fragen.

Ludovico deckte auf dem Balkon, und sein Risotto war so fantastisch, dass Giovanna sich zweimal nachgeben ließ – bis sie beinahe platzte.

»Das hast du von Nonna gelernt«, sagte sie lächelnd, als sie sich den Mund mit einer grün karierten Serviette abtupfte.

»*Certo!*«, war seine Antwort. »Ja, natürlich. Sie war eine fantastische Frau«, ergänzte er dann verträumt, und Giovanna beschlich der Gedanke, dass sie ihre Frage gar nicht stellen musste. Es war deutlich zu sehen, dass sie ihm viel bedeutet hatte.

»Ich habe im Radio von dem Mord gehört«, wechselte Ludovico das Thema, nachdem er eine Flasche Wein und zwei Gläser geholt hatte. Giovanna mochte den Domasino, diesen feinen Wein aus der Region um Domaso, einem kleinen Anbaugebiet im Norden des Comer Sees. »Du leitest sicher die Ermittlungen, richtig?«

Sie nickte.

»Fühlst du dich denn immer noch wohl bei der Polizei in Como?«

»Besser als in Bergamo jedenfalls.« Mit den dortigen Kollegen hatte sie am Schluss nichts mehr verbunden, hier in Como gab es immerhin Aliverti, den sie sogar gut leiden konnte, und weder Fini noch Ispettrice Mantovani oder die anderen Kollegen machten ihr das Leben schwer.

»Commissaria.« Ludovico ließ das Wort wie den Wein weich auf seiner Zunge zergehen. »Du hast es weit gebracht.« Er war auf stolz auf sie, das wusste sie, das spürte sie in jedem Gespräch mit ihm. Und sie konnte es hören: Ludovico, der mit der halben Nachbarschaft bekannt war, brachte ihren Titel, sooft es nur ging, in einem Plausch mit seinen Freunden unter – so viel bekam Giovanna von seinen Telefonaten und Gesprächen auf dem Balkon jedenfalls mit. »Jetzt müssen wir dir nur noch einen Mann suchen«, sagte er dann, und Giovanna stöhnte auf.

»Fang du nicht auch noch damit an. Mein Chef ist schon schlimm genug.«

»Dein Chef möchte, dass du einen Mann findest?«, hakte der alte Mann verwirrt nach.

»Nein, nicht so konkret«, lenkte Giovanna ein. »Er will, dass ich mehr Gesellschaft habe.«

»Das ist ein Anfang.« Ludovico nickte.

»Ich habe Bruno.«

Jetzt schüttelte er seinen Kopf. »Bruno zählt nicht.« Der Meinung war Aliverti auch.

»Und was ist gerade? Habe ich heute Abend keine Gesellschaft?«, fragte sie.

»Die beste von allen.« Jetzt grinste Ludovico und zog einen Stapel Karten aus seiner Hosentasche. Froh über den Themenwechsel ging Giovanna gleich darauf ein.

»Der Abend ist noch jung«, sagte sie. »Da sollten mindestens zwei Runden drin sein.« Zufrieden sah sie zu, wie Ludovico die Karten ausgab.

*

Schon auf dem Gehweg vor dem Haus konnte Maria das Gebrüll hören: Micheles tiefe Stimme und die von Luca, die manchmal, vor allem, wenn er sich aufregte, noch kiekste.

Was war jetzt wieder passiert?

Plötzlich musste sie an Stefano denken, der als junger Vater immer überfordert gewesen war, wenn seine zwei Söhne schrien. Was hatte sie dann zu ihm gesagt? *Sei froh, dass sie gesund genug sind zum Schreien.* Positiv denken.

Immerhin war sie gerade eben noch im Miralago vorbeigegangen und hatte als Dessert zwei Stücke Torta al limone von Domenica geholt. Vielleicht würde das die Streithähne beruhigen. Doch bevor sie noch ihren Schlüssel aus der Tasche kramen konnte, wurde die Haustür aufgerissen, und Luca stürmte mit hochrotem Kopf an ihr vorbei.

Als er sie sah, hielt er kurz inne. »Er war den ganzen Tag mit dem Roller unterwegs. Jetzt bin ich dran!«, rief er laut, wie zur Erklärung.

Sie hatte doch gar nichts gesagt.

»Willst du vorher noch ein Stück Torte von Zia Domenica?«, fragte sie, in der Hoffnung, mit seinem Lieblingsdessert seine Laune zu bessern.

Luca zögerte. Die Angst, dass Michele ihn überlisten und den Roller nehmen konnte, stand ihm ins Gesicht geschrieben.

»Torta al limone«, erläuterte Maria und nickte in Richtung Haustür. Die Zitrone gab den Ausschlag, und Luca trottete hinter ihr her in die Küche. Michele lag im Wohnzimmer auf der Couch, flach auf dem Rücken, die Hände mit seinem Smartphone hielt er über dem Gesicht. Es sah unbequem aus, aber ihre Jungs konnten auch einen ganzen Film lang im Schneidersitz auf dem Boden sitzen. Seinen Bruder ignorierte er komplett, der es ihm gleichtat. »Habt ihr überhaupt schon zu Abend gegessen?«, fragte sie.

Die ausbleibende Antwort interpretierte Maria so, dass ihre Söhne noch nichts zu sich genommen hatten – zumindest nichts Vernünftiges. Im Kühlschrank standen noch ein paar Polpette, Hackbällchen in Tomatensoße, außerdem Oliven und in Öl eingelegte Tomaten. »Wie wäre es mit Gnocchi?«, fragte sie, wohl wissend, dass ihre Söhne die kleinen Kartoffelklößchen liebten. Für heute entschied Maria sich, dazu eine leichte Soße aus Erbsen und Zucchini zu kochen. Ein schweres Gericht mit Käse fehlte bei dieser Hitze gerade noch!

Während sie das Essen zubereitete, waren ihre Söhne mit ihren Handys beschäftigt. »Wie war es am See?«, fragte Maria und rührte die Gnocchi ins kochende Wasser.

»Gut«, gab Michele zurück, ohne den Blick vom Bildschirm zu nehmen.

»Mit wem warst du denn dort?«

»Mit Freunden.«

Antworten von einem Teenager zu bekommen war wie Zähneziehen. Da war sogar ihr Gespräch mit Francesca Marchesi heute einfacher gewesen.

»Und was hast du gemacht, Luca?«

»War am See.« Er zuckte mit den Schultern, versuchte, so gleichgültig zu klingen wie sein großer Bruder, aber Maria wusste, dass Luca immer ein kleines bisschen gekränkt war, wenn Michele etwas ohne ihn unternehmen wollte.

»Allein?«, fragte sie.

»Nein! Natürlich nicht.«

Maria seufzte, beschloss aber, nicht weiter nachzuhaken. Spätestens beim nächsten Liebeskummer würde sie sowieso alles erfahren, denn diesbezüglich waren sie dann doch wieder ihre kleinen Jungs: Wenn sie Kummer oder Sorgen hatten, war sie die erste Anlaufstelle.

Und tatsächlich, sobald sie gemeinsam am Tisch saßen, die Smartphones außer Reichweite, wurden ihre Söhne gesprächiger. Plötzlich redeten sie auch wieder miteinander und plapperten munter drauflos, vom Strand, von ihren Freunden, vom Rollerfahren. Der Name Luisa fiel mehrfach, und Maria hatte den Eindruck, dass Michele unter seiner sonnengebräunten Haut bei der Erwähnung jedes Mal ein klein wenig dunkler wurde.

»Luisa ist Vegetarierin?«, fragte Maria, einer Eingebung folgend.

»Weißt du, was den Tieren alles angetan wird, Mamma?« Das Thema schien, Luisa hin oder her, Michele am Herzen zu liegen, und Maria ließ ihren Sohn erzählen. Sie beschloss insgeheim, mal mit Zia Domenica zu reden, es gab so viele köstliche vegetarische Gerichte, vielleicht konnte sie ihre Karte um eines oder zwei ergänzen.

Schließlich räumte sie die Teller ab. Als sie die Torta al limone ins Wohnzimmer brachte, sagte Luca plötzlich: »Ah, Matteo war heute auch am Strand.«

»Ach ja?« Maria mochte den jungen, höflichen Jungen, einen der Schulfreunde ihres Sohnes.

»Er sagt, du warst am Nachmittag in Vendrogno. Was wolltest du denn da?«

8. KAPITEL

Die Fähre hatte Verspätung, zu viele Menschen waren heute unterwegs, an jedem Hafen gab es Gedrängel und Geschubse, und die Mitarbeiter hatten alle Hände voll zu tun. Nur mit Mühe konnte Giovanna ihre Ungeduld zügeln, doch sie sagte sich immer wieder vor, dass es auf der Straße ja nicht besser war. Eine halbe Stunde später als üblich betrat Giovanna schließlich die Questura und eilte in ihr Büro.

»*Grazie a Dio*, du bist gekommen!« Ein blasser Alberto Fini kam ihr schon entgegen, bevor sie sich an ihren Schreibtisch setzen konnte. »Die Rechtsmedizin hat angerufen, die Obduktion findet gleich statt.«

Es geschehen noch Zeichen und Wunder, dachte Giovanna.

»Und da du nicht da warst … Aliverti … Er hat gesagt, ich soll für dich hingehen.« Daher die Aufregung, daher die Blässe. Beinahe tat er ihr leid.

»Danke, Fini, jetzt bin ich ja da.« Sie blickte auf das Cornetto, das sie auf dem Weg in der Bar gekauft und auf einem Teller neben ihren Computerbildschirm gestellt hatte. Ob sie es noch essen konnte, würde sich zeigen. Obduktionen waren wahrlich nicht ihre Lieblingsbeschäftigung. Das lag gar nicht einmal an der Tatsache, dass ein menschlicher Körper aufgeschnitten wurde, nicht am Blut, nicht einmal an den Organen, die herausgehoben und gewogen wurden. Aber die Art und Weise, wie ein Mensch, den Giovanna versuchte, sich vor ihrem inneren Auge lebendig zu machen, dem sie Sehnsüchte, Wünsche und Sorgen zusprach, Charakterzüge und Eigenschaften, dass dieser Mensch von den Medizinern wie ein Stück Fleisch bearbeitet wurde, wie ein totes Tier, wie ein Etwas, das man eben sezieren musste, das ließ sie schaudern.

»Dann muss ich also nicht …«

Als Giovanna den Kopf schüttelte, bekreuzigte der Ispettore sich.

»Wir müssen dringend die Kontobewegungen auswerten«, sagte sie. »Er hatte keine Schulden, das habe ich gecheckt, aber wir müssen uns jeden einzelnen Posten ansehen, vielleicht kommt ja was dabei heraus.« Eine lästige Arbeit, die kaum jemand erledigen mochte. Doch Fini, der bis eben noch geglaubt hatte, in der nächsten halben Stunde dabei zusehen zu müssen, wie Dottor Fabrizio von oben bis unten aufgeschnitten wurde, nickte eifrig.

»*Subito*«, sagte er und schnappte sich augenblicklich die Ausdrucke und einen Kugelschreiber.

*

»Oh, Maria, du bist ein Engel«, nuschelte Riccardo, als er den ersten Schluck Caffè trank.

Sie hatte ihrem Vorgesetzten den guten Espresso aus Signor Ferraris Gelateria mitgebracht, so brauchte er nicht auf die Behelfsmaschine in ihrer kleinen Küche zurückzugreifen. Und da Riccardo heute schon fünf Kilometer geradelt war, hatte er eine Aufmunterung dringend nötig.

Lächelnd trank sie ihren Cappuccino. Sie wollte am Freitag auf Marchesis Beerdigung, es schadete also nicht, ihren Vorgesetzten im Vorfeld ein wenig milde zu stimmen, damit er ihre Anwesenheit dort erlaubte. Von ihrem Besuch in Vendrogno hatte sie ihm auch nichts erzählt, aber nun war sie dort schon gesehen worden. Bisher hatte sie sich keine Gedanken gemacht, aber wenn sich herumsprach, dass sie Fragen stellte ... Und herumsprechen würde es sich bestimmt, in Bellano sprach sich einfach alles herum. Also war es besser, offen ihr Interesse an Antonio Marchesi zu zeigen, und zwar so, dass keiner Verdacht schöpfte, sie würde irgendetwas anderes tun, als Mitgefühl für das Opfer eines tragischen Unfalls auszudrücken.

Weshalb genau sie eigentlich etwas anderes tat, war ihr selbst noch nicht ganz klar. War es reine Neugierde? Zu Anfang hatte Maria noch gedacht, dass es vielleicht an einer Art »Instinkt« lag, einem Gefühl, dass irgendetwas nicht stimmte. Und jetzt hatte sie dieses Gefühl erst recht. Weil wirklich mehr dahintersteckte oder weil die letzten Wochen des Sommers so träge dahinflossen, dass ihre eigentliche Arbeit kaum Aufregung bot?

Genüsslich trank Riccardo den letzten Schluck Caffè und wischte sich über den Mund. Gerade noch rechtzeitig, bevor der Bürgermeister das Büro betrat. Der gemütliche kleine Mann trug heute ein ungewohnt modisches Leinenhemd mit breiten Streifen, die ihn nicht unbedingt schlanker erscheinen ließen, und dazu eine schlichte dunkle Hose, die ihm in etwas zu vielen Falten über die Schuhe fiel.

»Signor Castelnuovo!« Sofort sprang Riccardo auf. »Was verschafft uns die Ehre?«

»*Buongiorno, buongiorno*«, grüßte der Bürgermeister, reichte ihnen beiden die Hand und erkundigte sich nach der Arbeit.

»Sie haben sicher wieder viel zu tun, oder? Wir müssen unbedingt etwas zu Ihrer Entlastung tun.«

Das sind ja ganz neue Töne, dachte Maria.

»Oh nein, nein«, winkte Riccardo jedoch ab. »Wir lieben unsere Arbeit«, schleimte er sich stattdessen ein, vielleicht hoffte er auf eine Gehaltserhöhung.

»*Perfetto!*« Castelnuovo geizte selten mit Superlativen. »Wissen Sie, was ich mir überlegt habe? Eine Radarfalle. Was meinen Sie? Auf der Strada provinciale? Als Sofortmaßnahme gegen schwere Unfälle.« Er breitete die Arme aus und schrieb mit den Fingern eine Schlagzeile in die Luft. »Bellano reagiert auf schweren Unfall: Bürgermeister Castelnuovo will unsere Straßen sicherer machen.«

Daher wehte der Wind. Als Maria den Bürgermeister nur sprachlos anblickte, stieß Riccardo ihr den Ellenbogen in die Rippen. »Eine ganz hervorragende Idee«, sagte er nickend. »Radarfallen kommen bei unseren Bürgern immer ausgezeichnet an.«

Nun hatte er es mit der Schleimerei übertrieben, sodass es wie Sarkasmus wirkte. Im gleichen Moment, in dem Riccardo seinen Fehler bemerkte, hielt auch der Bürgermeister inne. »Vielleicht war ich etwas voreilig mit meiner Überlegung«, entgegnete er zögerlich.

Die zwei Männer blickten sich an, beide schienen nicht so recht zu wissen, wie sie aus dieser Sache herauskommen sollten.

Plötzlich durchzuckte Maria eine Idee. War das nicht die Lösung? Für sie alle drei? »Oh, Signor Castelnuovo, hören Sie, ich hätte da einen Vorschlag.«

Zwei Augenpaare wandten sich ihr zu. Mit dem unschuldigsten Lächeln, das ihr möglich war, erklärte Maria: »Ich dachte, vielleicht sollte jemand aus dem Rathaus dem Unternehmer Marchesi die letzte Ehre erweisen. Die Beerdigung ist übermorgen, am Vormittag, und welche bessere Möglichkeit gäbe es, die Wertschätzung der Stadt Bellano zu zeigen? Wenn wir der Trauerfeier in offizieller Funktion beiwohnen, zeigen wir damit Mitgefühl, Bürgernähe und Engagement.« Nachdrücklich gestikulierte sie mit den Händen, um dem Bürgermeister ihre Idee schmackhaft zu machen.

»Wir, äh …«, stotterte Castelnuovo, der überrumpelt, aber nicht völlig abgeneigt wirkte.

»Ich würde diese Aufgabe selbstverständlich übernehmen«, fuhr Maria schnell fort, bevor er noch auf falsche Gedanken kam. »Sie sind ein viel beschäftigter Mann, das ist völlig klar.« Auch wenn die Vorstellung vom Bürgermeister persönlich auf Marchesis Beerdigung durchaus interessant war. Würde man ihm mit Misstrauen begegnen oder gar mit Abneigung?

»Ah, Signora di Bartolomeo, Ispettrice, das ist eine ganz hervorragende Idee!« Schon wieder mit Oberwasser rieb Castelnuovo sich die Hände. »Ich lasse von Signora Pizzi arrangieren, dass Sie meinen Dienstwagen bekommen.«

Der war dezent schwarz, im Gegensatz zu dem weißen Auto mit dem grünen Streifen, das die Polizia Locale fuhr. Eine gute Idee.

Glücklich und zufrieden verabschiedete der Bürgermeister sich von ihnen.

Nur Riccardo zog auf dem Weg irritiert seine Augenbrauen zusammen. »Du führst doch was im Schilde«, sagte er nachdenklich.

*

Die Obduktion hatte nichts Außergewöhnliches ergeben. Dottor Fabrizio war, wie der erste Anschein gezeigt hatte, infolge der Schussverletzungen verstorben. Sein Mageninhalt deutete auf das gemeinsame Abendessen mit seiner Familie hin. Der Todeszeitpunkt lag zwischen ein und drei Uhr nachts, sodass Giovanna nun fest davon ausging, dass die »Fehlzündungen« des Motorrads um halb zwei die Schüsse auf Fabrizio gewesen waren. Mit wem hatte der Dottore sich so spät noch getroffen? Oder war etwas schiefgegangen? Hatte das Boot womöglich Schaden genommen und er festgesessen? Nein, die Spurensicherung hätte ihr das gemeldet. Giovanna suchte nach dem Bericht der Forensikerin. Sie hatte gern alles auf Papier, auf diese Weise übersah sie nichts. Die jüngeren Kolleginnen und Kollegen machten sich manchmal über sie lustig, aber auf einem weißen Blatt Papier waren ihr schon oft Ungereimtheiten aufgefallen, die sie am Bildschirm übersehen hatte. Also blieb sie bei ihrer Methode und griff auf die Dateien meist nur zu, um sie auszudrucken. Also, wo war dieser Bericht?

Richtig, das Boot war untersucht worden, man hatte keine Hinweise auf eine weitere Person an Bord gefunden. Das bedeutete, Fabrizios Mörder musste anderweitig auf die Insel gelangt sein, möglicherweise mit einem eigenen Boot. Oder war er geschwommen? Nein, das konnte sie sich nicht vorstellen.

So wenige Anhaltspunkte gab es bisher, so wenige Hinweise. Es war frustrierend, sämtliche Alibis waren schwammig, doch niemand hatte ein Motiv, Dottor Fabrizio zu ermorden. Sie musste an Aliverti denken und seine Frage, ob es sich um eine Verwechslung handeln könnte, ein zufälliges Verbrechen.

Mit noch leicht flauem Magen aufgrund der Obduktion aß Giovanna ihr Cornetto. Danach fühlte sie sich besser, nur müde. Vielleicht sollte sie noch einen Caffè trinken.

Tatsächlich half das heiße Getränk aus der Bar wenige Schritte von der Questura entfernt. Die Barista lächelte Giovanna freundlich an, während diese jedoch nur nachdenklich mit dem Löffel an den Tassenrand klopfte.

Sie beschloss, es noch einmal bei dem wütenden Patienten von Dottor Fabrizio zu versuchen, der sich bisher noch immer nicht zurückgemeldet hatte. Am besten persönlich, sie wollte seine Reaktionen unvermittelt miterleben. Kurz vor der Villa Carlotta jedoch hatte sich aufgrund einer Baustelle ein Stau gebildet, der sie eine halbe Stunde Zeit kostete. Müde und verschwitzt kam sie endlich in Menaggio an, und zu ihrer Überraschung öffnete Gino Colombo auf ihr Klingeln nahezu sofort die Tür. Der Patient, der Miriam Gentile unheimlich gewesen war und gegen Dottor Fabrizio Drohungen ausgestoßen hatte.

Giovanna erklärte ihm, wer sie war, und bat ihn dann sogleich, ihr von seiner Beziehung zu dem Arzt zu erzählen. Gino Colombo entpuppte sich als trauriger alter Mann mit Arthritis in den Händen, den seine Schmerzen so wütend werden ließen, dass er sich mit seinem Arzt stritt. Jeder Besuch bei Dottor Fabrizio war bei ihm untrennbar mit dem Gedanken an Schmerzen und die Nutzlosigkeit seiner Finger verbunden, mit denen er sein Leben lang gearbeitet hatte, die jetzt aber, geschwollen und steif, einfach nichts mehr für ihn tun wollten.

»Deshalb hat meine Tochter mich für ein paar Tage zu sich geholt«, erklärte er seine längere Abwesenheit. »Damit ich saubere Wäsche habe und wenigstens einmal im Monat warme Mahlzeiten.« Bitter lachte er auf, und Giovanna tat sein Schicksal im Herzen weh. Colombo war immer ein unabhängiger Mann gewesen, dem es nun schwerfiel, um Hilfe zu bitten, und noch schwerer, angebotene Hilfe anzunehmen.

Nach einer Viertelstunde verabschiedete Giovanna sich mit gemischten Gefühlen. Seine Hände machten es ihm kaum möglich, eine Gabel zu halten, wie hätte er da mit einer Pistole zielen und abdrücken sollen? Es war ausgeschlossen, dass er der gesuchte Täter war. Das hatte auch Miriam Gentile klar sein müssen, dachte Giovanna. Als Arzthelferin kannte sie die Krankheitsgeschichte, sie wusste, dass Colombo keine Waffe hätte halten können. Giovanna fühlte Wut in sich aufwallen. Sie überlegte, ob sie die Frau für den nächsten Tag aufs Präsidium zitieren sollte, aber sie kannte sich gut genug, um zu wissen, dass sie hauptsächlich wütend auf sich selbst war. Wütend, weil sie die Spielchen von Miriam Gentile zu durchschauen geglaubt hatte und ihr dennoch auf den Leim gegangen war. Stattdessen rief sie Fini an. Miriam Gentile hatte angegeben, am Sonntagabend allein zu Hause gewesen zu sein. Vielleicht gab es aber doch den ein oder anderen Nachbarn, der etwas gehört oder gesehen hatte. Er würde das überprüfen müssen. Denn auch, wenn sie Aliverti gesagt hatte, dass Miriam Gentile für sie als Täterin nicht infrage kam, von ihrer Liste der Verdächtigen würde sie sie erst einmal nicht streichen.

*

Maria hatte sich am Nachmittag bereit erklärt, trotz der Hitze auf »Streife« zu gehen: Nun schlenderte sie gemeinsam mit ihrer Kollegin Loretta, einer konstant gestressten Enddreißigerin mit Haaren, die sie grundsätzlich zu einem hohen Pferdeschwanz zusammengebunden hielt, am Lungolago entlang und hatte ein Auge auf ahnungslose Touristen im Café oder an der Promenade, die nicht auf ihre Handtaschen achteten. Loretta war heute besonders schlechter Stimmung. »Es ist einfach zu heiß«, stöhnte sie und wischte sich mit dem kurzen Ärmel ihres dunkelblauen Poloshirts über die Stirn. »Weshalb eigentlich kann unsere Uniform nicht weiß sein«, beklagte sie sich. »Oder hellblau wie die der Matrosen und Kapitäne der Navigazione del Lago di Como?«

»Und warum laufen wir überhaupt hier draußen rum? Bei dem Wetter passiert doch ohnehin nichts«, erklärte Loretta mit einem sehnsüchtigen Blick in Richtung des kleinen Supermercato in der Via Camillo Benso, der von der Promenade – oder auch dem Rathaus – in wenigen Schritten zu erreichen war. Sie hatte nicht unrecht: Trotz Hochsaison hatte es in diesem Jahr nur wenige Anzeigen wegen Taschendiebstahls gegeben, vielleicht nahmen die Diebe wegen der Hitze ihre Arbeit tatsächlich erst in ein paar Wochen wieder auf. »Ich hole mir eine Cola«, sagte Loretta. »Willst du auch etwas?«

Maria zuckte mit den Schultern und bat sie, ihr ein Lemon Soda mitzubringen. Vermutlich würde es eine ganze Weile dauern, bis Loretta wieder auftauchte, Maria hätte gewettet, ihre Kollegin holte sich noch ein Eis und machte dann eine kleine Pause auf einer der Bänke im Schatten. Keine schlechte Idee, fand auch Maria, doch sie hatte etwas anderes vor. Sie wurde geradezu magisch angezogen von dem Schild des Optiker-Geschäfts ein paar Meter weiter: Marchesi & Morelli. Während Loretta sich um die Getränke kümmerte, betrat sie den Laden und atmete in dem klimatisierten Raum erst einmal auf.

»Besser als draußen, was?« Die junge Frau, die hinter der Theke stand, lachte fröhlich. Sie kam Maria vage bekannt vor.

»Sie sagen es, ich bleibe den Rest des Nachmittags hier. Haben Sie vielleicht Probleme mit Ladendiebstahl?«, scherzte Maria, bevor sie näher an den Tresen trat. Sie wechselte ein paar belanglose Worte mit der jungen Frau, die großes Interesse an der Arbeit der Polizei zeigte, dann versuchte sie möglichst unauffällig auf den Grund für ihren Besuch umzuschwenken: »Wissen Sie denn schon, wie es mit Marchesi & Morelli weitergeht?«

»Oh, es bleibt alles beim Alten«, antwortete die Dame

zu Marias Überraschung. »Das hat uns Signor Morelli versprochen. Er ist gestern extra persönlich vorbeigekommen, um uns zu versichern, dass wir keine Angst um unsere Jobs haben müssen.«

»Was für ein vorausschauender Chef«, sagte Maria, der jedoch sofort ein anderer Gedanke im Kopf herumspukte: Da hatte Morelli gerade erst vom Tod seines Geschäftspartners erfahren, und einen Tag später machte der Mann schon die Runde durch die Filialen. Interessant. Zusammengenommen mit dem Hinweis von Francesca Marchesi, dass ihr Mann und Morelli eine ziemliche Meinungsverschiedenheit hinsichtlich ihres Unternehmens gehabt hatten, klang das in Marias Ohren fast nach einer Spur. Plötzlich klopfte ihr Herz vor Aufregung schneller.

»War Ihr anderer Chef auch so? Marchesi?«, fragte sie betont beiläufig und hörte sich, bis Loretta ihre Einkäufe erledigt hatte, die überschwänglichen Lobeshymnen der Mitarbeiterin an.

»Ich habe ihm gleich gesagt, er soll nicht zu Marcello in die Werkstatt, als er mir vorletzte Woche davon erzählt hat«, sagte die junge Frau seufzend, nachdem Maria sich schon verabschiedet hatte.

Während sie Loretta entgegenging, grübelte sie über diesen Satz nach. Die Carabinieri hatten nichts gesagt zum Zustand des Wagens. Aber hatten sie ihn überhaupt im Nachhinein noch untersuchen lassen? Vielleicht war ein kurzes Gespräch mit Marcello darüber, wie gründlich er Antonio Marchesis Wagen untersucht hatte, noch drin, bevor sie nach ihrem Rundgang ins Büro zurückmusste.

*

Entschlossen nahm Giovanna Fabrizios Smartphone zur Hand. Es war eine undankbare Arbeit, aber alles, wirklich alles musste akribisch notiert werden. Ihrer Erfahrung nach ergab sich ein vollständiges Bild des Opfers – und unter Umständen auch des Mordmotivs – erst, wenn man alles über den Menschen wusste. Daher begann sie, um ja nichts zu übersehen, mehrere Listen zu erstellen. Zunächst die Telefonate: Name für Name und Zeit für Zeit ging sie alle gespeicherten Anrufe, die eingehenden und die ausgehenden gleichermaßen, durch. Emilia, Miriam Gentile, Madre, Andrea Galli, Emilias Eltern. Erneut Emilia, Emilia, Miriam Gentile, Madre. Plötzlich stutzte Giovanna. Ein ausgehender Anruf an einen Kontakt, der als »Mamma« abgespeichert worden war. Das war an sich zwar nicht ungewöhnlich, doch hatte sie nicht gerade eben, wenige Zeilen darüber, den Kontakt »Madre« notiert, Mutter? Beides waren Handynummern, beide waren nicht mit einem Zusatz versehen, dass es sich um ein Zweitgerät, zum Beispiel ein dienstliches Smartphone handelte.

Sofort meldete sich Giovannas Instinkt. Sie schürzte die Lippen und kontrollierte die Anrufe. Nein, Mamma tauchte nur ein einziges Mal in der Liste auf, im Gegensatz zu Madre. Interessant. Sie suchte nach den Unterlagen der Spurensicherung, die für das Auslesen der Handydaten die IT-Abteilung zurate gezogen hatte. 843 waren die letzten Ziffern, und diese tauchten tatsächlich überproportional oft auf – und zwar in der Liste der gelöschten Anrufe, sowohl der ein- als auch der ausgehenden. Plötzlich war Giovanna hellwach.

Sie kontrollierte auch den Kontakt »Madre«, doch hier fiel ihr nichts Ungewöhnliches auf, es gab auch einen Nachrichtenaustausch, wie sie schnell feststellte, als sie die App öffnete. Allerdings beschränkte der sich vor allem darauf, dass Fabrizio seinen Kindern Küsse von ihrer Großmutter ausrichten sollte.

Ganz offensichtlich war »Madre« Simone Fabrizios Mutter. Wer also war »Mamma«, mit der er offensichtlich keine einzige Nachricht ausgetauscht hatte?

Es gab nur eine Möglichkeit, das herauszufinden. Giovanna griff zu ihrem Telefon und gab »Mammas« Nummer ein.

»Pronto.«

Diese Stimme gehörte nicht zu einer Frau über sechzig. Hatte sie doch den richtigen Riecher gehabt: Es gab nicht viele Gründe, weshalb ein verheirateter Mann eine Frau unter falschem Namen in seinem Handy einspeicherte.

Giovanna beugte sich vor. »Giovanna Ruggieri, Questura di Como, mit wem spreche ich bitte?«

Ein Zögern. »Polizei?«, fragte die Frau zaghaft statt einer Antwort.

Giovanna wartete. Und dann hörte sie plötzlich nichts mehr. Ein Knacken in der Leitung, und das Gespräch war unterbrochen.

»*Incredibile*«, murmelte Giovanna. Die Frau musste doch wissen, dass sie den Namen zur dazugehörigen Nummer herausfinden konnte! Kopfschüttelnd rief sie die Datenbank auf, doch gerade, als sie zu tippen beginnen wollte, klingelte ihr Telefon, und die Kollegin von der Rezeption stellte einen Anruf zu ihr durch.

»Entschuldigen Sie bitte vielmals.« Dieselbe Stimme von gerade eben räusperte sich. »Ich wusste nicht, ob sich jemand einen Scherz erlauben will, deshalb … Ich bin Caterina Camagni«, erklärte sie schließlich widerstrebend. »Aber das wissen Sie sicher, wenn Sie mich anrufen?«

Giovanna klemmte sich das Telefon zwischen Ohr und Schulter und tippte den Namen bei Google ein. Eine hübsche Rothaarige, sehr blass, sehr jung, starrte ihr von einem Social-Media-Profil entgegen. Hatte sie es doch geahnt.

Giovanna konnte nur hoffen, dass Caterina Camagni schon aus den Nachrichten von Dottor Fabrizios Tod erfahren hatte. Ein überraschender Anruf von einer Polizistin, die nicht einmal wusste, mit wem sie sprach, war wirklich nicht die Art und Weise, wie man Todesnachrichten überbringen sollte. Aliverti wäre nicht begeistert.

»In welcher Beziehung standen Sie zu Simone Fabrizio?«, fragte sie schließlich, ohne auf die Frage zu antworten.

»Ich … Wir …«, stotterte Caterina, und Giovanna hatte ihre Bestätigung.

»Sie hatten eine Affäre«, vervollständigte sie nüchtern den Satz. Und damit war durch ein einziges Telefonat die Witwe, Emilia Fabrizio, auf Platz eins der Verdächtigenliste gesprungen.

*

Marcello war gerade im Begriff zu schließen, als Maria seine Werkstatt betrat. Es roch nach Öl und Metall, und ein schwarzer SUV stand aufgebockt auf einer Hebebühne. Noch in seiner grauen Arbeitskleidung kam Marcello auf sie zu, wobei er sich die Hände an einem ölverschmierten Tuch abwischte.

»Ispettrice«, sagte er lächelnd, »braucht ihr jemanden für die Dienstwagen der Polizia Locale?«

Maria lächelte. »Wir kommen unbedingt auf dich zurück.« Das war eine glatte Lüge, Riccardo hielt rein gar nichts von Marcellos Fähigkeiten und würde den Teufel tun und Marcello an seinen geliebten Panda, den Dienstwagen der Polizia Locale, lassen. »Ich bin heute wegen etwas anderem hier.« Wie sollte sie das Gespräch angehen, dass Marcello keinen – oder keinen allzu großen – Verdacht schöpfte? Ihre Nachforschungen, wie sie es nannte, hatte sie bisher noch geheim halten können, es war gut, wenn sich das nicht so schnell änderte.

»Wir haben ein kleines Missverständnis, die Polizia Locale und die Carabinieri«, verschleierte sie erneut die Wahrheit ein wenig, um etwaige Fragen bezüglich der Zuständigkeit zu vermeiden. »Es geht um den Unfall von Antonio Marchesi, wegen der Versicherung, du weißt schon.« Die meisten Menschen hassten Versicherungen, deren Wege so mysteriös wie frustrierend waren, und sie hoffte, Marcello war da keine Ausnahme. Tatsächlich nickte der Mechaniker nur, und sie fuhr erleichtert fort: »Marchesis Wagen ist doch erst kürzlich generalüberholt worden. Haben die Carabinieri schon mit dir gesprochen?«

Marcello schüttelte den Kopf. Achtlos warf er seinen fleckigen Lappen in eine Ecke, als er Maria in sein kleines Büro führte.

»Generalüberholt? Nein, es ging nur um die Klimaanlage.«

»Du hast dir den Motor nicht angesehen? Oder die Bremsen?«

Erneut schüttelte Marcello den Kopf, heftiger jetzt. »Nein! Er hat mich nur um die Klimaanlage gebeten.« Er zog einen Ordner aus einem schmalen Regal und schlug ihn auf. »Hier, die Rechnung.« Damit hat jeder von uns beiden seine eigenen Sorgen, dachte Maria schmunzelnd. Sie wollte nicht, dass er etwas von ihren Ermittlungen erfuhr, er fürchtete, sie war wegen seiner Schwarzarbeit gekommen, von der so gut wie alle Autobesitzer im Ort wussten, über die aber aus verständlichen Gründen niemand sprach. Denn so stolz, wie er sie angeblickt hatte, als er ihr das Formular präsentierte, schaute nur jemand, der nicht für jeden Auftrag eine Rechnung vorzuweisen hatte. Es konnte also nicht an dem Mechaniker gelegen haben, dass Marchesi seinen Wagen auf der Landstraße nicht unter Kontrolle bekommen hatte.

Wenn es denn überhaupt ein Problem mit den Bremsen

gegeben hatte, die Carabinieri hatten ja von Aquaplaning gesprochen. Marchesi hätten die besten Bremsen nichts geholfen.

Drei Tage lang hatte der T-Roc in der Werkstatt gestanden, bis Marchesi ihn am Samstag abgeholt hatte. Die Garage war unbewacht, man konnte sich leicht Zutritt verschaffen, und Überwachungskameras besaß Marcello nicht. Die Gelegenheit, Marchesis Auto zu manipulieren, wäre also niemals besser gewesen als in diesen drei Tagen. Aber der Unfall war in der Nacht auf Montag erfolgt: Wenn jemand wirklich am Wagen herumgepfuscht hätte, wäre dann nicht schon am Samstag oder Sonntag etwas passiert?

Maria schürzte nachdenklich die Lippen, ließ sich noch schnell eine Kopie der Rechnung geben – »für die Versicherung« – und bedankte sich bei Marcello.

»Noch eine Sache.« Marcello zögerte. »Für die Versicherung ist es egal, nehme ich an. Aber ganz ehrlich? Ich wundere mich nicht, dass er einen Unfall hatte.«

Überrascht hob Maria die Augenbrauen.

»Er wirkte gestresst, als er den Wagen am Samstag abgeholt hat. Nein, mehr als nur gestresst. Er war fahrig, mit dem Kopf nicht bei der Sache. Er hätte mir beinahe den VW dort drüben über den Haufen gefahren.« Er nickte in Richtung eines dunklen Touran mit deutschem Kennzeichen, der vermutlich Touristen gehörte. Die Motorhaube stand offen, und alles erdenkliche Werkzeug lag drum herum verstreut. Es sah nicht so aus, als hätte Marcello den Fehler schon gefunden.

Maria verabschiedete sich von dem Mechaniker und verließ die Werkstatt. Marchesi hatte unter Druck gestanden, davon hatte Francesca ihr nichts erzählt. Was das bedeutete? Sie würde wohl noch eine Weile darüber grübeln müssen.

*

»Die Fassade hat Risse bekommen.«

Giovanna saß im Gras, die Beine ausgestreckt, den Kopf in den Nacken gelegt, während Bruno in seinem handgemachten Pool badete. Die Beinchen zappelten, sein Hinterteil wackelte, während er das frische Wasser genoss, das Giovanna ihm eingegossen hatte. Der Duft des Jasmins wehte zu ihnen herüber, und von der Straße her tönten Kinderstimmen. Dem Jubel nach zu urteilen, spielten sie Fußball, und jemand hatte ein Tor geschossen.

»Bisher haben wir nichts als Lobeshymnen über den Dottore zu hören bekommen«, fuhr Giovanna fort, Bruno die Neuigkeiten des Tages mitzuteilen, »das ist der erste handfeste Hinweis, dass etwas im perfekten Leben von Simone Fabrizio nicht stimmte.«

Am liebsten wäre sie sofort im Anschluss an das Telefonat mit Caterina Camagni persönlich zu der jungen Frau gefahren, doch als sie ihr diesen Vorschlag gemacht hatte, war deren zögerliche Haltung nur noch abwehrender geworden: Sie müsse arbeiten, ihr Chef würde es ihr nie verzeihen, ihn in der Hochsaison ohne Vorwarnung im Stich zu lassen. Ganz offensichtlich hatte sie gehofft, ihre Affäre mit dem guten Dottore würde unentdeckt bleiben. Jetzt, wo sie aufgeflogen war, brauchte sie Zeit, auch um sich ein paar Erklärungen zu überlegen.

»Ich wollte zuerst trotzdem nach Menaggio fahren«, berichtete Giovanna der Schildkröte. »Wenn ich ihrem Chef meinen Ausweis unter die Nase gehalten hätte, hätte sie mit mir sprechen müssen.« Denn Giovanna wollte gern verhindern, dass Signora Camagni Zeit zum Nachdenken hatte: Je nervöser eine Zeugin oder ein Zeuge wurde, desto einfacher waren Lügen zu erkennen.

Als Bruno plötzlich in seinen Bewegungen innehielt, musste Giovanna lachen.

»Keine Sorge«, beruhigte sie ihn. »Aliverti hätte solch ein Auftritt auch nicht gefallen.« Sie hatte den entsetzten Blick ihres Vorgesetzten schon vor sich gesehen. Plus eine Rede voller Ermahnungen darüber, wie man Zeuginnen zu behandeln hatte. Letztendlich hatte Giovanna mit Caterina also einen Termin am darauffolgenden frühen Nachmittag ausgemacht – in deren Pause nach dem Mittagsgeschäft.

»Trotzdem habe ich so was wie einen Durchbruch erreicht«, murmelte sie zufrieden. Zum ersten Mal, seitdem sie den Toten auf der Isola Comacina gefunden hatten, präsentierte sich ihnen hier so etwas wie ein Motiv.

Amüsiert sah sie zu, wie Bruno umständlich aus seinem Schwimmbecken krabbelte und sich dann vergnügt über die Kräuter hermachte, die sie ihm mitgebracht hatte.

»Wir haben heute wohl beide einen guten Tag, was?«

*

»Oh, *amore,* du kommst gerade recht«, rief Rosa, als Maria um kurz vor acht das Miralago betrat. Es herrschte Hochbetrieb, alle Tische waren bis auf den letzten Platz belegt, und Rosa trug drei Teller gleichzeitig. »Könntest du Vittoria mit den Getränken helfen? Drei Aperol Spritz und drei mit Limoncello.«

Vittoria war die Aushilfe, die sie und Zia Domenica als Unterstützung in den umsatzstärksten Zeiten eingestellt hatten. Sie war ein wenig älter als Rosa und mit Domenica zur Schule gegangen. Die drei Frauen verstanden sich prächtig, aber das Mixen von neumodischen Getränken wie Limoncello Spritz, welche die Touristen zunehmend verlangten, dauerte bei Vittoria eben seine Zeit.

Gern hätte Maria protestiert, dass ihre Füße nach einem

langen Tag schmerzten, dass sie sich ihren Feierabend verdient hatte, dass ihr Wecker morgen früh um sechs klingeln würde. Stattdessen schnappte sie sich eine Schürze, wusch sich die Hände am Wasserhahn der Spüle und griff nach den Gläsern.

»Hier ist der Messbecher.« Vittoria, die Wangen von Hitze und Anstrengung gerötet, schob ihr den silbernen Doppel-Messbecher herüber.

»Na, damit haben wir schon mal einen Grund, weshalb es hier so lang dauert«, kommentierte Maria fröhlich und gab – ohne Becher – einen guten Schuss Aperol nach Augenmaß ins erste Glas. »Deine sind korrekter, meine gehen schneller«, flüsterte sie Vittoria zu. Abgesehen davon hatte die Runde deutscher Touristen mit Sonnenbrand an dem Tisch, den sie bedienten, schon samt und sonders leere Gläser vor sich stehen. Bei der zweiten oder gar dritten Runde nahm es niemand mehr so genau. Maria fasste drei Gläser gleichzeitig mit der linken Hand. »Wir brauchen mehr Eis.«

So arbeitete sie sich die nächste Stunde durch die Getränkebestellungen, bediente die Siebträgermaschine für den Espresso nach dem Essen und öffnete eine Flasche Wein nach der anderen.

Schließlich wurde es etwas ruhiger, und Domenica kam selbst aus der Küche, um Maria zu einem der frei gewordenen Tische zu scheuchen, auf dem sie schon Essen aufgetischt hatte. Heute gab es zur Vorspeise Melone mit Parmaschinken und im Anschluss Scaloppina al Lambrusco, Kalbsschnitzel in einer Creme aus Lambrusco. Dazu grüne Bohnen, die Rosa gestern auf dem Markt besorgt hatte. Es schmeckte großartig wie immer, was sie ihrer Tante auch sagte, als diese später den Teller abräumen wollte.

»Sag das lieber deinem Sohn. ›Nie wieder Scaloppina, nie wieder Bistecca‹!«, äffte sie ihn nach. Offensichtlich war sie noch nicht über Micheles Entscheidung hinweg, nur noch vegetarisch zu essen.

»Warte nur ab, nächste Woche verliebt er sich in eine Metzgerstochter, und alles Gemüse kann ihm gestohlen bleiben«, versuchte Maria sie zu besänftigen. Dann stand sie auf, um Caffè zuzubereiten. Als sie die Tassen verteilte, in die erhitzten, aber lebhaften Gesichter ihrer Mutter und Tante blickte, dachte sie, dass Familie genau so sein musste: Von allem ganz viel. Ganz viel Genörgel, aber auch ganz viel Liebe.

9. KAPITEL

An diesem Morgen war Giovanna auf dem Weg ins Büro so gut gelaunt, dass sie nicht nur den Mitarbeiter des Fährbetriebs fröhlich grüßte, sondern auch Alberto Fini ein Cornetto von ihrem täglichen Besuch in der Bar mitbrachte, das der Kollege verwirrt entgegennahm.

Bis sie Caterina Camagni am frühen Nachmittag treffen würde, hatte sie ein paar Stunden Zeit. Also machte sie sich daran, um alles, was sie bisher erfahren hatten, zu dokumentieren: Alle Ermittlungsergebnisse in einem Schaubild halfen ihr, den Überblick zu behalten, sich nicht zu stark auf eine Spur einzuschießen oder gar bestimmte Theorien nicht weiterzuverfolgen. Konzentriert machte sie sich an die Arbeit und kam gut voran. Erst als schließlich die Forensikerin an ihre Tür klopfte, schob sie die Tastatur beiseite.

»Es gibt endlich Ergebnisse von der Ballistik«, sagte die Kollegin. »Beide Kugeln stammen aus derselben Waffe, neun Millimeter Luger, vermutlich eine Glock 17.«

Giovanna stutzte. Die Glock 17 wurde von verschiedenen Staaten beim Militär oder von Polizeibehörden eingesetzt. In Österreich hergestellt, war sie dort die Dienstwaffe der Bundespolizei und des Bundesheers, in Deutschland wurde sie ähnlich genutzt, bei der Marine und bestimmten Abteilungen der Bundespolizei. In Italien hingegen bevorzugte man die Beretta, ein im eigenen Land hergestelltes Modell. Giovanna mochte keine Schusswaffen, hatte sie noch nie gemocht und trug ihre Dienstwaffe daher nur im äußersten Notfall. Nichts Gutes hatte diese Erfindung hervorgebracht, die Menschheit wäre deutlich friedlicher ohne Pistolen, Revolver und Gewehre. Sie wusste aber, dass ihre Haltung nicht von allen Kolleginnen und Kollegen geteilt wurde.

»Haben wir irgendeinen genauen Hinweis, woher die Waffe kommt?«, fragte sie.

Die Forensikerin schüttelte den Kopf. »Leider nein. Die Waffe ist noch nicht auffällig gewesen, sie ist bei uns nicht registriert, kann von überall her stammen.«

Und da sie vielfältig und häufig genutzt wurde, konnte es auch eine Waffe sein, die beispielsweise vor zehn Jahren aus einem Dienstzimmer in München abhandengekommen war. Aber irgendwoher musste sie ja kommen, und Giovanna war fest entschlossen, das herauszufinden. Nun gut, das mochte auf den ersten Blick frustrierend erscheinen, aber Giovanna hatte sich noch nie von aufwendiger Recherche abschrecken lassen.

»Grundsätzlich können wir die Kugeln zweifelsfrei einer bestimmten Waffe zuordnen, sofern wir den Vergleich haben. Dafür benötigen wir nur die Mordwaffe«, sprach die Forensikerin weiter.

Nur, dachte Giovanna leicht verzweifelt.

»Na, dann viel Glück«, murmelte auch Aliverti, der sich hinter der Forensikerin zu Giovanna ins Büro schob.

»Wir finden sie«, sagte Giovanna entschlossen. Es würde vielleicht noch ein Weilchen dauern, aber früher oder später ergab sich immer eine Spur oder weitere Hinweise, und das hier war immerhin schon mal ein Anfang. So schnell würde sie nicht lockerlassen.

*

Maria zählte bis fünf, dann trat sie auf die Straße und hielt mit erhobener Hand die Autos an. Der Verkehr rollte ohne Unterlass, die Ampel war ausgefallen, und so musste die Polizia Locale dafür sorgen, dass touristische und einheimische Fußgänger sicher von einer Straßenseite auf die andere wechseln konnten. Die Sonne brannte, Maria schwitzte und versuchte nicht an Riccardo zu denken, der jetzt in ihrem zumindest halbwegs kühlen Büro sitzen konnte.

»*Ciao*, Maria!«, grüßte eine Freundin von Zia Domenica, die mit ihren Einkäufen aus dem nahe gelegenen Supermarkt kam.

Maria nickte ihr zu, wurde jedoch abgelenkt von dem knatternden Motor eines Rollers. Misstrauisch kniff sie die Augen zusammen. Gerade noch so eben sah sie das Gefährt mit den zwei Passagieren um eine Ecke biegen. In eine Einbahnstraße, entgegen der Fahrtrichtung.

»*Mamma mia!*«

Als einer der Autofahrer hupte, hob sie die andere Hand, um ihn zu beschwichtigen. Da sie die Autos allerdings schon recht lange warten ließ, bedeutete sie der Touristenfamilie, die gerade die Straße betreten wollte, stehen zu bleiben, und beeilte sich selbst, auf den Bürgersteig zu kommen. Eine Minute so, eine Minute so, das erschien ihr durchaus fair, und so schleppte sich der Vormittag dahin.

Wann sollte Loretta sie ablösen? Maria beschloss, eine kleine Pause zu machen, im Conad eine Flasche Wasser und einen Snack zu kaufen. Der Verkehr würde in der Zeit nicht zusammenbrechen, die Autos und die Fußgänger mussten sich eben arrangieren. Hatte der Bürgermeister nicht versprochen, dass die Ampel bis mittags wieder repariert war? Nein, als sie zurückkam, blinkte die Ampel immer noch orange. Aber zumindest war die Sonne ein kleines Stück gewandert, sodass sie auf dem Bürgersteig im Schatten stand. Zwei Minuten für die Autos, eine für die Fußgänger, beschloss sie.

Der einzige Vorteil der monotonen Tätigkeit war, dass sie nachdenken konnte. War es zu Anfang und vor allem nach Vicentes Bemerkung nur ein diffuses Gefühl – und möglicherweise Neugierde – gewesen, dass etwas mit diesem Unfall nicht stimmte, so hatte sie mittlerweile erfahren, dass Marchesi nur einen Tag vor seinem Tod ziemlich durcheinander gewesen war. Blieb die Frage, warum. Aufgrund eines Streits? Wenn ja, mit wem? Oder steckte noch etwas anderes dahinter? Und dann war da noch diese Sache mit Silvio Morelli, Marchesis Geschäftspartner, der nun allein über das Unternehmen verfügte und sich sofort nach dem Tod seines (angeblichen?) Freundes mit ebendiesem Unternehmen und seiner Zukunft auseinandergesetzt hatte. Es konnte also durchaus sein, dachte Maria, während sie ein weiteres Fahrzeug über die Kreuzung winkte, dass Vicentes Eingebung tatsächlich richtig und am Unfall von Antonio Marchesi etwas faul war. Marias diffuses Gefühl jedenfalls war durch all diese Erkenntnisse nicht schwächer, sondern stärker geworden. Nur, wie sollte sie nun weiter vorgehen?

»*Buongiorno*, Maria!«, durchbrach eine Stimme ihre Gedanken. Diesmal war es eine alte Schulkameradin, Violetta, die gehetzt im Vorbeigehen winkte und rief: »Ich habe es eilig! Muss zur Bank!« Violetta arbeitete in der Filiale der Intesa Sanpaolo, und plötzlich kam Maria eine Idee.

*

Giovanna gab Fini und Ispettrice Mantovani Anweisungen, dass sie in den letzten Wochen vermisst gemeldete Waffen auf ihr Modell durchgehen und bei Glocks nachhaken sollten, dann blickte sie auf die Uhr und verabschiedete sich schnell. Nach der Erfahrung mit dem Stau vom Vortag hatte sie beschlossen, heute die Fähre zu nehmen. Auf dem Weg zum Hafen kaufte sie sich in einer Bar ein Panino, dann nahm sie um 13:30 Uhr die Schnellfähre nach Menaggio, wo sie Caterina Camagni an der Piazza Giuseppe Garibaldi treffen würde.

Die junge Frau arbeitete in einer Trattoria in der belebten Innenstadt und hatte sich ihre Pause nach dem Mittagsgeschäft für Giovanna freigehalten. Sie hatte vorgeschlagen, während ihres Gesprächs am Seeufer entlangzuschlendern. Wahrscheinlich fühlte sie sich wohler, wenn sie Giovanna nicht direkt gegenübersaß. Giovanna hatte dem zugestimmt, sie würde Caterina Camagni ohnehin im Auge behalten, so viel war klar. Und dann gab es da ja auch noch Emilia Fabrizio.

Die Piazza Giuseppe Garibaldi war der touristische Kern von Menaggio, hier durften keine Autos fahren, und Giovanna erinnerte sich, wie sie manchmal mit Nonna Maura in der Gelateria ein Eis gegessen hatte. Schokolade für sie und Vanille für die Großmutter. Damals war die Welt noch einfach, dachte Giovanna mit einem Anflug von Nostalgie. Schokolade und Vanille, wo man sich heute durch einen Berg von Sorten wie »Ricotta und Feige« oder »Cookie Dough« kämpfen musste.

Die Fähre legte am Hafen in der Nähe der Innenstadt an, und Giovanna musste sich nicht beeilen, sondern hatte noch Zeit, das Grand Hotel Menaggio zu bewundern, das von der langen touristischen Tradition der Ortschaften rund um den See zeugte, hierher kamen schon im 17. Jahrhundert die ersten

Reisenden, um Urlaub zu machen. Es hieß, der Lago Maggiore sei der See, an den die Deutschen reisten, während der Comer See bei den Engländern beliebt war. Heute hatten sich diese Unterschiede weitestgehend aufgelöst, aber es war vielleicht doch auffällig, dass die Hollywoodstars ihre Seegrundstücke hier gekauft hatten und nicht am Lago Maggiore.

Als Giovanna schließlich am Treffpunkt ankam, wartete dort schon eine blasse Version der Caterina Camagni, die sie im Internet gesehen hatte. Die junge Frau blickte auf, als Giovanna sich vorstellte. Sie nickte kurz, dann überquerten sie in stillem Einvernehmen gemeinsam die Straße zur Uferpromenade. Caterinas Augenlider waren geschwollen, so als hätte sie in der letzten Zeit viel geweint. Ihre Haut, die auf dem Bild im Internet so rein gewirkt hatte, glänzte fettig und wies hier und dort Pickel auf, ihre Haare wirkten stumpf. Die Trauer hinterließ offensichtlich Spuren. Die Signora neben Giovanna hatte hinsichtlich ihrer Ausstrahlung wenig gemein mit der Frau auf dem Bild im Internet.

»Sie kommen direkt von der Arbeit?«, begann Giovanna das Gespräch, nachdem Caterina keine Anstalten gemacht hatte, von sich aus etwas zu sagen.

»Ja. Ich bin Kellnerin in der Trattoria dort vorne.« Sie deutete auf eine kleine Straße, an deren Anfang Giovanna gerade so das Schild eines Restaurants erkennen konnte.

»Gefällt Ihnen der Job?«

»Ist ganz in Ordnung.« Der finstere Blick, den Caterina der Trattoria zuwarf, sagte etwas anderes. »Aber ich hab nicht vor, diesen Job noch viel länger zu machen.«

Giovanna war keineswegs überrascht. Im August herrschte Hochsaison – nicht nur, dass es zu heiß war, um den ganzen Tag mit Tellern voll dampfender Speisen herumzulaufen, es gab auch so viele Touristen wie nie, und sie konnte sich gut vorstellen, dass neben den Köchen und Köchinnen auch eine Kellnerin gegen Ende des Sommers einfach keine Lust mehr hatte. »Oh. Was haben Sie denn vor?«

Sie zuckte mit den Schultern. »Das war nur als Übergang gedacht, nach der Schule. Ich hatte gehofft …« Sie unterbrach sich und fuhr vage fort: »Ich habe schon zu viel Zeit verschwendet, ich möchte noch etwas aus meinem Leben machen. Vielleicht was mit Medien oder in einer Bank. Auf jeden Fall etwas mit mehr Geld.«

Giovanna fand es nicht verwunderlich, dass Caterina von einer sorgenfreien Zukunft träumte. Es gab deutlich schlechter bezahlte Jobs als Servicekraft, aber in Ländern mit Trinkgeldkultur konnten diese sicher mehr auf die Seite legen, vor allem in den umsatzstarken Wochen und Monaten. Einen besonderen Plan, wie das Wirklichkeit werden konnte, schien sie jedoch nicht zu haben. Seit der Schule kellnerte sie, »übergangsweise«. Auch wenn Caterina Camagni noch jung war, musste das dennoch mindestens sechs Jahre her sein.

Giovanna blickte sie von der Seite her an. Die junge Frau war, abgesehen von ihren derzeitigen Hautproblemen, hübsch, Giovanna hätte sogar das Wort schön verwendet. »Seit wann kennen Sie Dottor Fabrizio?«, brachte sie das Gespräch dann auf das Thema, das sie mit ihr hatte besprechen wollen.

»Vor etwa einem halben Jahr sind wir uns bei einem Fußballturnier seines Sohnes begegnet. Ich habe meine Nichte begleitet.« Caterina wand sich ein wenig und gab schließlich auf Giovannas Nachfrage zu, dass sie auch seine Frau Emilia an diesem ersten Sonntag auf dem Fußballplatz gesehen hatte, aus der Ferne.

»Sie wussten also von Anfang an, dass er verheiratet war?« Die Tatsache konnte etwas bedeuten, musste es aber nicht. Es war durchaus möglich, dass Caterina akzeptiert hatte, für immer die Frau zu sein, die er nur heimlich besuchte. Genauso gut möglich war es aber auch, dass sie gehofft hatte, ihn zu einer Trennung zu bewegen. Und wenn sie ehrlich war, vermutete Giovanna das Letztere.

Caterina nickte nur kurz, das Thema war ihr sichtlich unangenehm. Am liebsten hätte Giovanna direkt gefragt, ob die Affäre sofort begonnen hatte, aber sie war sicher, dass die junge Frau das als Angriff auffassen würde. Und was sie jetzt nicht gebrauchen konnte, war eine Zeugin, die sich verschloss. Vielleicht hätte ich doch besser Fini schicken sollen, schoss es ihr kurz durch den Kopf.

»Wann haben Sie Dottor Fabrizio wiedergesehen?«, tastete sie sich an das Thema heran.

»Etwa eine Woche später, er saß plötzlich am Abend als Gast in der Trattoria. Ich hatte ihm gesagt, wo ich arbeite.«

Diese Information hatte sie beim ersten Treffen mit einem verheirateten Mann also platzieren können. Nach dem, was Caterina über ihre Träume erzählt hatte, zweifelte Giovanna nicht daran, dass das nicht zufällig passiert war. Eine interessante Frau, diese Caterina Camagni, und ganz offensichtlich war die Initiative für die Affäre subtil von ihr ausgegangen. Dieses sorgenfreie Leben mit genügend Geld, das hatte man wahrscheinlich, wenn man einen Arzt heiratete.

»Ich nehme an, seine Frau war bei diesem zufälligen Treffen nicht dabei?«, fragte Giovanna.

Caterina verneinte. »Er war mit einem Freund dort. Ich glaube, er war Apotheker«, sagte sie schmallippig.

Galli. Giovanna hätte es sich denken können. Ob der unangenehme Mensch sie aber tatsächlich angelogen hatte, konnte sie nicht sagen, es war gut möglich, dass er dennoch nichts von der Affäre wusste. Fabrizio war, wie seine gelöschten Telefonanrufe belegten, vorsichtig gewesen.

Giovanna spürte, dass ihre Zeugin unruhig wurde, es war sicher klug, fürs Erste das Thema zu wechseln. »Wusste seine Frau denn von Ihnen?«, fragte sie dennoch. Es wäre *ganz sicher* klug gewesen, das Thema zu wechseln, dachte Giovanna gleich darauf in Anbetracht von Caterinas Reaktion.

Die junge Frau riss entsetzt die Augen auf und schüttelte den Kopf.

»Er hat sich ja auch große Mühe gegeben, die Affäre zu verschleiern«, erklärte Giovanna. »Wie haben Sie sich getroffen? Wo? Und wann? Unter welchen Umständen?«

»Hausbesuche«, presste Caterina schließlich hervor. »Und ich war eine Patientin. Die letzte des Tages, wenn seine Angestellte schon Feierabend hatte.«

Oh, ziemlich clever, dachte Giovanna. Nicht nur, dass der Dottore über Hausbesuche seine Abwesenheit erklären konnte, es war ihm auch ein Leichtes, seiner Frau eine Ausrede zu präsentieren, wenn er nicht ans Telefon ging. Trotzdem fragte Giovanna sich, ob Emilia nicht dennoch etwas geahnt hatte – die letzte Patientin am Abend, deren Besuch vielleicht länger gedauert hatte. Und war Simones Stimmung anders gewesen, wenn er von diesen besonderen »Hausbesuchen« zurückgekehrt war? Hatte er anders gerochen, sich anders verhalten? Oder war Emilia so mit den Kindern, dem Hund und dem Haus beschäftigt gewesen, dass sie nichts bemerkt hatte? Und was war mit Galli? Wenn er davon gewusst hatte, hätte er dann unter Umständen nicht auch eine undichte Stelle gewesen sein können?

Caterina zumindest schien davon auszugehen, dass ihre Affäre geheim geblieben war, und vielleicht stimmte das ja auch. Vielleicht hatte Fabrizio diesen Teil seines Lebens komplett abtrennen können vom Rest. Vielleicht hatte er mit und durch Caterina eine Art Ventil gehabt, eine Flucht aus dem Alltag.

Und vielleicht hatte sie daher auch ein anderes Bild von dem Dottore als seine Frau. Und einen anderen Blickwinkel.

»Hat er Ihnen in letzter Zeit von Sorgen erzählt?«, fragte sie deshalb. »Schwierigkeiten auf der Arbeit? Möglicherweise Streit mit jemandem?«

»Nein.« Sofort schüttelte Caterina den Kopf.

Sie hätte wenigstens so tun können, als würde sie überlegen, dachte Giovanna sarkastisch. »Haben *Sie* sich gestritten?«, hakte sie nach.

»Nein, nie.« Ebenfalls ohne eine Millisekunde des Zögerns. Giovanna war sicher, dass das nicht stimmte. Gerade, als sie nachhaken wollte, blieb Caterina stehen und hielt sich am gusseisernen Geländer der Promenade fest. Sie schien noch blasser als ohnehin schon und schwankte leicht. »Keine Sorge, es geht gleich wieder«, keuchte sie, als Giovanna sie stützen wollte. »Es ist nur der Kreislauf, ich bin etwas empfindlich.«

»Vielleicht sollten wir uns trotzdem setzen«, schlug Giovanna vor. Sie führte sie zu einer Bank im Schatten einer Palme, mit Blick auf den See.

»Sie haben nach Schwierigkeiten gefragt, die Simone gehabt hat«, begann Caterina nach einem Augenblick des Schweigens, sie wirkte jetzt sehr nachdenklich. »Ich … In seiner Ehe lief es im Moment nicht so gut.«

Giovanna versuchte, in Caterinas Gesichtsausdruck zu lesen. Die junge Frau machte es ihr mit ihrer undurchdringlichen Miene jedoch unmöglich. Wenn es in seiner Ehe keine Probleme gegeben hätte, wäre der Dottore vermutlich keine Affäre eingegangen. Andererseits war das ein sehr geschickter Schachzug der jungen Frau, die Aufmerksamkeit der Polizei auf ihre Nebenbuhlerin zu lenken.

»Weshalb?«, hakte sie nach.

Caterina runzelte die Stirn. »Weshalb es in seiner Ehe nicht gut lief?«

»Genau.« Wenn die junge Frau so etwas behauptete, wollte Giovanna auch Beispiele hören.

Caterina fuhr sich mit der Zungenspitze über die Lippen. »Wahrscheinlich haben sie sich einfach auseinandergelebt«, antwortete sie dann mit einer Floskel. »Sie haben viel gestritten, über Nichtigkeiten, Kleinigkeiten, er wollte mich damit nicht belasten. Ich habe es nur bemerkt, wenn er gestresst war.«

»Wollte er seine Frau verlassen?«

Ein weiterer Blick von Caterina Camagni, den Giovanna nicht deuten konnte. Schließlich verzog sie verächtlich den Mund. »Wir können ihn nun leider nicht mehr fragen«, sagte sie. Es war offensichtlich, dass sie nicht weiter darüber sprechen wollte, und als in diesem Moment die Glocke von Santo Stefano zur vollen Stunde läutete, blickte sie auf. »Meine Pause ist vorbei. Wenn Sie keine weiteren Fragen haben …«, beschied sie kurz.

»Nein, im Moment nicht. Und meine Nummer haben Sie ja, falls Ihnen noch etwas einfällt«, sagte Giovanna und blickte Caterina hinterher, wie sie die Promenade hinuntereilte. Erneut musste sie sich am Geländer festhalten. In diesem Zustand wollte sie wirklich noch arbeiten? Die junge Frau atmete tief durch, straffte die Schultern und lief dann mit erhobenem Kopf weiter.

*

Nach der Mittagspause öffnete die Filiale der Intesa Sanpaolo um Viertel vor drei, und um Punkt drei stand Maria im Foyer und fragte nach Violetta Gottifredi. Beim Anblick des erschrockenen Gesichtsausdrucks der Bankmitarbeiterin ging ihr auf, dass ihre Dienstuniform heute vielleicht nicht das beste Outfit war.

»Oh nein, es hat nichts mit der Bank zu tun«, versuchte sie ihren Auftritt zu retten und beeilte sich hinzuzufügen: »Natürlich auch rein gar nichts mit Signora Gottifredi!« Nicht, dass sie die arme Violetta noch in Bedrängnis brachte. »Ich brauche nur eine Auskunft, und da ich aus der Schule mit ihr bekannt bin …« Sie lächelte.

»*Chiaro*, natürlich«, sagte die Mitarbeiterin freundlich und zeigte Maria den Weg zu Violettas Schreibtisch im hinteren Teil der Bankfiliale, abgeschirmt durch eine Trennwand.

»Maria!« Überrascht stand Violetta auf, um sie zu begrüßen. Sie war genauso alt wie Maria, jedoch um einiges schlanker. Ein bisschen neidisch und ein bisschen besorgt beäugte Maria Violettas Schulterknochen, die spitz unter ihrem hellrosa Oberteil hervorschauten. »Was für ein Zufall, jetzt treffe ich dich heute schon zum zweiten Mal!«

»Eigentlich bin ich hier, gerade weil wir uns heute Vormittag gesehen haben.« Sie setzte sich auf den angebotenen Stuhl vor Violettas Schreibtisch.

»Ach? Kann ich dir vielleicht einen Caffè anbieten?« Violetta blickte auf die Uhr. »In einer halben Stunde habe ich einen Termin, aber bis dahin gehöre ich ganz dir.«

Maria bedankte sich, sowohl für den Caffé als auch die Zeit, und während Violetta kurz verschwand, um ihnen zwei Tassen Espresso zu holen, zupfte sie den Saum ihrer Uniformbluse zurecht und wiederholte im Kopf die Worte, die sie sich überlegt hatte.

»Wie geht es den Kindern?«, begann sie zunächst mit Small Talk, als Violetta mit dem Caffè zurückkam. Sie wusste, dass Violetta ebenfalls zwei Kinder hatte, zwei Mädchen, die nur wenig jünger waren als Marias *Ragazzi*.

»Ach, es sind Ferien.« Violetta winkte ab. »Die beiden faulenzen den ganzen Tag. Aber wer könnte es ihnen verdenken?«

»Da hast du recht.« Maria hatte den ganzen Vormittag selbst sehnsüchtig daran gedacht, am Lido liegen und ein Eis schlecken zu können. Die klimatisierte Bank und der Caffè sind schon einmal ein Anfang, dachte sie lächelnd.

»Ab der nächsten Woche habe ich Urlaub«, erzählte Violetta. »Da werde ich nichts anderes tun, als Aperol zu schlürfen. Na ja, und für meine Kinder kochen«, fügte sie mit einem selbstironischen Lächeln hinzu.

»Dafür habe ich zum Glück Mamma und Zia Domenica. Wenn ich nicht hin und wieder auch Lust hätte, den Kochlöffel zu schwingen, müsste ich eigentlich nur kochen, wenn das Miralago geschlossen hat. Nun ja«, verbesserte sie sich schnell, »Glück und Unglück gleichzeitig.« Sie klopfte sich auf die Hüften.

Violetta lachte. »Nein, nein, das ist ganz fantastisch, und deine Arbeit hält dich zusätzlich fit.«

Wenn Maria an ihr Büro, an das Gelato von Signor Ferrari und diverse Cornetti und Kuchenstücke dachte, war sie sich da nicht so sicher.

»Aber jetzt erzähl mal, was kann ich für dich tun?« Nun ganz geschäftsmäßig, setzte Violetta sich aufrecht hin, strich über ihre streng aus dem Gesicht zurückgekämmten Haare und blickte Maria neugierig an.

»Ich wollte nach einem Kunden von euch fragen. Nein, halt, ich wollte fragen, ob jemand Bestimmtes bei euch Kunde ist.«

Violettas Augenbrauen hoben sich.

»Es geht um Antonio Marchesi, den Unternehmer.«

»Der mit dem Autounfall?«

»Ganz genau.« Maria nickte. »Mich würde einfach interessieren, bei welcher Bank so ein erfolgreicher Unternehmer sein Konto hat. Sein Privatkonto«, präzisierte sie. Das Geschäftskonto würde sie zwar ebenfalls brennend interessieren, sie vermutete aber, dass Marchesis Geschäftspartner Morelli nun sämtliche Befugnisse besaß, und sie wollte Violetta nicht in Schwierigkeiten bringen.

Ihre Schulkameradin antwortete nicht, kniff nur konzentriert die Augen zusammen und schien zu überlegen. »Warum?«, fragte sie schließlich.

Jetzt kam der heikle Teil des Gesprächs. »Ich war am Unfallort«, begann Maria vorsichtig. »Und für den Bericht brauche ich noch ein paar Daten.«

»Seinen Kontostand?« Skeptisch schürzte Violetta die Lippen. Nein, dumm war sie noch nie gewesen, und Maria hätte es besser wissen müssen und sie nicht überrumpeln sollen. Aber sie wollte etwas von Violetta und würde nicht weiterkommen, ohne selbst etwas preiszugeben – das war nur gerecht. Sie gab sich einen Ruck. »Damit ich ganz sichergehen kann, dass an der Sache nichts faul ist.«

Violettas Mund formte sich zu einem solch perfekten O, dass Maria den Laut sogar zu hören vermeinte. »Du glaubst … Du vermutest …«

Oddio, lass dieses Gespräch nicht bis zu Riccardo oder sogar, Gott bewahre, dem Bürgermeister durchsickern, betete Maria stumm gen Himmel. »Ich möchte einfach nur sichergehen, verstehst du?« Wenn Marchesi nun nicht bei der Intesa Sanpaolo Kunde gewesen war, würde sie sich in den Hintern beißen.

Violetta nickte. »Wenn der besagte Unternehmer Kunde bei uns wäre, was würdest du wissen wollen?«

Alles? *Mamma mia*, sie war doch keine Commissaria, sie war nicht einmal bei den Carabinieri. Sie regelte den Straßenverkehr und »zeigte Bürgernähe«, ein Lieblingsausdruck von Castelnuovo. Maria atmete tief durch. »Ich würde mir die Umsätze ansehen wollen«, sagte sie mit fester Stimme. »Des letzten halben Jahres.« Die Zahl hatte sie einfach aus der Luft gegriffen, aber fand, es klang irgendwie professionell: nicht zu viel und nicht zu wenig.

Violetta dachte nach. »Aber es ist keine offizielle Anfrage?«, vergewisserte sie sich vorsichtig. »Es gibt keine richterliche Anordnung?«

Entschuldigend hob Maria die Hände. »Leider.«

»Weißt du, was? Ich schaue mal nach.« Violetta beugte ich über ihre Tastatur und klickte dann hier und dort auf ihrem Computerbildschirm, tippte etwas ein, klickte erneut. »Antonio Marchesi ist tatsächlich Kunde bei uns. Oder war? Sein Konto jedenfalls besteht noch.« Sie zögerte. »Ich würde dir gerne helfen, aber ...« Unglücklich blickte sie auf den Bildschirm.

»Ich will dich natürlich nicht in Schwierigkeiten bringen!«, sagte Maria. Ihre Ermittlungen, wenn man es so nennen konnte, betrafen allein sie, und wenn ihre Vorgesetzten ihr eine Standpauke halten würden, weil sie ihre Kompetenzen deutlich überschritt, dann war das eine Sache. Eine ganz andere war es, einer unschuldigen ehemaligen Mitschülerin das Leben schwer zu machen, das wollte Maria nicht. Andererseits hatte Marchesi hier ein Konto gehabt, und wenn sie es richtig erfasste, war sein Kontostand in diesem Moment auf dem Computerbildschirm ihr gegenüber zu sehen, der allerdings gerade so gedreht war, dass sie nichts erkennen konnte. So nah dran war sie! »Vielleicht ...«, begann sie, doch Violetta schüttelte den Kopf.

»Es tut mir leid.«

Tapfer nickte Maria und bemühte sich um einen möglichst gleichgültigen Ton. »Das macht gar nichts.« Dann würde sie eben ohne die Kontoinformationen weitermachen; bevor sie

Violetta heute Morgen gesehen hatte, war ihr ja nicht einmal die Idee dazu gekommen. »Trotzdem vielen Dank.«

Ihre Schulkameradin biss sich auf die Unterlippe. »Ich habe gleich noch einen Termin.«

»Ich weiß.« Das hatte sie bereits zu Beginn ihres Gesprächs gesagt.

»Wenn ich nun einfach ... vergessen würde, was ich da gerade aufgerufen habe?« Violetta sprach so leise, dass Maria sie kaum verstehen konnte. Sichtlich nervös rieb sie ihren rechten Daumennagel an den linken, trotzdem lag ein Glitzern in ihren Augen. »Ich könnte aufstehen, hinausgehen und meinen Kunden begrüßen. Wenn du dich etwas im Raum umsiehst ...« Violetta hob vielsagend die Schultern.

Maria starrte sie an. »Das würdest du tun?«

Violetta legte einen Zeigefinger an die Lippen, nickte aber.

»Danke«, flüsterte Maria. »Das ist fantastisch. Du bist die Beste!«

»Ich bringe nur schnell die Tassen zurück«, sagte Violetta jetzt wieder laut und betont fröhlich. Kaum, dass sie aufgestanden und aus dem Raum gegangen war, sah Maria sich hastig um und rutschte dann auf Violettas Bürostuhl. Tatsächlich, Antonio Marchesis Umsätze der letzten Tage. Schnell zog sie ihr Smartphone aus der Hosentasche und fotografierte den Computer-Bildschirm ab. Konnte sie ein bisschen weiter nach oben scrollen? Sie hörte Stimmen. Erneut blickte sie sich um, doch noch war niemand zu sehen. Hastig bewegte sie die Computermaus, drückte noch einmal auf den Auslöser ihrer Handykamera und konnte gerade noch rechtzeitig aus Violettas Büro schlüpfen, bevor ein Bankmitarbeiter die Trennwand passierte.

*

Giovanna fluchte leise, als die Fähre genau in dem Moment ablegte, in dem sie am Hafen ankam. Die zwei Minuten, die sie Caterina Camagni hinterhergesehen hatte, waren ihr zum Verhängnis geworden: Sie hatte die schnelle Fähre verpasst. Ein Blick auf die Uhr und die Abfahrtszeiten verrieten Giovanna, dass die nächste Schnellfähre erst gegen fünf fuhr. In die langsamen Schiffe brauchte sie erst gar nicht einzusteigen, damit wäre sie auch kaum vor sechs in der Questura.

»*Cazzo!*«, schimpfte sie noch einmal, bevor sie tief durchatmete und ihr Smartphone aus der Tasche zog. Dann eben so. Die Wunder der Technik machten es möglich, heutzutage konnte man von überall arbeiten. Sie suchte sich ein ruhiges Plätzchen in einer Bar, so weit abseits, dass niemand ihre Gespräche mithören konnte, und bestellte ein Lemon Soda.

Dann loggte sie sich mit dem Smartphone in ihre E-Mails ein und fand eine erste Information von Ispettrice Mantovani, die nach verloren oder gestohlen gemeldeten Waffen geforscht hatte. Es gab tatsächlich einen Sportschützen in Montorfano, der vor zwei Monaten eine Glock als gestohlen gemeldet hatte. Sie schrieb eine schnelle Nachricht zurück, dass sie ihr die Kontaktdaten des Mannes übermitteln sollte, dann beschäftigte sie sich mit einer zweiten Mail, der Auflistung der Kontobewegungen, die Fini ihr geschickt hatte. Sie überflog die monatlichen Überweisungen wie Strom und Gas, genauso wie kleinere Bestellungen bei Amazon und Geldabhebungen unter fünfhundert Euro. Auffällig waren jede Menge Kartenzahlungen in Restaurants, und Giovanna fragte sich, ob der Dottore dort mit Emilia gewesen war oder mit Caterina. Vielleicht hatte er auch beide eingeladen, immer im Wechsel. Einige Restaurantnamen sagten ihr etwas, andere hatte sie noch nie gehört. Simone Fabrizio hatte viel dafür getan, seine Affäre geheim zu halten. Wenn er Caterina ausgeführt hatte, dann vermutlich eher in Colico oder Lecco – weit weg von Menaggio, wo man ihn und seine Frau kannte.

Zwei Posten machten sie neugierig: Einmal Anfang Mai, einmal Ende Juni waren jeweils fünftausend Euro abgehoben worden. Das mochte für jemanden mit einem Haus in dieser Größe nicht die gleichen Dimensionen haben wie für Giovanna, doch fünftausend Euro waren eindeutig mehr, als man für einen Friseurbesuch brauchte. Vielleicht Geld für einen Urlaub? Giovanna beschloss, Emilia Fabrizio dazu zu befragen, doch die Witwe ging nicht ans Telefon.

Als Giovanna schließlich die Fähre nach Hause bestieg, lächelte sie der junge Mitarbeiter fröhlich an.

»Signora Commissaria, Sie sind aber früh heute Abend. Und außerdem schon in Menaggio? Arbeit oder Vergnügen?«, begrüßte er sie. »Wenn es um Vergnügen geht …« Auf ihren Blick hin brach er seinen Satz ab. »Ich meine nur, dass es Ihnen guttun würde, einmal zu entspannen. Ein Aperitivo auf einer Terrasse am See! Die Seele baumeln lassen, das Leben genießen.«

Mit hochgezogenen Augenbrauen schüttelte Giovanna den Kopf. Hatte er ihr nicht auch vor Kurzem gesagt, dass sie immer so ernst wirkte?

»Falls Sie doch einmal darüber nachdenken, ich würde …«, begann er.

»Halt den Mund, Filippo, und sorg dafür, dass wir ablegen können«, grummelte sein Kollege von der Seite.

Jetzt konnte Giovanna ein Grinsen nicht unterdrücken. Immerhin kannte sie nun seinen Namen.

»Jetzt lächelt sie, die schöne Signora Commissaria!«, rief Filippo in einer Mischung aus Belustigung und Resignation. Aber er folgte der Aufforderung, tippte sich zum Gruß an die Schläfe und kümmerte sich dann um das Seil, das die Fähre mit dem Pier verband.

Und als sie ihm dabei zusah, wie er mit seinen muskulösen braun gebrannten Armen die Vertäuung löste, fiel ihr auf, dass der Mann wirklich attraktiv war. Schnell wandte sie den Blick ab und stieg die Treppen hinauf aufs Deck.

*

Was jetzt? Ratlos saß Maria im Büro der Polizia Locale und versuchte, aus Antonio Marchesis Kontoauszügen schlau zu werden. Wenn sie ehrlich war, musste sie sich eingestehen, dass sie eine große Erleuchtung erwartet hatte, die jedoch ausblieb. Marchesi hatte monatlich Geld für Strom, Gas und Wasser überwiesen, in eine Lebensversicherung eingezahlt und in ein Aktiendepot. So weit, so normal, das tat Maria ebenfalls jeden Monat. Okay, abgesehen von der Lebensversicherung und dem Aktiendepot, aber Marchesi war reicher Unternehmer und sie Polizistin und alleinerziehende Mutter. Zudem waren verschiedene Posten von Supermärkten abgebucht worden, hier sechzig Euro bei Conad, dort vierzig bei Esselungo. Barabhebungen an verschiedenen Automaten in Bellano und Umgebung, nichts Auffälliges, auch wenn diese Summen zumeist diejenigen überstiegen, die Maria abhob. *Mamma mia*, sogar fünftausend Euro waren dabei! So glücklich war sie gewesen über ihre kluge Idee des Bankbesuchs, so aufgeregt war auch Violetta gewesen, und wofür? Für nichts.

Maria seufzte hörbar.

»Ja, ich brauch auch Urlaub«, murmelte ihre Kollegin Loretta zustimmend, die vor wenigen Minuten über irgendeine Tabelle geschimpft hatte, die sich nicht formatieren ließ.

»Jetzt an der Adria, das wär schon was«, stimmte Maria vage zu und schob das Formular, das vor ihr lag, leicht über ihr Smartphone. Sie war sich ziemlich schlau vorgekommen, dabei hatte sie keine Ahnung, wie die Arbeit einer Commissaria überhaupt konkret aussah. Sicher, die Grundzüge kannte sie, und dann natürlich das, was sie mitbekam, wenn Rosa und Zia Domenica an ihrem freien Abend ihre Lieblingsserien schauten. Doch ob das echte Polizeiarbeit war, wagte Maria zu bezweifeln. Dennoch, die Kontoauszüge waren ein Anfang gewesen, eine Idee.

»Sag mal, Loretta, wolltest du nicht mal Karriere machen?«, wandte sie sich an ihre Kollegin. »Bei der Polizia di Stato?«

Loretta winkte ab und schüttelte gleichzeitig den Kopf, wobei ihr Pferdeschwanz wippte. Den Mai und Juni über verbrachte sie damit, Marias Kurzhaarfrisur zu beneiden und über ihre eigenen Haare zu jammern, die ihr dick über die Schultern fielen, bis sie im Juli den Kampf schließlich aufgab und bis zum September die Haare hochband. »Ich wollte auch mal fünf Kinder«, sagte sie jetzt. »Beides gleichermaßen Schnapsideen und viel zu viel Arbeit.«

»Aber du hast doch einen Einblick bekommen, oder nicht?«, beharrte Maria. »Wie arbeitet man dort, in der Questura, wenn man beispielsweise einen Mord untersucht?«

»Wie kommst du darauf?«

»Oh, nur so«, log Maria. »Ich kann mich einfach nicht auf dieses vermaledeite Formular konzentrieren.« Sie hielt das Dokument in die Höhe. Als Loretta einen verständnisvollen Laut von sich gab, fragte Maria: »Hast du von diesem Mord in Menaggio gehört?«

»Der Arzt.« Loretta nickte. »Also zunächst werden sie sicher die Angehörigen befragen, in der Mehrheit der Fälle ist das Opfer mit seinem Täter entweder verwandt oder zumindest bekannt.«

Maria nickte. Das hatte sie bereits getan, sie hatte mit

Marchesis Ehefrau gesprochen. Die Tochter hätte unter Umständen vielleicht auch interessante Dinge zu erzählen.

»Dann wird sicher nachverfolgt werden, was er in den Stunden vor seinem Tod getan hat. Wo war er, mit wem war er zusammen, diese Dinge.«

Das hatte seine Frau nicht gewusst. Maria überlegte. Konnte sie jemand anderen dazu befragen?

»Und natürlich wird sein Leben komplett auf links gedreht und untersucht, alles schaut man sich an, persönliche Unterlagen, Computer, Handy, Bankunterlagen, einfach alles.«

Das klang plausibel. Und über ein Handy konnte man sicher herausfinden, wo und vielleicht auch weshalb Marchesi unterwegs gewesen war. Nur, wie sollte Maria da herankommen? Nein, das konnte sie sich wohl abschminken.

»Ich hoffe, sie finden den Täter schnell«, schloss Loretta und fluchte dann plötzlich laut: *»Porca miseria!«* Sie war an ihre Tasse gestoßen, und die braune Flüssigkeit ergoss sich über den Schreibtisch, tropfte an der Kante hinunter und auf Lorettas Rock. Rasch reichte Maria ihr ein Taschentuch, das Loretta dankbar annahm. Sie wischte den Caffè, so gut es ging, weg und stand auf, um sich frisch zu machen.

Nachdenklich blickte Maria auf die kleine Liste mit Stichworten, die sie sich nach Lorettas Informationen notiert hatte. Vielleicht würde ihr Antonio Marchesis Beerdigung die Gelegenheit geben, ein oder zwei der offenen Punkte zu klären.

*

»Ciao, kleiner Freund.« Im Schneidersitz ließ Giovanna sich neben Brunos Gehege nieder. Neugierig streckte die Schildkröte ihren Kopf aus dem Häuschen, in das sie sich zurückgezogen hatte. Giovanna legte ihm ein paar Kräuter hin, dann öffnete sie das aus Draht geflochtene Dach und hob Brunos Wasserbecken heraus, um es zu reinigen und neu zu befüllen.

»Was glaubst du, Bruno? Hat die Ehefrau oder die Affäre Dottor Fabrizio auf dem Gewissen?«

Die Schildkröte öffnete den Mund weit, sodass die kleine rosa Zunge zu sehen war.

»Beide Damen haben Argumente, die jeweils für sie als Täterin sprechen.« Sie erzählte ihm, was sie über Caterina Camagni erfahren hatte. Dann legte sie den Kopf schräg, kniff die Augen zusammen und blickte Bruno an. »Du weißt gar nicht, was Treue ist, hm?« Landschildkröten begannen nach jeder Winterstarre mit ihrem Balzverhalten, wobei es ganz egal war, ob sie das Weibchen kannten oder nicht. Nur die richtige Art musste es sein. Nach der Paarung verschwand das Männchen, und die Tiere begegneten sich unter Umständen nie wieder.

»Das liegt wahrscheinlich daran, dass ihr kaltblütig seid«, witzelte sie. »Davon, wie ihr euch um eure Kinder kümmert, will ich gar nicht erst anfangen. Dann vielleicht doch lieber monogam. Wie die Haubentaucher«, erzählte sie Bruno, während sie an einem Grashalm zupfte. Der süße Duft des Jasmins wehte zu ihr hinüber. »Oder Schwäne.«

Langsam biss Bruno in die Löwenzahnblüte, die sie den Kräutern untergemischt hatte. Sie hörte, wie oben im ersten Stock ein Radio angestellt wurde. Adriano Celentano. Ludovico gehörte wohl eher zu den Haubentauchern, mutmaßte Giovanna. Und sie selbst? Darüber hatte sie noch gar nicht nachgedacht.

10. KAPITEL

Maria, ich brauche jemanden, der am Hafen vorbeischaut.« Riccardo steckte seinen Kopf zur Tür herein. »Navigazione di Lago hat einen Taschendieb auf einem der Schiffe gestellt und möchte ihn loswerden.«

Sie blickte auf. »Oh, ich bin schon eingeteilt. Frag doch Loretta!«

»Loretta? Wieso, wo bist du denn eingeteilt?«, fragte ihr Chef irritiert. »Ich habe dich nirgends eingeteilt, was genau machst du?«

»Die Beerdigung, Castelnuovo, Marchesi, du erinnerst dich?«

»Ach, richtig.« Nachdenklich blickte er sie an. »Da hatte ich dich ohnehin noch fragen wollen, warum ...«

Schnell stand sie auf. »Ich war doch am Unfallort.« Der Seufzer, den sie ausstieß, klang selbst in ihren Ohren dramatisch. »Da bin ich es ihm irgendwie schuldig, verstehst du?«

»Ah.« Riccardo wirkte nicht überzeugt. Forschend blickte er sie an.

»Und Castelnuovo kann jede Unterstützung gebrauchen, auch wenn es bis zu den Wahlen noch etwas dauert«, fügte sie eilig hinzu. Ungeachtet ihrer eigenen Vorbehalte, wusste sie, dass Riccardo ein großer Fan des Bürgermeisters war. Die

Männer waren über den Fußball ins Gespräch gekommen, beide waren große Fans des AC Mailand. »Als Arbeiterkinder«, hatten sie gleichzeitig gesagt und gelacht. Maria erinnerte sich, dass auch Stefano den Stadtrivalen Inter Mailand für versnobt hielt. »Die Gegenkandidaten hatten sich ja offensichtlich schon in Stellung gebracht.«

»*Der* Gegenkandidat«, korrigierte Riccardo. »Es gab meines Wissens nur einen.« Von dem er, ebenso wenig wie sie selbst, bis vor ein paar Tagen nicht einmal etwas gewusst hatte. »Na dann«, sagte er schließlich. »Ich würde dir ja viel Spaß wünschen, aber …«

»Ich weiß. Danke.«

Kopfschüttelnd griff er zum Telefon und rief Loretta an.

Maria stand auf, um sich umzuziehen. Uniform gut und schön, den Bürgermeister würde sie auf einer Beerdigung lieber in Zivil vertreten.

*

»Ich glaube, sie ist schwanger.«

Alivertis Augenbrauen schossen in die Höhe, und beinahe hätte er den Espresso aus der winzigen Tasse verschüttet, die er in der Hand hielt. Nachdem Giovanna eine Nacht über ihr Gespräch mit Caterina Camagni geschlafen hatte, war sie zu diesem Schluss gekommen. »Natürlich kann ich mich auch irren«, gab sie zu. »Aber sie wirkte schon sehr müde, ihr war schwindlig, sie war blass und musste sich hinsetzen.«

»Was nicht unbedingt ungewöhnlich ist für eine Frau, die vor Kurzem die Nachricht bekommen hat, dass ihr Liebhaber ermordet wurde.«

»Und ihre Haut war deutlich schlechter als auf dem Foto im Internet.«

»Photoshop? Allergie?«

»Alles möglich.« Giovanna wusste jedoch, dass sie ihre Theorie nicht gleich verwerfen würde, nur weil Aliverti skeptisch war. Es war gut möglich, dass ihre Vermutung der Wahrheit entsprach. »Sie wollte nicht recht über Fabrizio sprechen, über die Affäre vor allem nicht. Ich musste ihr alles aus der Nase ziehen, und als ich das Gespräch darauf gebracht habe, ob er seine Frau verlassen wollte, hat sie ziemlich zugeknöpft reagiert. Ich gehe jede Wette ein, dass sie ihn ganz für sich wollte. Aber sie ist nicht auf den Kopf gefallen, sie wusste, dass er seine Frau unter normalen Umständen nicht verlassen würde.«

»Was soll das heißen?« Aliverti rümpfte irritiert die Nase.

»*Allora*«, begann Giovanna seufzend. »Wenn der Dottore zu einer Entscheidung gezwungen worden wäre, egal, von welcher seiner Frauen, dann mag die Entscheidung zwischen der Familie und der Geliebten einfach zu treffen sein: die Kinder noch klein, die man aufwachsen sehen will, das vertraute Heim. Die Geliebte zieht meist den Kürzeren.« Sie zuckte mit den Schultern. »Wenn es aber eine Entscheidung zwischen der einen oder der anderen Familie ist, dann ist das schon schwieriger.«

»Du meinst, sie wollte ihm mit einer Schwangerschaft einen stärkeren Trennungsgrund liefern.«

»*Ecco*. Und möglicherweise hat Emilia Fabrizio davon erfahren.«

»Eine betrogene Ehefrau, die zur Waffe greift.« Jetzt schien Aliverti zugänglicher für ihre Argumente zu sein.

»Oder umgekehrt, der Dottore will seine Frau trotz Caterinas Schwangerschaft nicht verlassen. Sie wirkte auf mich wie eine Frau, die alles auf eine Karte gesetzt hat, nämlich den Mann, den sie liebt, der ihr ein sorgloses Leben ermöglichen kann.« Dazu passte, dass sie keine rechte Vorstellung davon hatte, was sie beruflich tun wollte, mit Fabrizio aber sehr zielstrebig die Affäre verfolgt hatte. »Wenn sie nun all das auf sich genommen hat, die Heimlichtuerei, die Schwangerschaft, um Fabrizio an sich zu binden, der sich letztlich aber doch entzieht …« Mit einer Geste deutete sie an, dass sie diese Möglichkeit durchaus erwägenswert fand.

Auch Aliverti nickte.

»Ich nehme dennoch nicht an, dass wir einen Durchsuchungsbeschluss bekommen?«, versuchte Giovanna es halbherzig, auch wenn sie wusste, dass die Beweislage dafür wahrlich sehr dünn war.

Prompt schüttelte der Questore den Kopf. »Klopf die Alibis noch einmal ab«, sagte er. »Wenn du dort Löcher findest, sprechen wir noch einmal. Und finde einen Beweis für die Schwangerschaft dieser Caterina.« Er schwieg einen Moment, dann fragte er ernst: »Du hast mit beiden gesprochen. Kannst du dir eine von ihnen als Mörderin vorstellen?«

Giovanna stützte den Kopf in die Hände, überlegte und antwortete schließlich ruhig: »Ich glaube, jeder Mensch kann zum Mörder werden, wenn man ihn weit genug treibt. Bei den einen braucht es mehr, bei den anderen weniger. Und wenn ich mir die beiden Frauen so ansehe: Für Emilia braucht es mehr als für Caterina«, sagte sie überzeugt. »Emilia hat ihre Kinder, das Haus, den Hund. Auch ohne ihren Mann hat sie Dinge, für die es sich zu leben lohnt – in Freiheit zu leben lohnt.«

»Caterina nicht?«

Giovanna hob die Handflächen in die Höhe. »Vielleicht. Ihren Job kann sie jedenfalls nicht leiden, und ohne einen Arzt an ihrer Seite wird sie ihn nicht so schnell aufgeben können. Schon gar nicht mit einem Kind.«

»Wenn er noch am Leben wäre, würde sie Unterhalt bekommen«, brachte Aliverti als Argument an.

»Das ist richtig. Aber ich weiß nicht, ob sie im Moment tiefster Verletzung noch so logisch denken kann.«

»Du wirst es herausfinden.«

Giovanna nahm einen Stift zur Hand und sagte: »Genau damit werde ich jetzt auch beginnen.«

*

Ganz Vendrogno schien sich auf dem kleinen Friedhof versammelt zu haben, und ein großer Teil der Einwohner von Bellano noch dazu. Die Trauergemeinde war groß, auf dem Parkplatz vor der Kirche standen Fahrzeuge aller Preisklassen, SUVs neben Fiat Pandas, Antonio Marchesi war allseits beliebt gewesen.

Seine Frau stand, gestützt von einem älteren Ehepaar, vermutlich ihre Eltern, am Eingang der Kirche. Blass und in einem schwarzen Kleid mit dazu passendem Hut wirkte sie wie eine Darstellerin aus einem alten Hollywood-Film. Maria sah sich um, auf der Suche nach Silvio Morelli, Marchesis Geschäftspartner, und fand ihn schließlich schon in der ersten Reihe sitzend, als sie kurz vor Beginn des Gottesdienstes in die prunkvolle Kirche schlüpfte. Links neben ihm Francesca Marchesi, auf seiner rechten Seite eine junge Frau, von der Maria vermutete, dass es sich um Marchesis Tochter handelte. Lara, die Studentin aus Mailand. Auch sie trug ein schwarzes Kleid und war mindestens ebenso hübsch wie ihre junge Stiefmutter.

Silvio Morelli war im gleichen Alter wie Antonio Marchesi, doch das Leben hatte ihn stärker gezeichnet: Während Marchesi auf sein Äußeres geachtet hatte, schlank und mit vollem

Haar eine deutlich jüngere Frau bezirzt hatte, die ebenso gut hätte Model werden können, so war Silvio klein, stabil gebaut und kahl. In seinem rundlichen Gesicht blitzten jedoch wache Augen, und Maria verfolgte, wie Morelli seinen Blick über die Trauergemeinde wandern ließ und in Sekundenschnelle erfasste, wer hier war. An ihr blieb sein Blick einen Moment haften, offenbar konnte er sie nicht einordnen. Mit einem Wispern wandte er sich an Francesca Marchesi, die ebenfalls zu ihr hinüberschaute, ihr zunickte und sich dann mit einem schwachen Lächeln wieder an Morelli wandte. Morelli hingegen wirkte auf ihre Erklärung hin keineswegs entspannt. Maria wollte eigentlich keine voreiligen Schlüsse ziehen, aber weshalb störte ihn ihre Anwesenheit? Ganz offensichtlich war er skeptisch, dass sie eingeladen worden war. Weshalb? Hatte er möglicherweise wirklich Dreck am Stecken?

Jetzt begann der Priester zu sprechen, und Maria verbrachte die nächste halbe Stunde damit, die Trauergäste zu betrachten. Wonach sie Ausschau hielt, wusste sie selbst nicht genau, vielleicht hoffte sie auf ein Zeichen von Schuldbewusstsein oder Reue. Doch niemand verhielt sich ungewöhnlich, und für einen kurzen Augenblick fragte sie sich, was sie hier überhaupt tat. Sie arbeitete nicht in der Questura in Lecco! Doch dann war der Zweifel auch schon wieder vorbei, und kurz darauf folgte sie beim Trauerzug dem Sarg auf seinen Platz am Friedhof.

Hier begannen die Menschen, die in der Kirche so ehrfürchtig geschwiegen hatten, wieder miteinander zu reden. Es bildeten sich Grüppchen, während der Pfarrer auf die Nachzügler wartete, die erst langsam ihren Weg von der Kapelle herfanden, und außer Maria bemerkte wohl niemand, dass Antonio Marchesis Tochter sich kurz umblickte, eilig hinter einem Baum verschwand und sich beeilte, an der Friedhofsmauer entlang zum Ausgang zu kommen. Sie schlüpfte hindurch, und Maria hatte sie in genau dem Moment eingeholt, in dem sie den ersten tiefen Zug einer Zigarette nahm.

Lara blickte sichtlich erschrocken auf, als sie jedoch Maria sah, wirkte sie erleichtert. »Für einen Moment dachte ich, mein Vater …« Über sich selbst verwundert schüttelte sie den Kopf.

»Es dauert, bis wir akzeptiert haben, dass sie nicht mehr unter uns sind«, sagte Maria und trat näher. »Manchmal, wenn wir alle zusammensitzen, denke ich, mein Vater kommt gleich zur Tür herein. Er ist vor drei Jahren gestorben«, fügte sie als Erklärung hinzu.

Lara atmete tief durch. »Ja, vermutlich haben Sie recht. Er mochte es nicht, dass ich rauche.« Sie wedelte mit ihrer Zigarette. »Ich habe ihm gesagt, ich hätte aufgehört.«

»Kleine Lügen erhalten die Vater-Tochter-Beziehung.« Maria zwinkerte ihr zu. Dann wurde sie wieder ernst. »Mein aufrichtiges Beileid.«

»Danke. Sie scheinen ja zu wissen, wovon Sie reden.«

Das stimmte, allerdings war Maria auf den Tod ihres Vaters vorbereitet und knapp fünfundzwanzig Jahre älter gewesen als diese junge Frau hier. »Er hatte Krebs«, sagte sie. »Haben Sie Familie, auf die Sie zählen können? Ihre Mutter?«

Die junge Frau zuckte mit den Schultern. »Sie arbeitet viel. Wie heute auch.« Ein bitterer Zug zeigte sich um ihren Mund, und Maria konnte es ihr nicht verdenken. Sie konnte sich nicht vorstellen, Luca und Michele in solch einer Situation allein zu lassen, egal, wie die Umstände der Beziehung zum Vater zuletzt gewesen waren. Da könnte anderweitig die Welt untergehen.

»Ich habe die meiste Zeit bei meinem Vater gelebt«, berichtete Lara weiter. »Bis ich zum Studium nach Mailand gegangen bin.«

»Mailand.« Maria ließ sich das Wort förmlich auf ihrer Zunge zergehen. »Der Dom, die Scala!« Viel mehr kannte sie von der großen Stadt zwar nicht, aber das schien zu reichen.

»Ja, wunderbar, nicht wahr?« Jetzt kam Leben in Lara Marchesi. »Ich wollte ursprünglich nach Rom, Sie wissen schon, *la città eterna.*« Die ewige Stadt, Maria nickte. »Aber mein Vater hatte in Mailand studiert, Medizin. Die Augen fand er besonders spannend, weil er selbst kurzsichtig war. Deshalb die Brillen.«

Das hatte sie gar nicht gewusst. Was für ein Anfängerfehler, dachte sie.

»Nicht, dass er mich überredet hat. Aber als er dann Francesca geheiratet hat … Ich habe nichts gegen sie, sie ist schon in Ordnung, aber …« Unsicher biss sie sich auf die Lippen. Maria verstand auch so, was sie sagen wollte: Plötzlich war sie nicht mehr die absolute Priorität im Leben ihres Vaters gewesen, er hatte eine neue Frau gehabt, mit der offenbar weitere Kinder geplant gewesen waren. Die Tochter hatte sich vermutlich wie auf dem Abstellgleis gefühlt und durch die Wahl desselben Studienortes wie ihr Vater eine Verbindung zwischen ihnen schaffen wollen. »Und auf diese Weise habe ich mich ihm wieder näher gefühlt«, sagte Lara schließlich leise. Sie wischte sich über die Augen und warf die Zigarette auf den Boden.

In diesem Moment wirkte Lara unglaublich jung, einsam und verletzlich, und Maria verspürte das dringende Bedürfnis, ihr zur Seite zu stehen. Sie trat einen Schritt auf sie zu und legte ihr vorsichtig einen Arm um die Schultern. Die Studentin lehnte sich in die Umarmung und entspannte sich ein wenig, und für einige Momente standen sie einfach nur da, bis Lara ein leiser Schluchzer entfuhr. »Danke«, flüsterte sie schließlich und löste sich von Maria. »Dabei weiß ich gar nicht, wer Sie eigentlich sind.« Sie lächelte schief.

»Ich bin Maria.« Wieder einmal kramte sie nach einem Taschentuch.

Lara nickte, ihr Vater hatte sicher zu viele Menschen gekannt, als dass sie sich jeden Namen hatte merken können. Dankbar nahm sie das Taschentuch entgegen und tupfte vorsichtig, damit das Make-up nicht verlief, den unteren Rand ihrer Augen ab.

»Was haben Sie jetzt vor?«, fragte Maria. »Wollen Sie Ihr Studium beenden, oder steigen Sie in die Firma Ihres Vaters ein?«

»Gott bewahre, dafür habe ich kein Händchen!« Unter Tränen lachte Lara auf. »Nein, ich will Lehrerin werden, mit Menschen arbeiten, das hat mir immer gefallen. Aber Zahlen hin- und herschieben, gar ein Unternehmen leiten …« Sie schüttelte entschieden den Kopf.

Zu gern wollte Maria nach dem Erbe fragen: Wenn sie in die Firma nicht einsteigen wollte, so bekam sie doch sicher ihren Anteil ausgezahlt? Und wenn sie die Firma nicht leitete, würde Francesca das Unternehmen gemeinsam mit Morelli führen? Geld war ein häufiges Mordmotiv, das wusste sie auch ohne Ausbildung bei der Polizia di Stato. Maria nickte verständnisvoll. »Und mit Ihrem Erbe müssen Sie sich wenigstens keine Sorgen machen, dass Sie Ihren Traum aus finanziellen Gründen nicht verwirklichen können. Vielleicht können Sie sich eine kleine Auszeit gönnen. Die Welt sehen, bevor Sie wieder in den Alltag zurückkehren.« Das machten die jungen Leute von heute doch gern.

»Oh nein, das könnte ich mir gar nicht vorstellen im Augenblick. Spaß haben, während …« Sie brach ab und fügte knapp hinzu: »Dafür würde das Geld auch nicht reichen.«

Maria horchte auf. »Nicht?«

»Na ja, wir bekommen Geld, Francesca und ich, eine Art

monatlichen Unterhalt aus der Firma. Keine Summe auf einmal. Silvio ist jetzt alleiniger Geschäftsinhaber, das ist im Vertrag so geregelt worden.« Sie musste Marias völlig verdutzten Gesichtsausdruck bemerkt haben, denn sie beeilte sich hinzufügen: »Sie hatten ein Abkommen, damit die Firma überlebt. Wahrscheinlich, weil sie so jung und so idealistisch waren, als sie sie gegründet hatten. Aber es war ihre Idee, es war ihr … ihr Baby sozusagen, und sie haben alles getan, damit ihnen niemand reinreden kann.« Vom Friedhof waren die Klänge einer Trompete zu hören. »Oh!« Erschrocken blickte Lara auf. »Ich muss …«

»Gehen Sie. Alles Gute Ihnen.« Mit einem Lächeln verabschiedete Maria sich von der jungen Frau und blickte ihr hinterher, wie sie erneut im Schatten der Friedhofsmauer zurück zur Beerdigung ihres Vaters schlich. Die Trompetenklänge verhallten, und der Priester in seinem Festgewand begann zu sprechen. Seine Stimme trug weit, er war ein geübter Redner. Doch Maria hatte für heute genug gehört. Die Hände in den Hosentaschen machte sie sich langsam auf den Weg zurück ins Rathaus und ließ Revue passieren, was sie in Erfahrung gebracht hatte. Silvio, der Geschäftspartner, der zuletzt seine innovativen Ideen gegen Antonio Marchesis Widerstand nicht hatte durchsetzen können, war also nun Alleininhaber von Marchesi & Morelli. Diese Sache wurde immer interessanter.

*

Der Gärtner. Giovanna ließ ihren Stift fallen. Fini hatte ihr ein Post-it an den Computerbildschirm geklebt, dass eine Nachbarin von Miriam Gentile sich daran erinnerte, kurz vor Mitternacht in deren Wohnung Licht bemerkt und die Arzthelferin in ihrer Küche gesehen zu haben. Sie habe dann das Licht gelöscht und sei ins Schlafzimmer gegangen. Und während Giovanna die Notiz über die Angestellte des Dottore las, fiel ihr der Gärtner wieder ein.

Vom derzeit in Kalabrien weilenden Signor Palma hatte sie noch keinen Rückruf erhalten. Also griff sie zum Telefon und versuchte es erneut. Diesmal war sein Handy zumindest nicht mehr ausgestellt, statt der Mobilbox hörte sie es klingeln.

»*Pronto!*«

»Spreche ich mit Giuseppe Palma? Giovanna Ruggieri hier, Questura di Como. Ich hatte Ihnen vor ein paar Tagen schon auf die Mailbox gesprochen.«

Ein genervtes Stöhnen war die Antwort, das sie geflissentlich ignorierte.

»Es geht um einen Mordfall, und ich hätte ein paar Fragen an Sie.«

Jetzt herrschte Schweigen, der Mann schien sprachlos.

»Mord?«, fragte er schließlich entsetzt. Und dann: »Sie sind wirklich Polizistin?«

»Was dachten Sie denn?«

»Wenn ich ehrlich bin … ein Betrugsversuch.« Es war ihm sichtlich unangenehm, und nachdem er die ersten Worte nur zögerlich gesprochen hatte, sprudelte die weitere Erklärung nur so aus ihm heraus: »Mein Sohn hat mir davon erzählt, diese Tricks, die solche Leute versuchen. Sie rufen an und erzählen, sie sind von der Polizei und man soll Geld zahlen.«

Deshalb hatte er sie nicht zurückgerufen.

Gar nicht dumm, der Mann, dachte Giovanna und war froh, dass man sich wenigstens um diesen Signore keine Sorgen machen musste, Opfer eines Trickbetrügers zu werden. »Sie hätten auf der Questura zurückrufen und nach mir fragen können«, machte sie ihn dennoch auf das Offensichtliche aufmerksam. »Wie dem auch sei, Signor Palma. Es geht um Ihren Arbeitgeber, Simone Fabrizio.«

»Der Dottore ist ermordet worden? *Mamma mia!*« Er hatte es also noch nicht mitbekommen. Gut, weit weg in Kalabrien und zudem mit einer vielköpfigen Familie beschäftigt, hatte er vermutlich keine Zeit gehabt, die Nachrichten vom Comer See zu verfolgen. Auf seinen entsetzten Ausruf hin konnte sie im Hintergrund laute Stimmen hören, offenbar machte seine Familie sich Sorgen um ihn. Unwillig sagte er zu jemandem: »Lass mich in Ruhe!« Dann sprach er wieder mit Giovanna: »Was ist denn passiert?«

»Das versuche ich herauszufinden. Signor Palma, Sie waren regelmäßig bei den Fabrizios, um sich um den Garten zu kümmern. Wie kamen Sie mit Dottor Fabrizio zurecht? Und mit seiner Frau?«

»Gut. Sehr gut. Beide gute Arbeitgeber.«

Giovanna rieb sich die Stirn, wieder einmal hatte sie sich falsch ausgedrückt. »Sie stehen nicht unter Mordverdacht, Signor Palma. Sie waren zum Zeitpunkt des Mordes in Kalabrien. Ich würde gern wissen, wie Sie das Ehepaar Fabrizio erlebt haben.«

Den erleichterten Seufzer konnte sie durch die Leitung hören.

»Sie waren wirklich nett«, wiederholte der Gärtner und erzählte ihr das Gleiche wie jeder, der Kontakt mit dem Dottore gehabt hatte. Beinahe hätte sie die Augen gerollt über all die Perfektion, doch dann fügte er plötzlich hinzu: »Aber vor drei Wochen, da gab es einen riesigen Streit zwischen dem Dottore und seiner Frau. Sie hat so laut geschrien, dass sie die Enten am Ufer aufgeschreckt hat.«

Na, wenn das keine Neuigkeiten waren. »Wann war das

genau?«, fragte Giovanna und tippte schon den Streit des Ehepaars in ihre Mindmap.

»Lassen Sie mich nachdenken. Vor drei Wochen, ich bin immer dienstags und freitags bei ihnen. Es gab an dem Tag mittags Fisch, also war es wahrscheinlich der Freitag. Am 18. Juli«, sagte er.

»Wissen Sie, worüber sie sich gestritten haben?«

»Na, hören Sie mal, ich lausche doch nicht!«

Giovanna wartete. Im Hintergrund konnte sie erneut Geräusche hören, es klang wie eine Großfamilie, die im Garten zusammensaß. Sie wartete noch ein bisschen, und dann sagte Giuseppe Palma: »Ich habe es nicht im Einzelnen mitbekommen, aber Signora Fabrizio war so wütend, wie ich sie selten gesehen habe. Sie hat ihm an den Kopf geworfen, ihre Familie zu zerstören. Und sie wollte die Scheidung.«

Na, wenn sich dieser Anruf nicht doch gelohnt hatte! Zufrieden verabschiedete Giovanna sich von dem Mann und unterstrich in ihrer Mindmap den Namen Emilia Fabrizio. Auch wenn Giuseppe Palma nicht wusste, worüber das Ehepaar Fabrizio gestritten hatte, Giovanna hatte da so eine Ahnung. Nur, wie sollte sie beweisen, dass Emilia Fabrizio von der Affäre ihres Mannes gewusst hatte?

*

»Mamma, vor dem Haus steht eine schwarze Limousine!« Luca streckte kurz seinen Kopf zu ihr in die Küche hinein, nur um sofort darauf wieder im Wohnzimmer zu verschwinden. Die Sauce al ragù köchelte schon, das Pastawasser musste jeden Moment so weit sein.

Abwesend wischte Maria sich die Hände an der Schürze ab. »Deckst du den Tisch, bitte?«, rief sie nach drüben.

»Mit Chauffeur!«

»Mit Servietten! Tomatensoße gibt Flecken.«

»Die Limousine, Mamma, nicht das Essen. *Ma dai*, der will zu uns!« Und tatsächlich klingelte es in diesem Augenblick an der Haustür. »Soll ich öffnen?«

»Ach, warum denn? Lassen wir den Mann doch einfach draußen stehen, während wir essen. Meine Güte – natürlich sollst du öffnen!«, rief Maria belustigt und ungehalten gleichermaßen. Ihre Söhne raubten ihr noch den letzten Nerv – wenn Rosa und Domenica das nicht vorher noch gelang.

Sie hörte, wie Luca zur Tür stampfte – weshalb konnten junge Männer eigentlich nicht leise auftreten? Oder betraf das nur ihre zwei?

»Für dich!«

Das hatte sie befürchtet, natürlich genau dann, wenn sie etwas auf dem Herd hatte. Maria atmete hörbar aus und drehte das Gas ab. Die Soße durfte dann eben noch etwas eindicken. Ein Chauffeur? Was wollte ein Chauffeur von ihr? Wer außer dem Papst ließ sich heutzutage überhaupt von einem Chauffeur herumkutschieren?

»Wir essen später«, sagte sie im Vorbeigehen zu Luca, dann wandte sie sich ihrem Besuch zu. Überrascht hielt sie inne. Sie kannte den Mann, der dort auf ihrer Türschwelle stand. Der massige Glatzkopf mit der Sonnenbrille, der sich nun in Richtung Straße umblickte, war Silvio Morelli. Antonio Marchesis Geschäftspartner und aktuell Marias Verdächtiger Nummer eins im inoffiziellen Mordfall Marchesi. Maria räusperte sich. »Signor Morelli.« Was wollte der Mann von ihr? Und weshalb kam er zu ihr nach Hause und nicht ins Rathaus? Um privat mit ihr zu sprechen?

»Ispettrice di Bartolomeo, *no?*«, fragte er, als er ihr die Hand reichte. Seine Stimme war tief und dröhnend. »Wissen Sie, ich habe Sie auf Antonios Beerdigung gesehen«, er suchte ihren Blick, »und mich gefragt: Was macht eine Polizistin hier?«

»Ich habe im Namen des Bürgermeisters mein Beileid ausgedrückt. Antonio Marchesi war ein bekannter Unternehmer, ein bekannter Bürger Bellanos.« Der Satz klang selbst in ihren eigenen Ohren unnatürlich.

»Sehen Sie, Ispettrice, das hat Francesca mir auch gesagt. Sie hat sie sogar eingeladen. Aus irgendeinem Grund kann ich aber nicht recht glauben, dass es ein Anstandsbesuch war.«

Maria versuchte zu lächeln, es wollte ihr jedoch nicht recht gelingen. Abwimmeln lassen würde er sich sicher nicht so leicht, nicht bei diesem Auftritt. Was also tun? Sie fühlte sich unwohl, dieser Besuch war ihr irgendwie unheimlich. Wollte er sie einschüchtern, damit sie nicht weiter nachforschte, was genau bei dem Unfall passiert war? *Wir sind hier nicht in Kalabrien*, schalt sie sich. Morelli gehörte nicht zur Mafia, sicher gab es einen völlig harmlosen Grund, weshalb er vor ihrer Tür stand. Sie beschloss, den Stier bei den Hörnern zu packen, den Mann hereinzubitten und sich anzuhören, was er von ihr wollte. Vielleicht konnte sie ihrerseits das Gespräch nutzen, um von ihm Informationen über seinen Geschäftspartner zu bekommen. Vielleicht sogar Informationen, von denen Francesca oder Lara nichts wussten. Dennoch, sie würde vorsichtig sein.

Vor allem aber musste ihr Sohn nichts von der Unterhaltung mitbekommen. Es war schon schlimm genug, dass sie auf eine Art »ermittelte«, ihrer Familie musste sie das nicht auch noch auf die Nase binden. Sie konnte die entsetzten Gesichter von ihrer Mutter und Zia geradezu vor sich sehen.

»Luca, gehst du noch schnell rüber in den Supermercato und holst Parmesan? Geld liegt in der Küchenschublade«, rief sie, ohne den Kopf zu drehen.

»Aber wir haben ...«

»Er ist aus.« Es schadete nie, etwas mehr Parmesan im Haus zu haben.

Mit einem Stöhnen stapfte ihr Sohn zunächst in die Küche, dann an ihr und Morelli vorbei aus der Tür. Ziemlich sicher würde er nicht nur Parmesan kaufen, aber das war ihr jetzt egal. Sie blickte ihm hinterher, wie er um die Kurve an der Straße verschwand, dann wandte sie sich wieder Morelli zu.

Chi ha tempo non aspetti tempo, dachte sie, was du heute kannst besorgen, das verschiebe nicht auf morgen. »Kann ich Ihnen etwas anbieten?«, fragte sie und bat ihn herein. Sie würde mit ihm auf die Terrasse gehen, der Hinterhof gehörte zu mehreren Häusern, er würde also nicht auf dumme Gedanken kommen. Falls sein Auftauchen tatsächlich zur Einschüchterung gedacht war. Sie wies ihm den Weg, ergänzte betont beiläufig: »Ich habe einen hervorragenden Trebbiano im Kühlschrank«, und holte, ohne seine Antwort abzuwarten, den Weißwein und zwei Gläser.

»Ich habe mich umgehört.« Morelli hatte auf dem Gartenstuhl Platz genommen, streckte seine Beine aus und faltete die Hände über dem beträchtlichen Bauch.

Er ist kein schöner Mann, aber er hat Ausstrahlung, ging es ihr durch den Kopf.

»Sie waren an der Unfallstelle, als man ihn gefunden hat.« Das wusste er wahrscheinlich von Francesca. Maria griff zu ihrem Weinglas und nickte abwartend. Lauern, das Wort fiel ihr ein, sie belauerte Morelli. Von der Seite wehte der Duft des Feigenbaums hinüber, den ihre Nachbarin gepflanzt hatte und von dem sie jedes Jahr Früchte ernten durfte.

»Sie glauben nicht, dass es ein Unfall war, *vero?*«, fragte Morelli in diesem Moment, und Maria hätte sich beinahe an ihrem Wein verschluckt.

»Ich war in Vertretung des Bürgermeisters auf der Beerdigung«, wiederholte sie, ohne auf seine neue Frage einzugehen. Sie hatte in der Kapelle schon bemerkt, dass er sich seinen Teil dachte, als er sie gesehen hatte.

»*Ma no*, ich liege richtig.« Mit dem Zeigefinger tippte er sich an die Nase, um zu unterstreichen, dass er ihre Erklärung nicht glaubte.

Erneut schoss ihr die Frage durch den Kopf, was er von ihr wollte. Und plötzlich spürte sie Wut in sich aufwallen. Die Wut, dass ein zwielichtiger Unternehmer ihr den friedlichen Feierabend ruinierte. Sie war ihm zu nichts verpflichtet und hatte keine Lust auf Spielchen.

»Und wenn es so wäre?«, fragte sie und blickte ihn herausfordernd an.

Morelli wirkte nicht im Mindesten angespannt. Er nickte langsam und nippte an seinem Wein. »Das wäre gut«, sagte er schließlich und gab der Achterbahn der Gefühle, die Maria durchlebte, einen erneuten Schub.

»Was? Wie meinen Sie das?«, fragte sie überrumpelt.

Er fuhr sich mit der Zunge über die Lippen, stellte das Glas auf den Tisch und sah sie eindringlich an. »Nun … Antonio war nicht betrunken, als er gefahren ist, und sein Auto war völlig in Ordnung.« Er sprach schnell und leise. »Zugegeben, ich kann nicht behaupten, dass er ein vorsichtiger Fahrer war. Aber irgendetwas stimmt nicht. Er war in letzter Zeit oft mit den Gedanken woanders, wenn wir Geschäftliches besprechen mussten, war nicht bei der Sache, und das ausgerechnet, wenn es gerade wirklich wichtig war, dass wir uns auf die Arbeit fokussieren.«

Morellis Besuch war also kein Einschüchterungsversuch, er hoffte, den Tod seines Geschäftspartners aufzuklären? Maria starrte ihn überrascht an. Oder versuchte er mit dem Hinweis nur, von sich abzulenken? Ob der Grund für Marchesis Stress die Meinungsverschiedenheit über die Verbreitung der Filialen war, von der seine Frau gesprochen hatte?

Als hätte er ihre Gedanken gelesen, fuhr Morelli fort: »Sie werden schnell herausfinden, dass ich nun allein bestimmen kann, was mit der Firma geschieht. Aber das ist jetzt wirklich nicht wichtig.« Er schnalzte ungehalten mit der Zunge. »Sagen Sie mir, was Sie herausgefunden haben.«

Maria musterte ihn aufmerksam. Es schien ihm ernst zu sein, und in diesem Moment glaubte sie ihm das. Trotzdem war seine Bitte natürlich unverfroren, geäußert von einem Mann, der es gewohnt war zu bestimmen. Ganz sicher würde sie ihm nicht detailliert ausbreiten, was sie bisher – heimlich, wohlgemerkt – ermittelt hatte. Sie schüttelte den Kopf zur Antwort.

»*Ho capito*, ich verstehe«, sagte er. »Sie sind die Ispettrice, Sie wissen, was Sie tun.«

Ob das nun allerdings stimmte, würde sie nicht unbedingt unterschreiben.

Er suchte ihren Blick. »Hören Sie, ich bin mir sicher, dass irgendetwas nicht stimmt«, wiederholte er ruhig. »Tun Sie mir einen Gefallen: Finden Sie Antonios Mörder. Wir mögen in letzter Zeit Differenzen übers Geschäftliche gehabt haben, aber er war mein bester Freund.«

Maria versuchte schon gar nicht mehr, diesen Mann einzuschätzen. Sie schwieg. Was hätte sie auch sagen sollen?

Silvio Morelli nahm einen Schluck von seinem Wein, dann lehnte er sich auf seinem Stuhl zurück. »Eine Frage habe ich dann aber doch noch«, sagte er plötzlich, legte den Kopf schräg und kniff die Augen zusammen. »Sind Sie verheiratet?«

Maria stutzte. »Geschieden.«

»Dann hoffe ich, ich darf Sie zum Essen einladen? Sagen

wir, am Mittwoch? Ich hole Sie ab.« Mit diesen Worten erhob er sich, während Maria vollkommen perplex um eine Antwort rang. Das konnte doch nicht sein Ernst sein! Was bezweckte er mit seiner Einladung? Wollte er sie über ihren Ermittlungsstand aushorchen? Als ihr Verbündeter oder ihr Hauptverdächtiger? Sie rang mit sich. Würde ein Treffen mit Morelli vielleicht ja auch ihr bei den Ermittlungen helfen? Aber unabhängig davon konnte sie doch nicht auf ein Date gehen – die letzte Verabredung, die sie mit einem Mann gehabt hatte, war mit Stefano gewesen … Trostlos war das doch, sie waren schon mehr als zwei Jahre geschieden! Dieser Gedanke gab den Ausschlag, und sie stimmte zu. »Gut«, sagte sie also. »Aber nur, wenn das Essen mindestens so gut ist wie im Miralago«, fügte sie lächelnd hinzu.

»Ich werde mir Mühe geben, aber ich kann Ihnen gleich sagen, das wird schwer.« Lachend erhob Morelli sich, zwinkerte ihr zu, und Maria bekam einen kurzen Eindruck davon, wie charmant der Mann vor ihr sein konnte.

Gerade als er sich an der Tür verabschiedet hatte, kehrte auch Luca aus dem Supermarkt zurück. Er leckte die letzten Reste von einem Eis.

Missbilligend blickte Maria auf die Waffel. »Es gibt gleich Abendessen.«

»Ohne Parmesan«, nuschelte Luca. »War aus.«

Kein Parmesan im Supermarkt? Das konnte Maria sich nur schwer vorstellen. »Wie gut, dass ich im Kühlschrank doch noch ein Päckchen gefunden habe.«

11. KAPITEL

Es war Samstagvormittag und Maria im Büro. Morgen hatte sie endlich frei, was ein Segen war, denn die letzte Woche war so aufregend gewesen wie noch nie bei der Polizia Locale. Sie musste dringend einmal durchschnaufen.

»Ich habe herausgekriegt, um welchen Arzt es sich handelt.« Riccardo saß am Schreibtisch, eine offene Packung Biscotti neben sich. Aus Schokolade, mit kleinen hellen Herzen drauf, und Maria griff ohne zu fragen zu.

»Bist du krank?«, wollte sie wissen.

Ungeduldig schüttelte Riccardo den Kopf. »Der Tote in Menaggio.«

»Ach, richtig.« Sie kannte ohnehin keinen Arzt in Menaggio. »Was war eigentlich mit dem Taschendieb auf der Fähre gestern?«

Riccardo winkte ab. »Den haben wir laufen lassen, hat nicht einmal ein ganzes Portemonnaie gestohlen, nur ein paar kleine Scheine aus der Hosentasche irgendeines unaufmerksamen Signore. Halbes Kind außerdem. Sieh mal.« Er deutete auf den Bildschirm, auf dem die Gelben Seiten aufgerufen waren. »Es gibt in Menaggio ein paar Zahnärzte, deren Praxen scheinen alle noch zu laufen, und auch mit dem Kinderarzt ist alles in

Ordnung. Aber dann bin ich auf diese Webseite gestoßen.« Er öffnete eine Suchmaschine, klickte hier und klickte dort, und dann erschien das Bild einer Homepage, das quer mit einem Banner versehen worden war: »In tiefer Trauer geben wir bekannt, dass Dottor Simone Fabrizio verstorben ist.« Keine Angabe zu Alter oder Todesdatum, ebenfalls keine Angaben zur Beerdigung. Beides würde, das wusste Maria, noch früh genug verkündet werden, wenn der Leichnam nach der Obduktion freigegeben worden war.

»Dottor Simone Fabrizio«, murmelte Maria, aber der Name sagte ihr nichts. Trotzdem flammte plötzlich Interesse in ihr auf: ein weiterer Fall, sogar auch offiziell als Mord eingestuft. »Hast du ein Bild von ihm?«, fragte sie neugierig.

»*Aspetta un attimo.*« Riccardo tippte, klickte, dann blickte ihnen das Foto eines lächelnden schlanken Mannes Anfang vierzig entgegen. Direkt darunter war sein Lebenslauf aufgeführt.

»Er kommt gar nicht von hier«, sagte Riccardo und deutete auf den Geburtsort. »Monza.« Er grinste. Offensichtlich dachte er an die bekannte Rennstrecke der Formel-1 dort, bei der alljährlich der Große Preis von Italien gewonnen werden konnte.

Nein, den Mann kannte sie nicht. »Vielleicht stammt seine Frau aus Menaggio, er ist doch verheiratet, oder?« Sie meinte, gelesen zu haben, dass der verstorbene Arzt zwei kleine Kinder hinterließ.

»Kann sein.«

In diesem Moment erweckte eine der Zeilen in seinem Lebenslauf Marias Aufmerksamkeit. »Er hat in Mailand studiert«, sagte sie. »Interessant.«

Riccardo zog die Nase kraus. »Was ist daran interessant? Das hat die halbe Lombardei.«

Maria musste lachen. »Wäre das nichts für dich gewesen? Ein Design-Studium und dann in die besten Modehäuser Italiens und der Welt?«, zog sie ihn auf. »Wenn man sich deinen unfehlbaren Kleidungsstil, in Radlerhosen und Tourtrikot, am Morgen so ansieht …«

»Du bekommst nie wieder einen von meinen Keksen.« Riccardo schnaubte.

Ihre Plänkelei wurde unterbrochen von Signora Pizzi, die mit einem Auftrag vom Bürgermeister an Riccardo herantrat. Es ging um die Parksicherheit an der Seepromenade, aber nachdem Maria die Sekretärin freundlich gegrüßt hatte, hörte sie dem Gespräch der beiden nicht mehr zu. Sie würde noch früh genug erfahren, was ihre Aufgabe dabei sein würde.

Stattdessen googelte sie noch einmal selbst diesen toten Dottore. Er hatte im Jahr 2003 sein Studium aufgenommen – Antonio Marchesi musste ungefähr zur gleichen Zeit an der Universität dort gewesen sein. Sie rief die Webseite der Optiker-Filialen auf und fand tatsächlich eine kleine Unterrubrik, in der die Geschichte der Firma beleuchtet wurde. »Während seines Studiums der Medizin …«

Als Riccardo mit Signora Pizzi das Büro verließ, blickte sie nicht einmal auf. Ein Medizinstudium in Mailand zur gleichen Zeit! Hatten die beiden Männer sich gekannt? Vor ein paar Augenblicken noch war es nur eine Spielerei gewesen, eine Überlegung, aber jetzt war Maria wie elektrisiert. Ein Mord und ein Unfall am selben Tag. Zwei Männer, die in der Vergangenheit vermutlich zur selben Zeit am selben Ort gewesen waren, mit demselben Studiengang. Unschlüssig sog sie die Unterlippe zwischen die Zähne und dachte nach. Konnte sie … Sollte sie …? Nein, vielleicht … Oder doch?

Doch, auf jeden Fall. Entschieden griff sie zum Telefon. Sie musste mit der Mordkommission in Como sprechen.

*

Bei ihrem Gespräch mit Bruno am Abend zuvor hatte Giovanna beschlossen, sich gleich am nächsten Tag als Erstes um Indizien im Zusammenhang mit den Aussagen von Caterina Camagni und Emilia Fabrizio zu kümmern. Nach allem, was sie vom Gärtner Giuseppe Palma erfahren hatte, war sie sich sicher, dass die beiden Frauen nicht ganz ehrlich gewesen waren. Und so durchforstete sie nun zum wiederholten Male die Telefonverbindungen von Dottor Fabrizio. Wenn sie Glück hatte, fand sie dort einen Hinweis. Es war Samstag, aber bei Ermittlungen in einem Mordfall gab es für Giovanna kein Wochenende, freie Tage konnte sie sich nehmen, wenn der Fall gelöst war.

Caterina alias »Mamma« war auf den ersten Blick von Simone Fabrizios Smartphone nie angerufen worden, die Listen der IT, die auch gelöschte Daten abrufen konnte, bewiesen aber, dass es durchaus häufig Anrufe von beiden Seiten gegeben hatte. Nur Textnachrichten existierten nicht, vermutlich hatte der Arzt diese Regel aufgestellt, um mögliche Verdachtsmomente zu eliminieren. Wie auch immer, Giovanna nahm sich nun zunächst nicht die Verbindungen seines Handys, sondern die des Festnetzanschlusses der Fabrizios vor.

»Ich wusste es!«, flüsterte sie schließlich.

Vor etwa drei Wochen hatte es ein Gespräch gegeben, von Caterinas Handy zum Festnetz der Fabrizios, sieben Minuten lang, um kurz vor neun am Abend. Zur gleichen Zeit, das kontrollierte Giovanna sofort, war Dottor Fabrizios Smartphone an einem Mobilfunkmast in Lecco eingeloggt gewesen. Mit wem also hatte Caterina Camagni im Haus der Fabrizios gesprochen … wenn nicht mit Emilia?

Aufgeregt suchte Giovanna nach dem Datum, das der Gärtner Giuseppe Palma ihr genannt hatte, und tatsächlich: Der Streit zwischen Emilia und Simone Fabrizio hatte sich am Freitag, den 18. Juli ereignet. Der siebenminütige Anruf war am Abend vorher eingegangen. Giovanna richtete sich in ihrem Stuhl auf. Wenn es tatsächlich so war, wie sie vermutete, wenn Caterina Camagni die Gelegenheit genutzt hatte, um die Ehefrau über ihre Affäre zu unterrichten, und wenn Emilia Fabrizio ihren Mann daraufhin konfrontiert hatte, dann besaß sie ein handfestes Motiv. Was hatte Aliverti in einem ihrer ersten Gespräche zu diesem Fall gesagt? In den meisten Mordfällen, die nicht zufällig geschahen, war der Täter ein Angehöriger. Oder die Täterin in diesem Fall. Sie musste Emilia Fabrizio befragen. Am besten sofort. Doch bevor Giovanna aufstehen und nach ihrer Tasche greifen konnte, klingelte ihr Telefon.

»*Pronto!*«

»*Ciao*, spreche ich mit Commissaria Giovanna Ruggieri?« Die Frauenstimme klang fröhlich, zu fröhlich für eine Person, die Kontakt mit Giovanna wollte.

»Am Apparat«, antwortete sie deshalb zurückhaltend.

»Ispettrice Maria di Bartolomeo hier, aus Bellano!« Die Frau machte eine Pause, und Giovanna nahm an, sie erwarte eine Begrüßung oder ein »*Come stai?*«.

Als Giovanna schwieg, sprach sie zögerlich weiter. »Es geht um den Unfall. Der Unfall des Unternehmers Antonio Marchesi. Er ist in der Nacht zu Montag mit seinem Auto tödlich verunglückt.«

»Ich habe davon im Radio gehört.« Giovanna konnte die Frau am anderen Ende der Leitung förmlich nicken sehen.

»Im Radio, genau, sie haben es gesendet«, sagte die Ispettrice, die inzwischen ein wenig unsicher klang. »Hören Sie … Ihr Mordfall … Ist der Dottore nicht auch in der Nacht zu Montag zu Tode gekommen?«

»Das ist richtig«, bestätigte Giovanna, als Maria di Bartolomeo keine Anstalten machte, etwas hinzuzufügen. Sie hatte nicht die leiseste Ahnung, was die Ispettrice von ihr wollte.

»*Ecco!*«, rief Maria di Bartolomeo sofort. »Es gibt Verbindungen. Zwischen Ihrem Mordfall und meinem Unfall. Also, ich glaube … ich glaube, wir sollten einmal miteinander sprechen. Unsere Fälle hängen möglicherweise zusammen«, plapperte sie.

Das klang ja geradezu abenteuerlich. Giovanna runzelte die Stirn. »Wie, sagten Sie, hieß Ihr toter Unternehmer?«

»Marchesi, Antonio Marchesi«, kam es wie aus der Pistole geschossen.

Nein, der Name war ihr in ihren Recherchen bisher nicht untergekommen. Sie suchte nach Fabrizios Handykontakten. »Ich denke nicht, dass …«

Doch jetzt war die Unsicherheit der Ispettrice wie weggeblasen und hatte einem ungeahnten Eifer Platz gemacht. »Ich kann in einer Stunde bei Ihnen sein«, kam es fröhlich aus der Leitung. »Die Questura in Como, richtig? Gibt es da eine Bar in der Nähe, wo ich einen Caffè bekommen kann?«

*

Giovanna hätte die Ispettrice abwimmeln und nach Menaggio fahren sollen. Aber da sie ohnehin am Hafen warten musste, bis die Fähre kam, hatte sie doch »Ja« gesagt und sich mit ihr in der Bar am Hafen verabredet. Um ehrlich zu sein, versprach sie sich nichts von dem Treffen, aber wer weiß, manchmal taten sich an den ungeahntesten Stellen plötzlich doch neue Spuren auf: Eine Verbindung zwischen den zwei Männern, die Giovanna bisher übersehen hatte? Zumindest anhören sollte sie die Frau.

Also stand sie nun einige Meter den Viale Franklin Delano Roosevelt hinunter an der Theke einer Bar und trank mit einer kleinen und viel zu gut gelaunten Beamtin der Polizia Locale einen Espresso. Maria di Bartolomeo hatte dunkle kurze Haare und ein rundliches Gesicht. Mit ihrer sanften Miene und dem fröhlichen Gemüt konnte Giovanna sich gut vorstellen, dass die Bewohner von Bellano ihr vertrauten. Sie selbst hingegen wünschte sich in diesem Moment weit weg von der fröhlich quasselnden Ispettrice, die auch nach fünf Minuten noch nicht zum Punkt gekommen war und eine umständliche Geschichte zum Besten gab, die nichts, aber rein gar nichts mit Giovannas Mordfall zu tun hatte. Es ging um einen Unternehmer, den Besitzer einer Optiker-Kette hier am See, der vor einigen Tagen einen tödlichen Autounfall gehabt hatte. Sie hatte davon im Radio gehört. Offenbar ist der das Highlight des Jahres der Polizei in Bellano, dachte sie, zunehmend bemüht, ihre Ungeduld zu zügeln. Aliverti erschien schon wieder vor ihrem inneren Auge, mit einer seiner Reden über Kollegialität. Und die Ispettrice gab sich sichtlich Mühe, da musste sie die Beamtin nicht gleich vor den Kopf stoßen.

»Sehen Sie, er hat Streit mit seinem Geschäftspartner, möglicherweise liegt dort etwas im Argen«, erzählte die Ispettrice gerade, Giovanna hörte ohnehin nur noch mit halbem Ohr hin. »Aber im Moment glaubt sowieso niemand, dass Marchesis Tod etwas anderes als ein Unfall war. Niemand außer mir.«

»Wieso?«, fragte sie abwesend. »War es denn kein Unfall?«

»Beweisen kann ich das nicht. Aber mir kommt das alles seltsam vor. Und es gibt mehr als nur eine Person, die ein Motiv hätte, ihm ans Leder zu wollen.«

»Ha«, murmelte Giovanna. »Wie bei Dottor Fabrizio.«

»Eben.«

Jetzt zog Giovanna verwirrt die Augenbrauen zusammen. »Eben?«

»Ja. Ich habe über Ihren Fall gelesen. Es gibt da ein paar Gemeinsamkeiten.« Die Ispettrice beugte sich vor. »Zum Beispiel ein Medizinstudium in Mailand, in den Jahren 2003 bis 2009. Ich habe die Zeiten überprüft: Sie haben im selben Semester begonnen, Ihr Dottore und mein Unternehmer.«

»Ach.« Giovanna verlagerte ihr Gewicht von einem Fuß auf den anderen. Das war tatsächlich nicht uninteressant, erschien ihr aber zunächst einmal nur wie ein Zufall. »Die beiden kannten sich?«, fragte sie.

»Na ja.« Verlegen strich die Ispettrice ihre Uniform glatt. »Ich bin mir sicher. So ein gemeinsames Studium …«

»Aber Sie haben keinen Beweis?«, unterbrach Giovanna sie.

Die Ispettrice kniff unzufrieden die Augen zusammen. »Ich habe das Gefühl, Sie nehmen mich nicht ernst.« Sie holte tief Luft. »Bisher habe ich keine weitere Verbindung zwischen den beiden gefunden, und ich will auch nicht behaupten, dass ich nicht falschliegen könnte«, sagte sie ernst. »Aber, Commissaria Ruggieri, zwei Männer, die zur selben Zeit am selben Ort dasselbe Fach studiert haben. Und dann kommen sie beide genau in derselben Nacht ums Leben! Einer verunfallt, einer wird ermordet. Das ist doch nicht Nichts.« Die Ispettrice sah sie erwartungsvoll an.

Giovanna hingegen war nicht überzeugt. Ja, da waren zwei Männer, die sich möglicherweise gekannt hatten, die sich zumindest vor vielen Jahren gekannt hatten und die am selben Tag gestorben waren. Zufälligerweise, wie Giovanna vermutete, denn einer der Knackpunkte an dieser Geschichte war der Unfall: Nichts und niemand bewies, dass Antonio Marchesis Tod etwas anderes als ein tragisches Unglück war. Zufällig in derselben Nacht, in der Simone Fabrizio ermordet worden war.

Es gab nicht einmal Ermittlungen im Unfall Marchesis, nicht den kleinsten Hinweis auf ein manipuliertes Auto. Interessant wäre die Sache, wenn es eine Verbindung zwischen den beiden Männern gegeben hätte, aber der Name Marchesi war ihr in ihren Ermittlungen bisher nicht ein einziges Mal untergekommen. Doch die Ispettrice war noch nicht fertig.

»Hören Sie, Commissaria Ruggieri, ich glaube durchaus an Zufälle«, sagte sie. »Aber das hier? Erscheint mir ein bisschen viel Zufall.«

*

Maria wartete auf die Antwort. Giovanna Ruggieri schien nicht ganz so begeistert zu sein, Maria zu treffen, wie sie selbst es war, mit der Commissaria zu sprechen. Allerdings hatte sie das Treffen ja geplant, während Giovanna Ruggieri mitten in ihren Ermittlungen überrascht worden war. Maria beobachtete, wie Giovanna mit reserviertem Gesichtsausdruck Zucker in ihren Caffè gab und dabei den Barista vollständig ignorierte, der gern ihren Blick aufgefangen hätte.

»Sie glauben, Ihr Unfall ist ein Mord, und es gibt einen Zusammenhang zu meinem Mord?«, fragte die Commissaria nun nach. »Nur, weil sich die beiden Männer vielleicht kannten?«

»Sie sind in derselben Nacht gestorben«, wiederholte Maria.

»Am entgegengesetzten Ufer des Sees«, gab die Commissaria zurück.

Das war tatsächlich ein Punkt, der Maria ebenfalls zu schaffen machte. »Wenn wir die Todeszeitpunkte eingrenzen könnten …«, begann sie, wurde jedoch schroff von Giovanna Ruggieri unterbrochen.

»Hören Sie, in meinem Fall geht es voran, ich habe konkrete Ergebnisse und breche in …«, sie warf einen Blick zur Uhr an der Wand hinter ihnen, »dreiundzwanzig Minuten auf, um eine Hauptverdächtige zu befragen. Und Sie kommen mir damit, dass sich zwei Männer kannten. Nein.« Sie schüttelte den Kopf. »Da müssen Sie mir schon mehr Anhaltspunkte geben. Eine Verbindung.«

Maria nickte und zog ihren eigenen Caffè näher zu sich, während sie fieberhaft überlegte, wie sie die Commissaria von ihrem Standpunkt überzeugen konnte. »Marchesi ist in der Nacht gestorben«, sagte sie dann entschieden und öffnete mit einem Ruck das kleine braune Zuckerpäckchen. Ein paar Kilos hin oder her, der heutige Tag war aufregend genug, da hatte sie sich die zusätzliche Energie verdient. »Wir wissen nicht, wo er herkam, und es gibt keine Zeugen für den Unfall. Danach war der Wagen von der Straße aus nicht zu sehen. Da die Leiche nicht untersucht wurde, ist es unmöglich zu sagen, wann genau er gestorben ist. Irgendwann zwischen Mitternacht und dem frühen Morgen.« Maria zuckte mit den Schultern. »Vielleicht könnte man nach Zeugen suchen«, überlegte sie. »Zeugen, die in der Nacht unterwegs waren, die ihn zumindest unterwegs noch gesehen haben. Und damit ein ungefähres Zeitfenster erhalten.« Aber wie sollte sie das anstellen? Ein Aufruf an die Bevölkerung? Das würde Castelnuovo niemals erlauben. Abgesehen davon war die Chance gering, dass sich jemand meldete.

»Der Wagen wurde untersucht?«

»Die Carabinieri haben nichts gefunden. Und Marcello, der Mechaniker, der den Wagen noch am Samstag in der Werkstatt hatte, hat mir ebenfalls versichert, dass alles in Ordnung war.«

Die Commissaria nickte. »Was ist mit der Leiche? Die wurde doch vermutlich nicht untersucht? Könnten wir noch eine Obduktion veranlassen?«, fragte die Commissaria.

Nichts lieber als das, dachte Maria. Da gab es nur ein kleines Problem … »Gestern war die Beerdigung.«

»Na dann …« Giovanna Ruggieri zuckte lapidar mit den Schultern.

Langsam wurde Maria ungehalten. Die Frau wollte mehr Anhaltspunkte, aber was Maria ihr auch präsentierte, es schien ihr nicht zu genügen. Und mehr hatte sie nicht. Wie auch? »Sie sind doch die Commissaria, nicht ich«, stieß sie hervor. »Es ist doch Ihr Fachgebiet, Mordfälle aufzuklären, oder?« Und bevor die Beamtin der Polizia di Stato etwas sagen konnte, fügte sie hinzu: »Und selbst wenn es kein Mord war, könnte die Verbindung zwischen den beiden Männern doch für Ihren Mordfall wichtig sein. Interessiert Sie das alles überhaupt nicht?«

Kurz befürchtete sie, die Commissaria würde beleidigt abrauschen, zumindest wäre das die Reaktion von Riccardo oder Loretta nach einer solchen Predigt gewesen.

Doch Giovanna Ruggieri bewegte sich nicht, sie zog lediglich sichtlich irritiert die Augenbrauen zusammen, schwieg für einige Sekunden und sagte dann: »Schön.« Sie verschränkte die Arme vor der Brust und blickte Maria herausfordernd an. »Tun wir für den Moment mal so, als hätten Sie recht. Wie stellen Sie sich das vor? Eine Zusammenarbeit?«

»*Allora* … Ich …«, stotterte Maria. So weit war sie in ihren Überlegungen gar nicht gekommen. Und vor allem hatte sie nicht an so etwas wie eine *Zusammenarbeit* gedacht. Nicht zu denken gewagt. Sie hatte gedacht, die Commissaria würde ihre Informationen sammeln, anerkennend nicken und dann den Fall übernehmen. Plötzlich schlug ihr das Herz bis zum Hals. Vor Nervosität, vor allem aber vor Aufregung. *Zusammenarbeit.* »Zunächst würden wir Informationen austauschen«, wagte sie sich vor und fügte schnell hinzu: »Ich weiß, dass ich weder

Ihren Rang habe noch in der Questura arbeite. Aber alle relevanten Informationen in Bezug auf Antonio Marchesi möchte ich von Ihnen bekommen. Im Umkehrschluss sage ich Ihnen alles, was ich weiß.«

Erneut überlegte die Commissaria. »*Va bene.* In Ordnung«, sagte sie plötzlich. »Was haben Sie für mich? Außer dem, was Sie mir gerade eben schon erzählt haben.« Sie nahm Maria jetzt ernster als zu Beginn ihres Gesprächs, das war deutlich, und es gefiel Maria.

Sie räusperte sich. »Nicht so viel«, sagte sie ehrlich. »Aber ein paar Anhaltspunkte. Der Geschäftspartner war mein Hauptverdächtiger.« Sie erzählte von der Meinungsverschiedenheit bezüglich der Firma und der Tatsache, dass Silvio Morelli nun alleiniger Entscheidungsträger war. Was sie für den Moment verschwieg, war Morellis Einladung zu einem Date. Das musste sie selbst erst einmal verdauen, ganz zu schweigen davon, dass die Commissaria es vermutlich nicht besonders gescheit fand, mit einem Hauptverdächtigen zu Abend zu essen. »Er hat meinen Verdacht dann auf die Ehefrau gelenkt«, fokussierte sie sich auf die Fakten. »Francesca ist deutlich jünger als ihr verstorbener Mann. Da er monatlich in eine Lebensversicherung eingezahlt hat, und zwar über tausend Euro, wird sie wohl eine ganze Menge erben«, führte sie aus. Auch das hatte sie vor ihrem Besuch noch mal überprüft.

»Woher wissen Sie das mit der Lebensversicherung?«, hakte die Commissaria sofort nach. »Das hat sie Ihnen so freiwillig erzählt? Gleich das Motiv auf den Tisch gelegt?«

Maria lachte. »Sie war vielleicht ein bisschen naiv, aber so naiv dann doch nicht.« Sie stutzte. Oder war Francesca Marchesi überhaupt nicht naiv gewesen? Hatte sie nur Naivität vorgetäuscht, um sie auf die Spur von Silvio Morello zu bringen? Darüber würde sie noch einmal nachdenken müssen.

Jetzt aber zog Maria ihr Smartphone aus der Hosentasche und rief das erste Foto des Kontoauszugs auf.

»Ich dachte, es gibt keine Ermittlungen?« Wieder wirkte die Commissaria irritiert.

»Das stimmt.« Wie sollte Maria es ausdrücken? Violetta in Schwierigkeiten zu bringen kam überhaupt nicht infrage. »Wie ich an die Kontoauszüge gelangt bin, ist unwichtig«, beschied sie schließlich knapp.

Giovanna Ruggieri bedachte sie mit einem langen Blick. »Das sehe ich anders, aber belassen wir es erst mal dabei. Wenn Sie wirklich einen Fall haben ... einen Fall haben sollten«, korrigierte sie sich, »können die Dokumente offiziell angefordert werden.«

Maria beobachtete zufrieden, dass die Commissaria sich über das Foto beugte und dann nach links zum nächsten wischte. »Tausendzweihundert Euro pro Monat in eine Versicherung, zusätzlich zu einem Aktiendepot.« Sie pfiff durch die Zähne. »Signora Marchesi ist eine reiche Witwe.« Plötzlich stockte sie.

»Haben Sie etwas Interessantes entdeckt?« Neugierig warf Maria einen Blick auf das, was die Commissaria sich gerade ansah.

»Eine Abhebung über fünftausend Euro am 25. Juni.« Sie rief das erste Foto auf. »Eine Abhebung über fünftausend Euro am 1. Mai.« Die Commissaria schwieg, dann hob sie den Blick, ihre Stirn lag in Falten. »Eine ähnliche Summe hat Dottor Fabrizio abgehoben, auch am 1. Mai, das weiß ich noch so genau, weil ich dachte, er wird am Feiertag etwas vorhaben. Ende Juni hat er das ebenfalls getan. Das genaue Datum müsste ich nachsehen.« Konzentriert betrachtete sie Marias Handy, sie dachte offensichtlich angestrengt nach, versuchte, sich vielleicht an die genaue Summe oder das Datum zu erinnern.

Plötzlich tönte eine Schiffssirene.

»Die Fähre!« Giovanna richtete sich auf. »Ispettrice, würden Sie mir die Kontoauszüge mailen? Wir telefonieren am Montag. Jetzt muss ich mit meiner Hauptverdächtigen sprechen!«

*

Giovanna wusste nicht recht, was sie von Maria di Bartolomeo und ihren Ermittlungen halten sollte. Sie musste gestehen, dass die Ispettrice sie im falschen Moment erwischt hatte: Nach dem Telefonat mit dem Gärtner am Vortag, nach der heutigen Entdeckung des Telefonats zwischen Ehefrau und Geliebter hatte sie sich auf Emilia Fabrizio fokussiert. Die Frau lieferte einfach eine überzeugende Erklärung – Emilia hatte ein Motiv und nur ein sehr schwaches Alibi.

Die Ispettrice schien überzeugt davon, dass die Kollegen bei der Aufnahme des Unfalls einen Fehler gemacht hatten. Weitreichender noch war jedoch ihre Ansicht, dass dieser Unfall mit Giovannas Mord zu tun hatte. Dabei war der Name Antonio Marchesi bisher noch nirgends aufgetaucht. Andererseits, musste sie zugeben, war kein Name aus Dottor Fabrizios Studienzeit in ihren Ermittlungen aufgetaucht. Mailand, da war es wieder. Als die Ispettrice den Namen der Stadt genannt hatte, hatte Giovanna ein Zucken gespürt, ganz hinten in ihrem Kopf. Weshalb war Simone Fabrizio aus Mailand weggezogen? Als er den Entschluss fasste, an den See zu ziehen, hatte er seine Frau gerade erst kennengelernt.

In Menaggio angekommen, verbannte sie jedoch die Gedanken an Maria di Bartolomeo und den Unfall in Bellano aus ihrem Kopf: Jetzt wollte sie sich ganz auf Emilia Fabrizio und den Streit der Eheleute wegen Caterina Camagni konzentrieren.

Erneut war es Pimpa, die Giovanna als Erste begrüßte. Signora Fabrizio, die durch den Garten auf sie zukam, machte sich nicht die Mühe, die Hündin zurückzurufen, sie hatte gemerkt, dass Giovanna das Tier mochte – und umgekehrt. Pimpa lehnte ihren Kopf in Giovannas Hand und stupste sie mit der Nase leicht gegen das Knie: Sie wollte gestreichelt werden.

Emilia Fabrizio schien gleich zu ahnen, dass Giovanna nicht hier war, um sie aufzumuntern oder gute Neuigkeiten zu bringen. Bereits ihre Begrüßung wirkte abweisend und verschlossen, und dieser Eindruck verstärkte sich noch, als sie Giovanna ins Haus bat. Die Kinder spielten im Garten, betreut von den Großeltern, mit denen Giovanna einige Worte wechselte, während Emilia aus der Küche Limonade holte. Doch das Gespräch war mehr als nur unergiebig, Fini hatte es auch schon bei ihnen probiert mit einem ähnlichen Ergebnis: Beide waren überrascht und bestürzt, hatten aber weder eine Meinung dazu, wer Simone gehasst haben könnte, noch wussten sie, was er an besagtem Abend getan und wen er getroffen haben könnte.

Als Emilia Fabrizio mit der Limonade zurückkam, nahm Giovanna dankbar ein Glas entgegen, dann folgte sie der Witwe ins klimatisierte Wohnzimmer.

»Signora Fabrizio, ich habe keine guten Neuigkeiten.«

Mit vor der Brust verschränkten Armen saß Emilia Fabrizio auf dem Sofa, Giovanna beobachtete jede Regung genau. Ihr kleiner Finger zuckte leicht, sie war nervös.

»Sagt Ihnen der Name Caterina Camagni etwas?«

»Nein, wer soll das sein?« Die Antwort kam wie aus der Pistole geschossen. Sie wusste sehr wohl, wer Caterina Camagni war.

»Die Geliebte Ihres Mannes.«

»Aber … Sie glauben … Das kann nicht sein!« Emilias

Hand fuhr zum Mund, und Giovanna hätte angesichts der schlecht geschauspielerten Geste beinahe die Augen gerollt.

»Lassen wir die Spielchen, Signora Fabrizio, Sie wussten von der Affäre.« Giovanna legte die Daten des Telefonanschlusses vor sie. »Caterina Camagni hat mit Ihnen gesprochen, am Abend des 17. Juli.«

»Nein, sie hat …«

»Am nächsten Tag sind Sie mit Ihrem Mann darüber in einen heftigen Streit geraten, bei dem Sie ihm sogar mit der Scheidung drohten.«

Die Witwe schüttelte den Kopf.

»Signora Fabrizio, es gibt einen Zeugen.«

Emilia sah sie an, die braunen Augen vor Überraschung geweitet. Schließlich wandte die Frau den Blick ab, presste die Lippen für einen Moment aufeinander und sagte dann leise: »Ich bin aus allen Wolken gefallen. Dieser Anruf … Ich dachte, wir waren glücklich.«

Giovanna ließ sie von dem Abend erzählen, als sie unter Schock den Anruf von Caterina Camagni entgegengenommen und den Rest des Abends und der Nacht nur noch wie ein Roboter funktioniert hatte.

»Ich wollte nicht, dass die Kinder etwas bemerken.« Als diese dann am nächsten Nachmittag bei den Großeltern waren, hatte sie ihn mit der Nachricht konfrontiert. »Ich habe meinen Mann nicht mehr gekannt.« Als könnte sie es immer noch nicht fassen, schüttelte sie langsam den Kopf. »Was hat er mit uns gemacht? Warum hat er es gemacht? Fünfzehn gemeinsame Jahre einfach weggeworfen.«

Giovanna nickte – verständnisvoll, beruhigend. »Und dann haben Sie sich die Waffe besorgt.«

Erschrocken starrte Emilia sie an. »Sie glauben …? Nein!« Heftig schüttelte sie den Kopf. »Ich war verletzt, wütend, traurig, aber ich hätte Simone nie … Ich hätte ihm niemals etwas angetan!«

»Wo waren Sie in der Nacht von Sonntag auf Montag?«, fragte Giovanna.

»Zu Hause. Ich war … ich war hier zu Hause, ganz bestimmt.« Richtiggehend verzweifelt wirkte Emilia jetzt, ängstlich. Giovanna konnte förmlich sehen, wie ihre Gedanken rasten, auf der Suche nach einer Erklärung. »Warten Sie!«, rief sie plötzlich. »Gianluca, mein Sohn, er ist wach geworden. Er hatte einen Albtraum, gegen ein Uhr in der Nacht war das! Ich habe ihn getröstet und ihm vorgelesen, bis er schließlich wieder eingeschlafen ist.«

Wenn das wirklich um ein Uhr passiert war, konnte Emilia Fabrizio ihren Mann unmöglich um halb zwei auf der Isola Comacina ermordet haben. Nur, wer konnte dieses Alibi bestätigen? Giovanna nickte langsam. »Ihr Sohn …«, begann sie, doch bevor sie weiterreden konnte, eilte Signora Fabrizio aus dem Zimmer. Kurz darauf kam sie mit einem kleinen weißen Gerät zurück. »Wir haben ein Babyphon mit Aufzeichnungsfunktion. Die Kinder sind eigentlich längst groß genug, aber ich habe einen so festen Schlaf, da ist es mir lieber, daher nutze ich dieses Gerät noch. Falls doch mal etwas sein sollte.« Leicht verlegen blickte sie zur Seite.

Giovanna nahm das Babyphon entgegen. Emilia Fabrizios Kinder gingen beide zur Schule, ein Babyphon erschien ihr wirklich übertrieben. Und dann auch noch eines, das Aufzeichnungen machte, offenbar welche, die eine ganze Woche zurückreichten. Praktischerweise, um Emilia Fabrizio ein Alibi für den Mord an ihrem Ehemann zu geben. Giovanna hatte keine Ahnung, ob und wie man diese Dinger manipulieren konnte, aber das würde die IT-Abteilung herausfinden. Falls sie auf dem Babyphon nichts fanden – oder eine Manipulation entdeckten –, würde sie wiederkommen. Dann gleich mit einem Streifenwagen.

Fürs Erste verabschiedete sie sich von Emilia Fabrizio.

Die Witwe brachte sie, immer noch sichtlich erschüttert, zur Tür.

Plötzlich kam Giovanna ein Gedanke. »Eines noch, Signora Fabrizio: Sagt Ihnen der Name Antonio Marchesi etwas?«

Die Witwe runzelte die Stirn, überlegte, schließlich nickte sie langsam. Tatsächlich! Giovanna spürte ein Kribbeln in sich aufsteigen.

»Ihm gehört doch Marchesi & Morelli, der Optiker. Ja, richtig.« Emilia Fabrizio lächelte. »Ich habe vor einem halben Jahr eine Lesebrille in der Filiale in Lenno gekauft.«

*

Mehr hatte Emilia Fabrizio nicht über Antonio Marchesi gewusst, und dass er ein Freund ihres Mannes gewesen sein könnte, hatte sie sich nicht vorstellen können – zumindest hatte Simone seinen Namen nie erwähnt.

»Für einen Moment hatte ich wirklich gedacht, ich bin da etwas auf der Spur«, erzählte Giovanna Bruno am Abend. Um ihre Anspannung etwas zu lösen, hatte sie zunächst ein paar Yogaübungen gemacht, wobei Bruno sie wie üblich träge beobachtet hatte. Manchmal hatte er seinen Kopf bewegt, als wollte er mitmachen.

Jetzt saß sie wieder vor seinem Terrarium im Gras und erzählte ihm, was sie heute erfahren hatte. »Aber das Diplom des Dottore hat sie mir noch herausgesucht, von der Universität in Mailand.« Sie zuckte mit den Schultern. »Vielleicht kann die Ispettrice di Bartolomeo damit etwas anfangen.«

Im Anschluss hatte sie die Apotheke von Fabrizios angeblich bestem Freund, dem Apotheker Galli, aufgesucht, die glücklicherweise noch geöffnet hatte. Der Mann war über das Wiedersehen alles andere als begeistert, hatte aber bereitwillig ihre Fragen beantwortet: Das Wissen von einer Affäre seines Freundes bestritt er vehement, auch wenn er ihr bei dieser Aussage nicht in die Augen sehen konnte. Was aber wirklich aufrichtig wirkte, war seine Verwunderung über den Namen Antonio Marchesi. Auch er, der damit geprahlt hatte, alles über Fabrizio zu wissen, hatte keine Ahnung von einer Bekanntschaft zwischen dem Dottore und dem Unternehmer.

Ein trockener Zweig knackte, als Bruno mit seinem Vorderfuß darauf trat, um an den Löwenzahn zu gelangen, den sie ihm hingelegt hatte. Während er fraß, dachte Giovanna weiter nach. Ihre beste Spur war im Moment Emilia. »Wenn das Babyphon-Alibi nicht hält, haben wir sie«, sagte sie.

Allerdings gab es da eine Sache, die sie störte. Als Emilia Fabrizio ihre Kenntnis von der Affäre mit Caterina Camagni abgestritten hatte, hatte Giovanna die Lüge sofort durchschaut. Im Vergleich dazu hatte ihre Reaktion auf die Nachricht vom Tod ihres Mannes am Montag jedoch absolut echt gewirkt.

12. KAPITEL

Es war Sonntag, und Maria gähnte ausgiebig, während sie darauf wartete, dass die Bialetti kochte und der Caffè fertig wurde. Es war nicht einmal acht Uhr, und das an ihrem freien Tag. Bis ihre Söhne aus den Federn krochen, würde es noch etwas dauern, und eigentlich hätte sie selbst sich auch noch einmal umdrehen können. Wäre da nicht die Aufregung gewesen, so eine Zappeligkeit in den Gliedern. Unterschwellig spürte sie die seit Marchesis Unfall, aber nachdem sie gestern Giovanna Ruggieri getroffen hatte, kreisten ihre Gedanken in einem fort. Wie sollte sie der Commissaria beweisen, dass sie recht hatte? Sie hatte ihr gestern, wie versprochen, noch eine E-Mail mit den Bankdaten geschickt. Aber was jetzt?

Der Espresso-Kocher blubberte, und Maria füllte dankbar eine Tasse. Mit einem Schokoladen-Biscotto setzte sie sich an den Küchentisch und schaltete das Radio an. Der schnelle Rocksong von Vasco Rossi ließ ihre Jugend wieder aufleben, und Maria musste schmunzeln, als sie daran dachte, was Stefano Luca von ihrer gemeinsamen Zeit vor fünfundzwanzig Jahren erzählt hatte. Für einige Momente schwelgte sie in Erinnerungen, dann rief sie sich wieder zur Ordnung: Sie war nicht nur früh aufgestanden, weil sie nicht mehr schlafen konnte, sondern weil sie einen Plan brauchte. Um ihr müdes Hirn aufzuwecken, nahm sie einen Schluck Caffè, dann tauchte sie den Keks in die Tasse.

Vielleicht sollte sie Francesca Marchesi noch einmal auf den Zahn fühlen? Silvio Morelli war offenbar der Ansicht, dass die Witwe hinter dem Unfall steckte. Vielleicht war es gar keine so schlechte Idee, diesem Hinweis nachzugehen, vor allem, falls die Commissaria recht behalten sollte, dass ihre beiden Fälle nichts miteinander zu tun hatten. Oder sie sprach noch einmal mit Lara Marchesi? Jetzt, wo Maria etwas mehr wusste, konnte sie ihr konkretere Fragen stellen. Wann genau hatte ihr Vater sein Studium begonnen, wusste sie das genaue Datum?

Plötzlich klingelte ihr Telefon. An einem Sonntagmorgen konnte das eigentlich nur Zia Domenica mit einem kulinarischen Notfall sein, doch das Display zeigte eine unbekannte Nummer.

»*Pronto!*«

»*Ispettrice.*« Die Commissaria schien weder etwas von Small Talk noch von herzlichen Begrüßungen zu halten. »Ich habe Ihre E-Mail bekommen.« Oder von Höflichkeiten, wie einem »Danke«. »Sagen Sie, können wir uns morgen irgendwo treffen?«

*

Giovanna ärgerte sich ein wenig über sich selbst, und auch wenn sie es nicht gern zugeben wollte, war das nagende Gefühl, das sie hegte, vielleicht auch ein schlechtes Gewissen der Ispettrice gegenüber. Maria di Bartolomeo machte nur ihre Arbeit – oder eigentlich tat sie weitaus mehr als das – und war auf etwas gestoßen, was ihr seltsam vorkam. Dass sie nicht wie eine Beamtin der Questura dachte, konnte Giovanna ihr nicht vorwerfen, sie hatte schließlich ganz andere Arbeitsaufgaben. Aber sich selbst konnte sie durchaus vorwerfen, die Ispettrice zunächst nicht ernst genommen zu haben. Sicher, diese hatte sie in einem schlechten Moment erwischt, sie hatte eine vielversprechende Spur aufgetan, während die Ispettrice ihr mit Zufällen gekommen war. Dennoch hätte sie sie nicht so anfahren müssen. Zumal es doch typisch für Giovanna war, die Augen offen zu halten für weitere Möglichkeiten, niemals dem Tunnelblick zu verfallen. Auch wenn, zugegeben, Emilia Fabrizio als Täterin folgerichtig erschien. Daher hatte sie auch gleich am Sonntagmorgen noch das Babyphon zur Spurensicherung gebracht, die mit ihren IT-Spezialisten Näheres herausfinden konnten. Hoffentlich.

Den heutigen Montag aber wollte sie mit Maria di Bartolomeos Spur beginnen. Und genau in diesem Moment klopfte es an ihrem Büro, Aliverti stand mit neugierigem Gesichtsausdruck in der Tür. »Hier ist eine Ispettrice von der Polizia Locale für dich«, sagte er, und Giovanna verkniff sich die Bemerkung, ob er jetzt Sekretär spielte.

Sie nickte der Ispettrice nur einladend zu, die hinter dem großen Aliverti stand und nun an ihm vorbei in den Raum lugte.

»Gibt es eine Spur von Simone Fabrizio nach Bellano?«, wollte Aliverti nun wissen. Es war also reine Neugier, die ihn plötzlich zum Portier werden ließ.

»Möglicherweise.« Mit einem freundlichen Lächeln trat Maria di Bartolomeo an ihm vorbei ins Büro. »Vielleicht kannte er Antonio Marchesi.«

»Moment.« Aliverti hielt eine Hand in die Höhe. »Wer ist Marchesi? Und was ist mit der Witwe und der Geliebten?«

»Questore«, sagte Giovanna. Er liebte es, wenn er mit seinem Titel angesprochen wurde. Dafür hatte er schließlich hart gearbeitet, pflegte er immer zu sagen. »Ich verspreche, dir beim Mittagessen später alles zu erzählen. Aber die Ispettrice hat nicht so viel Zeit, sie muss gleich zurück nach Bellano.«

Giovanna hoffte, das versprochene gemeinsame Mittagessen würde ihn über die etwas rüde Zurückweisung hinwegtrösten. Andererseits: Er kannte sie. Wenn ihn »rüde« störte, würde er längst nicht so hartnäckig an ihr festhalten. Den Bruchteil einer Sekunde zögerte er, dann nickte er der Ispettrice noch einmal zu und zog sich in sein eigenes Büro am Ende des Flurs zurück. In sein eigenes Büro, vor dem es tatsächlich ein Sekretariat gab.

»Ich habe mir die Kontoauszüge angesehen, die Sie mir geschickt haben«, eröffnete Giovanna ohne Umschweife das Gespräch mit der Ispettrice. Die nickte, abwartend, und zog sich dann einen Stuhl heran.

Giovanna überlegte, schürzte die Lippen, dann sagte sie: »Aber zuerst muss ich mich bei Ihnen entschuldigen.«

Maria di Bartolomeos Augenbrauen schossen in die Höhe. Beinahe wäre Giovanna über sich selbst verwundert gewesen. Aber die Ispettrice hatte schon mehr Eigeninitiative gezeigt als Fini, wenn er einen guten Tag hatte, und das war nicht einmal ihr Job. Da würde Giovanna es ja wohl noch schaffen, über ihren Schatten zu springen. »Ich glaube, Sie könnten recht haben«, fuhr sie fort. »Denn da ist eine Verbindung. Es ist genau die gleiche Summe, die beide Männer abgehoben haben. An genau denselben Tagen.« Sie überlegte, versuchte, ihre Gedanken wieder in die richtige Reihenfolge zu bekommen, dann blickte sie Maria direkt in die Augen. »Signora Ispettrice, was halten Sie von einer Zusammenarbeit?«

*

Maria würde Riccardo informieren müssen. So weit hatte sie nicht gedacht, als sie vor zwei Tagen in der Questura in Como angerufen hatte. Sie musste gestehen, die Commissaria hatte sie zunächst eingeschüchtert. Ihre Zunge war offenbar ähnlich scharf wie ihr Verstand. Wie die Zusammenarbeit laufen würde, was für eine Zusammenarbeit es hier überhaupt geben würde, war ihr noch nicht klar. Aber die Commissaria glaubte ihr und war bereit, der Sache nachzugehen. »Können wir die Ermittlungen vorerst noch inoffiziell laufen lassen?«, platzte es mit einem Mal aus Maria heraus. »Dem Bürgermeister sind Nachforschungen gar nicht recht.«

»Dem Bürgermeister?« Giovanna Ruggieri blickte sie ungläubig an.

»Ja. Das Büro der Polizia Locale befindet sich im Rathaus, sozusagen direkt unter seinem Büro: Marchesi wollte gegen Castelnuovo antreten, und nun ist quasi der einzige nennenswerte Gegenkandidat tot«, erklärte Maria ernst. »Wenn ich nun von … Mordermittlungen spreche, könnte das den Bürgermeister nicht erfreuen, um es mal so zu formulieren.«

»Sie haben nicht untertrieben, als Sie gesagt haben, es gibt bei diesem Unfall mehrere Verdächtige«, murmelte die Commissaria. »Mir soll es egal sein, was Sie Ihrem Vorgesetzten erzählen, solange wir gegenüber meinem mit offenen Karten spielen.« Sie dachte an das Mittagessen mit Aliverti.

»Oh, es gibt also doch eine Person, die Sie leiden können«, rutschte es Maria heraus. Auf den überraschten Blick der Commissaria fügte sie schnell hinzu: »Entschuldigen Sie, das geht mich nichts an. Aber …« Maria zögerte kurz, entschied sich dann aber für die Wahrheit. »Na ja, Sie wirken schon eher … unnahbar. Gut, dass Sie erst einmal nicht begeistert von mir und meinem Auftauchen waren, geschenkt, aber den armen Barista am Hafen haben Sie auch schön abblitzen lassen. Tut mir leid, ich wollte Ihnen nicht zu nahe treten«, fügte sie eilig hinzu.

»Das muss Ihnen nicht leidtun. Sie haben ja recht. Ich kann meinen Chef leiden. Im Gegensatz zu den meisten anderen Menschen.« Die Commissaria zuckte mit den Schultern, als machte es ihr nichts aus, und die betonte Gleichgültigkeit ließ bei Maria die Alarmglocken läuten. Nein, es machte ihr sehr wohl etwas aus, *cazzo*, warum konnte sie nicht häufiger nachdenken, bevor sie die Worte aussprach?

Marias Smartphone klingelte, ausgerechnet in diesem Augenblick. Sie überlegte kurz, den Anruf wegzudrücken, aber das war ihr dann doch zu riskant. Eigentlich arbeitete sie heute und hatte sich »nur kurz« von Loretta vertreten lassen.

»Pronto!«

»Signora di Bartolomeo?« Eine unbekannte männliche Stimme. »Ich rufe aus dem Krankenhaus an, Ospedale Umberto I, es geht um Ihren Ehemann, Stefano Rossi.«

Marias Knie wurden weich. Sie hatte nicht einmal die Geistesgegenwart, den Anrufer zu korrigieren, dass es ihr Ex-Ehemann war.

»Er hatte einen Arbeitsunfall.«

»Ist er … Ist er …« Sie konnte die Worte nicht aussprechen. Nur wie durch einen Nebel registrierte sie den besorgten Blick der Commissaria.

»Er hat einen Meniskusriss. Wir konnten das Knie stabilisieren und hoffen, mit einer Bandage, Schmerzmitteln und Physiotherapie eine OP vermeiden zu können. Er braucht jedoch die nächsten Tage viel Unterstützung und wird sein Knie nicht belasten können. Daher bat er mich, Sie anzurufen.«

»Mich?!?« Erneut fehlten Maria die Worte, diesmal jedoch aus Fassungslosigkeit. Nachdem sie tief Luft geholt hatte, brachte sie schließlich heraus: »Ich soll ihn pflegen?« Stefano wusste genau, weshalb er den Mitarbeiter der Klinik gebeten hatte, für ihn anzurufen. »Vergessen Sie's.«

»Signora di Bartolomeo«, bat der Mann.

»Versuchen Sie es bei seiner Mutter.«

»Signora di Bartolomeo, Ihr Mann hat viele Schmerzmittel bekommen und ist nicht in der Lage, Auto zu fahren. Jemand muss ihn abholen und vierundzwanzig Stunden bei ihm bleiben.«

»*Ex-Mann*«, betonte Maria nun. Nichts als Ärger mit diesem Kerl! Sie warf der Commissaria einen Blick zu, die dem einseitigen Telefongespräch mit zunehmend düsterem Gesichtsausdruck zuhörte.

»Es tut mir leid, aber ich kann mich wirklich nicht kümmern.« Resolut beendete Maria die Verbindung. Stefano würde schon jemanden finden, der ihn pflegte.

»Schwierigkeiten?«, fragte die Commissaria, aber es klang gezwungen.

»Unwichtig«, murmelte Maria und steckte ihr Smartphone zurück in die Tasche. »Wir waren bei Antonio Marchesi und Ihrem Dottor Fabrizio.« Sie setzte ein Lächeln auf und hoffte, es wirkte nicht zu gekünstelt. »Und wenn Sie mir einen Caffè anbieten, wird unser Treffen noch richtig produktiv!«

*

Mit zwei Tassen Espresso zurück in ihrem Büro suchte Giovanna auf dem Schreibtisch nach den Telefonverbindungen von Dottor Fabrizio. Sie hatte die Ispettrice unterschätzt. Unter der offenherzigen Fassade, unter der Freundlichkeit und dem Lächeln steckte zudem ein wacher Verstand, das war deutlich geworden. Instinkt, schoss Giovanna durch den Kopf, sie hat kriminalistisches Gespür. Welche Polizistin, welcher

Polizist wäre auf die Idee gekommen, einen harmlosen Unfall zu untersuchen? Nicht lockerzulassen, selbst entgegen dem Rat eines Vorgesetzten. Giovanna musste zugeben, Maria di Bartolomeo, diese rundliche, fröhliche Ispettrice, die neben ihrem Schreibtisch saß, hatte sie beeindruckt.

»Hier!« Endlich hatte sie die richtige Mappe gefunden, zog die Dokumente heraus und reichte sie der Ispettrice. »Die Geldabhebungen machen mich misstrauisch. Es kann natürlich Zufall sein, aber für beide Männer ist solch eine Summe in bar eine Ausnahme. Genau zweimal haben sie jeweils fünftausend Euro abgehoben, und das am selben Tag. Üblicherweise bewegten sich ihre Barabhebungen im Rahmen von höchstens mehreren Hundert Euro. Das ist also auffällig. Nun hätte ich gern den Beweis, dass sie sich kannten. Denn weder seine Frau noch sein bester Freund haben den Namen Antonio Marchesi auch nur gehört.«

»Das ist wirklich auffällig«, bemerkte Maria di Bartolomeo nachdenklich. »Ich bin mir sicher, dass sie sich kannten. Vom Studium.« Sie zog ihr Smartphone aus der Hosentasche. »Beweisen kann ich es nicht, aber ich habe von Lara Marchesi ein Foto vom Diplom ihres Vaters.« Mit einer unbestimmten Handbewegung erklärte sie auf Giovannas fragenden Blick: »Das Studium in Mailand war irgendwie so was wie ihr gemeinsames … Vater-Tochter-Ding. Deshalb hatte sie es zur Hand, als ich sie angerufen habe.« Sie zuckte mit den Schultern. »Jedenfalls, wenn Fabrizios Angaben auf seiner Homepage stimmen …«

»Das tun sie. Seine Frau hat mir sein Diplom gezeigt.«

»Sehen Sie! Dann haben sie im selben Semester im selben Studienfach begonnen und im selben Semester ihren Abschluss gemacht.«

»Aber das heißt noch nicht, dass sie auch Kontakt hatten.

Wie viele Studierende gibt es pro Semester? Hundert? Es ist also nicht bewiesen, dass sie mehr waren als flüchtige Bekannte.« Ganz offensichtlich schien die Ispettrice enttäuscht, also stupste Giovanna mit dem Finger auf die Liste, die sie in der Hand hielt. »Außer wir finden *hier* eine Verbindung.«

Jetzt schien Maria zu verstehen. »Wir gehen die Anrufe durch!«, rief sie aufgeregt, und fast hätte Giovanna gegrinst bei so viel Enthusiasmus für eine reine Fleißaufgabe.

»Ich habe alle Verbindungen des letzten halben Jahres. Wenn die nicht reichen, können wir weitere anfordern.« Sie rief das Dokument an ihrem Computerbildschirm auf. »In den gespeicherten Kontakten habe ich schon gesucht, dort findet sich kein Marchesi. Aber Sie haben sicher seine Telefonnummern?«

»Festnetz und Handy«, bestätigte Maria.

Giovanna ließ sich die Nummern geben und tippte sie in ihren Computer ein.

*

»Hier! Hier ist es!« Atemlos blickte Maria auf die farbig hinterlegte Nummer. Sie hatten tatsächlich Marchesis Telefonnummer gefunden! Am 30. April hatten die beiden Männer von ihren jeweiligen Smartphones ein beinahe einstündiges Gespräch miteinander geführt. Marias Herz klopfte wie wild, die Commissaria konnte ihr ihre Aufregung wahrscheinlich ansehen. Vermutlich hielt sie sie für unbedarft, aber nachdem Maria tagelang nur wegen eines Gefühls versucht hatte herauszufinden, ob es bei Marchesis Tod mit rechten Dingen zugegangen war, kamen die Indizien nun geradezu im Minutentakt.

Doch sie brauchte sich keine Sorgen zu machen: Auch Giovannas Augen glänzten vor Begeisterung. »*Fantastico!*«, murmelte sie.

Schweigend gingen sie auch die Festnetzverbindungen durch, fanden aber nichts mehr. »Sie kannten sich also«, sagte Maria schließlich. »Sie haben am 30. April telefoniert, genau einen Tag, bevor sie beide eine recht hohe Summe Bargeld abgehoben haben. Danach hatten sie keinen Kontakt mehr. Auch Nachrichten gibt es keine.«

»Auch nicht, bevor sie das zweite Mal viel Geld abgehoben haben.« Giovanna schürzte die Lippen und blickte Maria an. »Was hatten Sie gesagt, vorgestern beim Caffè am Hafen? Das ist ein bisschen viel Zufall.«

Maria nickte und lehnte sich in ihrem Stuhl zurück. »Und was machen wir jetzt?«

»Jetzt gucken wir, wie gut sie sich kannten. Wir graben in der gemeinsamen Vergangenheit der beiden Herren.«

»Wir wissen, dass sie zeitgleich dasselbe Fach in Mailand studiert haben.« Maria beugte sich vor. »Vielleicht fangen wir da an?«

»Mailand.« Nachdenklich fuhr Giovanna sich mit der Zunge über die Lippen. »Mailand!«, wiederholte sie plötzlich lauter. »Das ist eine Idee.«

*

Was für ein aufregender Tag! Nachdem sie am Samstag schon beinahe befürchtet hatte, die Commissaria nicht auf ihre Seite ziehen zu können, hatte es heute eine bahnbrechende Entdeckung gegeben. Und Maria hatte einen Einblick in die Arbeit der Polizia di Stato bekommen. Nur der Questore war ganz und gar nicht begeistert gewesen, dass sein gemeinsames Mittagessen mit Giovanna ausfallen musste – sie waren zu sehr vertieft gewesen in ihre Nachforschungen.

Am morgigen Dienstag wollte die Commissaria nach Mailand fahren, um dort an der Universität Nachforschungen anzustellen. Maria hoffte sehr, dass sie sie in der Zeit von Bellano aus unterstützen durfte, schließlich wusste sie am meisten über Marchesi … Dafür würde sie allerdings mit Riccardo sprechen müssen, aber ihr wollte einfach keine gute Erklärung einfallen, weshalb sie in diese Mordermittlung hineingeraten war. Also hatte sie ihn heute nur schnell über ihre Rückkehr informiert und war sofort zu ihrer Promenaden-Runde aufgebrochen, bevor er auch nur ansetzen konnte zu fragen, wo sie gewesen war. Das ausstehende Gespräch hatte sie verschoben, in der Hoffnung auf eine baldige zündende Idee. Jetzt würde sie ihren Feierabend genießen.

Maria schloss die Haustür auf, und noch bevor sie über die Schwelle getreten war, spürte sie, dass etwas anders war. Sie brauchte einen Moment, um einzuordnen, was es war, dann fiel es ihr auf: Der Fernseher lief. Früher war das ein gewohntes Geräusch gewesen, als sie nach Hause gekommen war, doch seitdem ihre Söhne Teenager waren, nutzten sie fast nur noch ihre Smartphones als Bildschirm. Wer also …

»*Mamma mia!*« Maria traute ihren Augen nicht. Stefano, eine dicke Bandage um sein Knie gewickelt, lag im Wohnzimmer auf dem Sofa. »Was machst du denn hier?«

»Auf dich warten.«

»Wie bist du hergekommen? Und wer hat dich überhaupt hereingelassen? Michele! Luca!«, rief sie, doch die Zimmertüren blieben geschlossen, und ihre Söhne antworteten auch nicht.

»Deine Mutter hat mich aus dem Krankenhaus abgeholt.« Er sah sie mit großen Augen an. »Ich habe doch niemanden, der sich um mich kümmert.«

»Tja, das ist das Problem an Affären, nicht wahr? Sie versorgen einen nicht nach einem Meniskusriss.« Maria verschränkte die Arme vor der Brust. »Daran hättest du früher denken müssen.«

»Ach, Maria, jetzt sei doch nicht so. Du weißt, wie sehr ich meine Dummheit bereue. Und bin ich nicht der Vater deiner Kinder?« Er versuchte, sich aufzurichten, ließ sich jedoch schnell mit schmerzverzerrtem Gesicht wieder in die Kissen fallen.

Maria seufzte. Es ging ihm wirklich nicht gut. Und sie wusste, wie schwer es ihn traf, ein paar Tage nicht arbeiten zu können. Immer schon war Stefano ein aktiver Mensch gewesen, hatte das Herumsitzen gehasst. Sie schürzte die Lippen. »Der Staubsauger macht seltsame Geräusche, und im Keller brauche ich ein neues Regal. Wenn du wieder gesund bist, kümmerst du dich darum.«

Erleichtert atmete er auf. »Danke, *amore*. Du bist fantastisch! Würdest du mir ein Glas Wasser bringen? Ach, und Rosa hat Tiramisu aus dem Miralago in den Kühlschrank gestellt.«

Wahrscheinlich als Opfergabe, um Maria milde zu stimmen. Was hatte ihre Mutter sich dabei gedacht, Stefano in ihr Wohnzimmer zu verpflanzen?

»Ich mach dir ein Bett in Lucas Zimmer.« Die beiden Jungen würden die nächste Zeit eben wieder beieinander schlafen müssen. »Und dann hole ich uns etwas zu essen.« In diesem Zustand konnte Stefano schließlich unmöglich selbst ins Miralago gehen.

»Könntest du mir vorher noch auf die Toilette helfen?«

Maria, die schon im Flur stand, schloss für einen Moment die Augen, zählte bis fünf, und kehrte dann um. »Nur, bis du wieder auf die Beine kommst«, sagte sie. Beim ersten Anzeichen, dass er allein gehen konnte, würde er achtkantig aus ihrer Wohnung fliegen.

*

»Ludovico?«, rief Giovanna von ihrem Garten aus. Oben regte sich nichts. »Ludovico!«, probierte sie es lauter. War er nicht zu Hause? Oder ging es ihm nicht gut? Nach einer gefühlten Ewigkeit konnte sie oben Schritte hören.

»Du hättest auch einfach klingeln können.« Der alte Mann beugte sich kopfschüttelnd über seinen Balkon. »Wo brennt's denn?«

»Bruno.«

»Ich komme sofort!«

Keine zwei Minuten später stand Ludovico bei ihr im Garten. Er hatte sich nicht einmal die Zeit genommen, seine Pantoffeln gegen richtige Schuhe zu tauschen. »Jemand muss sich um Bruno kümmern«, erklärte Giovanna und öffnete das Gehege von oben, um etwas Löwenzahn hineinzulegen.

»Fährst du weg?« Ludovicos ohnehin faltige Stirn wurde noch etwas faltiger.

»Nach Mailand, morgen, möglicherweise für mehrere Tage. Vielleicht komme ich auch abends schon wieder zurück« – allzu groß war die Entfernung ja nicht –, »aber das kann ich noch nicht absehen. Beruflich«, fügte sie unnötigerweise hinzu. Als ob Ludovico auch nur für den Bruchteil einer Sekunde geglaubt hätte, dass sie womöglich jemanden besuchen würde. Oder in den Urlaub fahren.

»Dieser Mordfall?«, fragte er und fügte schnell hinzu: »Du musst mir nichts erzählen.«

»Wir haben eine Spur, die dorthin führen könnte.«

»Wir?« Erstaunt hob er die Augenbrauen.

Giovanna zog die Nase kraus. »Wie es scheint, habe ich eine neue Kollegin.« Sie berichtete ihm, wie plötzlich Maria di Bartolomeo vor ihr gestanden hatte. Den Grund des Besuchs, vor allem den verunfallten Antonio Marchesi, ließ sie aus. »Aber sie hatte Informationen, die meinen Fall betreffen.«

»Die dich nach Mailand führen.«

»Richtig. Ich werde in der Zwischenzeit Unterstützung hier vor Ort brauchen, vielleicht kann sie das übernehmen.«

»Ah.« Ludovico nickte. »Nicht Fini?«, fragte er unschuldig.

»Doch, auch. Fini betreut als Ispettore der Questura diesen Fall, das weißt du doch. Aber diese Ispettrice … Ich glaube, sie ist gut.« In dem Moment, in dem Giovanna es aussprach, wusste sie, dass es stimmte. Wie auch immer es gekommen war, dass Maria di Bartolomeo bei der Polizia Locale gelandet war, sie hatte das Gespür einer Commissaria.

Ludovico lächelte.

»Was ist?«, fragte Giovanna verwirrt.

»Nichts. Es ist schön zu hören, dass du dich mit einer Kollegin so gut verstehst.«

»Oh, ich weiß wirklich nicht, ob ich mich mit ihr verstehe«, widersprach Giovanna sofort. »Sie mag klug sein, aber sie ist auch anstrengend. Viel zu fröhlich. Das ist nichts für mich. Da bleibe ich lieber bei Bruno, meinem alten Griesgram. Apropos.« Sie deutete auf die Terrassentür und die dahinterliegende Küche. »Sein Futter steht im oberen Schrank neben dem Herd. Die Pellets schüttest du einfach in seine Schale. Und ganz wichtig bei dieser Hitze ist, dass du sein Wasser regelmäßig auffüllst. Es verschmutzt schnell. Ansonsten liebt er Löwenzahn und Petersilie. Dill, wenn du welchen dahast.«

Ludovico, der in seinen Balkonkästen ein ganzes Kräuterregal zog, nickte. »Wir werden es uns schon schön machen, wir zwei«, sagte er. »Und abends erzähle ich ihm von meinem Tag.«

»Du hörst unser Abendritual, hm?«, fragte Giovanna.

»Kaum.« Er lächelte. Dann wurde er wieder ernst. »Pass auf dich auf. Und wenn du zurückkommst, gibt es Risotto.«

»Danke.« Sie drückte seinen Arm.

»Bis dahin füttere ich eben Bruno.«

*

»Was hast du dir nur dabei gedacht?« Die Hände in die Hüften gestemmt, stand Maria im Miralago und ignorierte die Tatsache, dass etwa dreißig Menschen um sie herumsaßen. »Wie konntest du Stefano auf meine Couch legen, ohne das mit mir abzusprechen?«, fragte sie ihre Mutter wütend.

»Du weißt, dass ich immer auf deiner Seite bin!«, verteidigte Rosa sich und gab einem Gast mit einer Geste zu verstehen, dass er noch etwas würde warten müssen, bis sie Zeit zum Abkassieren hätte. »Aber er hat so niedergeschlagen geklungen am Telefon, und er wusste nicht, wen er sonst hätte anrufen können.«

»Ich wüsste da den Namen einer hübschen Fitnesstrainerin aus Dervio«, bemerkte Maria spitz.

Immerhin besaß ihre Mutter den Anstand, zerknirscht auszusehen. »Die Jungs werden sich freuen«, versuchte sie es dann mit einem neuen Argument.

»Ich hoffe sehr, dass sie ihm das nächste Mal auf die Toilette helfen.«

Rosa verzog mitfühlend den Mund. »So schlimm?«

Maria stöhnte auf. »Im Moment hat er genug Schmerzmittel intus. Aber er war noch nie ein angenehmer Kranker.« Sie erinnerte sich an diverse Erkältungen, an denen er gefühlt um Haaresbreite verstorben wäre.

In diesem Moment kam Zia Domenica aus der Küche, eine rot geblümte Schürze über ihrem blau geblümten Kleid, in der Hand eine Tupperdose. Offensichtlich hatte sie eine Ahnung, worum sich das Gespräch drehte. Mit einem Blick auf Marias verkniffene Miene sagte sie trocken: »Ist wohl kein guter Zeitpunkt, dich auf die Parkplätze vor der Tür anzusprechen.«

»Der schlechteste«, antwortete Maria.

»Hühnersuppe für Stefano, damit er wieder auf die Beine kommt.« Damit drückte Zia ihr die Tupperdose in die Hand und verschwand wieder in der Küche.

»Komm, iss ein bisschen was«, lockte ihre Mutter sie daraufhin. »Domenica hat heute Tagliatelle aus Rote Bete gemacht. Quattro formaggi, das magst du doch so gern.«

Jetzt versuchten sie es also mit Bestechung. Zias Pasta hatte Maria noch nie widerstehen können, und Quattro formaggi – unter anderem mit Gorgonzola, ihre Nase hatte sie also nicht getäuscht – hielt einen ganz besonderen Platz in ihrem Herzen. Oder Magen.

Und so setzte sie sich, ein bisschen widerstrebend zunächst, ganz so einfach wollte sie es ihrer Mutter auch nicht machen, und faltete Servietten, solange sie auf das Essen wartete. Die Nudeln waren ein Genuss, und schließlich hatte sich Marias Laune so weit gehoben, dass sie den Fehler machte, ihre Mutter zu fragen, was es mit den Parkplätzen auf sich hatte. Augenblicklich setzte Rosa sich zu ihr.

»Draußen ist doch dieser öffentliche Parkplatz, nicht weit, vielleicht dreißig, fünfzig Meter. Wir dachten, es wäre gut, wenn wir dort ein paar Parkplätze fürs Miralago reservieren könnten. Frag doch bei Gelegenheit mal Signor Castelnuovo. Unser Bürgermeister hat sicher nichts dagegen, lokale Geschäftsinhaberinnen zu unterstützen.«

Ich bin selbst schuld, dachte Maria. Warum habe ich auch gefragt? Laut sagte sie: »Bei Gelegenheit, Mamma. Bei Gelegenheit.«

13. KAPITEL

Schon am Bahnhof begrüßte Mailand sie wie üblich laut und lärmend. Giovanna hatte sich für die Fähre nach Bellano entschieden, um anschließend den Zug zu nehmen, der in einer guten Stunde Mailand erreichte. So kam sie schon um zwanzig vor zehn dort an. War die Hitze am Comer See schon schwer auszuhalten gewesen, war sie hier in der Großstadt beinahe unerträglich.

Ihr Ziel, die Università degli Studi di Milano befand sich im Inneren Ring der Stadt. Dorthin musste Giovanna zunächst die Metro nehmen, und sie suchte seufzend die Haltestelle auf. Am See, sowohl in Bellagio als auch in Como konnte sie fast alle Strecken zu Fuß bewältigen, hier hingegen zeigte ihr Smartphone einen Fußweg von einer Dreiviertelstunde. Wohl oder übel stellte sie sich also in einer langen Schlange an einem Automaten an, zog ein Tagesticket und stieg anschließend in eine ebenfalls überfüllte Bahn. Um diese Uhrzeit herrschte zwar kein Berufsverkehr mehr, dafür waren die Touristen mittlerweile alle aufgewacht und unterwegs zu den Sehenswürdigkeiten.

Schon bei früheren Besuchen hatte Giovanna die eindrucksvolle Architektur Mailands bewundert. Und auch die

Universität war ein prachtvolles Gebäude. Zu gern wäre sie durch die breiten Straßen geschlendert, hätte den Platz genossen, den sie boten, aber sie hatte schlicht keine Zeit.

Die Universitätsverwaltung befand sich in der Casa Grande, dem Hauptgebäude, und Giovanna brauchte ein Weilchen, bis sie nicht nur das richtige Sekretariat gefunden hatte, sondern vor allem, bis sie die dortige Verwaltungsangestellte dazu bringen konnte, ihr die Informationen über Dottor Fabrizios – und damit auch Antonio Marchesis – Abschlussjahrgang auszuhändigen. Misstrauisch hatte sich die Signora mit dem eleganten Kleid nicht nur Giovannas Ausweis zeigen lassen und dann tatsächlich darauf bestanden, in der Questura in Como anzurufen. Daraufhin war die Situation etwas aus dem Ruder gelaufen, Giovanna hatte gedroht, die Angestellte wegen Behinderung polizeilicher Ermittlungen festzunehmen, diese hatte ihren Chef gerufen, und für einen winzigen Augenblick war Giovanna der Gedanke gekommen, dass Maria di Bartolomeo in dieser Situation vermutlich anders gehandelt hätte. Dann war der Rektor erschienen, Signora Eleganza wie ein aufgescheuchtes Huhn herumgelaufen, doch nachdem der Mann einen langen Blick auf Giovannas Ausweis und einen kurzen auf ihre ungehaltene Miene geworfen hatte, war schließlich Ruhe eingekehrt. Natürlich würde man ihrem Wunsch nachkommen, selbstverständlich würde sie die Daten erhalten, gar keine Frage.

Bis die Liste allerdings ihren Weg vom Computer von Signora Eleganza zum Drucker und dann wiederum in Giovannas Hände gefunden hatte, war beinahe eine Stunde vergangen. Immerhin gab es eine Espressobar in der Nähe, und mit einem Caffè sowie einem Cornetto Crema vor sich war Giovannas Laune nun weitgehend wiederhergestellt. Sie saß an einem der kleinen Tische und machte sich daran, die Namen durchzugehen. Viel zu viele waren es, es würde ewig dauern, unter ihnen all diejenigen ausfindig zu machen, die beide Männer, Simone Fabrizio und Antonio Marchesi, näher gekannt hatten. Sie zählte gerade die erste Spalte ab, da klingelte plötzlich ihr Telefon.

»*Pronto!*«

»Commissaria Ruggieri, *buongiorno*, wie ist das Wetter in Mailand?« Maria di Bartolomeo klang kein Stück weniger gut gelaunt als sonst.

»Stickig«, antwortete Giovanna. »Noch heißer als am See, und es geht kein Wind.«

»Schrecklich.« In der Stimme der Ispettrice lag echtes Mitgefühl.

Und plötzlich hatte Giovanna eine Idee. »Hören Sie«, sagte sie. »Ich schicke Ihnen gleich das Foto einer Liste. Das sind alle Studierenden, die gemeinsam mit Fabrizio und Marchesi ihren Abschluss gemacht haben. Können Sie vielleicht die Recherche übernehmen? Ich brauche die Adressen von allen, die sich noch gut an die beiden Männer erinnern können.«

Die Ispettrice zögerte.

»Ja?«, hakte Giovanna nach.

»Wenn … wenn sich jemand erinnert, was soll ich dann sagen?«

»Sagen Sie einfach ›Vielen Dank, meine Kollegin wird sich bei Ihnen melden‹.«

»Ah!« Maria klang erleichtert. »*Subito*, Signora Commissaria, ich mache mich sofort an die Arbeit.« Das war gut. »Aber nachher muss ich zur Via XX Settembre, wir haben im Moment ein Problem mit der Ampelanlage.« Das war nicht ganz so gut.

»Erledigen Sie einfach, so viel Sie können«, sagte Giovanna. Den Rest würde sie Alberto Fini übergeben.

In der Zwischenzeit würde Giovanna der medizinischen Fakultät einen Besuch abstatten. Der Universitätsabschluss der beiden Männer lag zwar schon einige Zeit zurück, mit etwas Glück gab es jedoch noch den ein oder anderen Professor, der sich an Marchesi und Fabrizio – oder zumindest einen der beiden – erinnerte.

Sie aß den letzten Bissen ihres Cornettos, zahlte und machte sich erneut auf den Weg zur Universität. Was suchte sie hier eigentlich? Die Nadel im Heuhaufen.

*

Maria kaute auf einem Bleistift. Es war ihr nicht einmal aufgefallen, bis Riccardo ins Büro kam und sie darauf hinwies, verbunden mit der Frage, ob alles in Ordnung sei. Die ersten fünf Namen auf ihrer Liste hatte sie durchtelefoniert, zwei waren nicht zu erreichen gewesen, einer der Ex-Studierenden hatte sie angeschrien, er habe gerade wirklich andere Sorgen, und zwei weitere konnten sich weder an Marchesi noch an Fabrizio erinnern.

»Hier, nimm lieber das«, sagte Riccardo und hielt ihr ein Stück Torrone di Cremona hin. Weißer Nougat aus der Lombardei, in der Stadt Cremona erfunden, so hieß es, lecker, aber gefährlich für die Zahnfüllungen, also lehnte sie lieber ab. »Was macht der Sport?«, fragte sie, da er heute keine Radlerhosen trug.

Er winkte ab. »Da bekommt man ja einen Hitzschlag.«

»Wie wär's mit Schwimmen?«, fragte sie unschuldig und tat so, als würde sie seinen bösen Blick auf ihren Vorschlag hin nicht bemerken.

»Mach dir nichts draus«, fügte sie dann aber doch zur Besänftigung hinzu, »ich komm auch nicht dazu, meine Diät anzufangen.« Sie dachte an die gestrigen Tagliatelle, nein, so hatte sie einfach keine Chance. Und auch nicht mitten in einem Fall. Maria beschloss, Riccardo endlich zu informieren, und packte den Stier kurzerhand bei den Hörnern.

»Sag mal, Riccardo.« Sie drehte sich auf ihrem Schreibtischstuhl so, dass sie ihn direkt ansehen konnte. »Wir haben im Moment ja nicht allzu viel zu tun«, begann sie.

»Brauchst du Urlaub?« Er griff zu seinem Kalender.

»Nein, nein.« Ach, was soll's, dachte sie, holte Luft und sagte geradeheraus: »Ich helfe der Questura in Como bei ihren Mordermittlungen.«

Seine Hand, die gerade ein weiteres Stück Torrone in seinen Mund schieben wollte, hielt mitten in der Bewegung inne. »Du machst *was?*« Er verschluckte sich an dem Stück, an dem er ohnehin schon kaute, hustete und trank einen Schluck Wasser.

»Dieser tote Arzt.« Sie fuhr sich mit der Zungenspitze über die Lippen. »Er kannte Marchesi.«

Riccardo starrte sie an, sie konnte förmlich sehen, wie die Gedanken in seinem Hirn hin und her flitzten. Er blinzelte, dann fragte er: »Dottor Fabrizio?«

Sie nickte.

Jetzt breitete sich ein selbstzufriedenes Lächeln auf seinem Gesicht aus. »Hatte ich also recht.« Das war richtig, er hatte hervorragend recherchiert. »Und was …« Seine Frage wurde vom Klingeln des Telefons auf seinem Schreibtisch unterbrochen. *»Signor Castelnuovo!«*, rief er erfreut, nachdem er sich mit einem knappen *»Pronto!«* gemeldet hatte.

Weshalb der Bürgermeister so oft vom ersten Stock ins Erdgeschoss telefonierte, war Maria schon immer ein Rätsel gewesen. Aber sein Anruf erinnerte sie daran, dass sie ihm bezüglich Marchesis Beerdigung noch nicht Bericht erstattet hatte. Wunderbar, das kann ich dann gleich zusammen mit Rosas und Domenicas Anfrage nach Parkplätzen verbinden, dachte sie sarkastisch.

Riccardo legte den Hörer auf und blickte sie missmutig an. »Ich schwöre dir, der Mann bringt mich noch ins Grab.«

Maria war sofort alarmiert, Riccardo war sonst eher zurückhaltend, was Unmutsbekundungen über den Bürgermeister betraf. »Was ist denn los?«

»Irgendwas mit Parkplätzen und der Unterstützung lokaler Geschäftsinhaber…innen.«

Marias Mund formte sich automatisch zu einem O. »Ach. Na, das ist ja interessant«, flötete sie eilig. »Kannst mir bei Gelegenheit ja mal berichten, worum es da ging.« Offenbar hatten die beiden Damen das Thema doch schon selbst in die Hand genommen.

Riccardo zog misstrauisch die Augenbrauen zusammen, aber als Maria ihn nur unschuldig ansah, zuckte er mit den Schultern, seufzte resigniert und stand auf.

Wieder allein, wanderte ihr Blick erneut zur Namensliste der ehemaligen Kommilitoninnen und Kommilitonen von Marchesi und Fabrizio. Sie tippte den nächsten Namen, Alice Dinardi, ins System und bekam eine Adresse in Bari ausgespuckt.

»Bari«, murmelte Maria und trommelte nachdenklich mit ihren Fingern auf den Schreibtisch. Bari war wirklich sehr weit von Mailand entfernt. Viel wusste sie nicht von der Stadt am Meer in Apulien, von wo aus die Fähren zu den griechischen Inseln ablegten. Maria schürzte die Lippen. Aber wenn sie mit der Liste vorankommen wollte, sollte sie die Zeit nutzen, in der Riccardo beim Bürgermeister war, denn so lange würde er ihr schon mal nicht dazwischenfunken. Auch wenn sie hoffte, dass er im Endeffekt einverstanden war und sie in den nächsten Tagen einige Stunden ihrer Arbeitszeit für die Ermittlungen aufwenden durfte. Draußen im Innenhof des Rathauses hastete Signora Pizzi an zwei Touristen vorbei, die Treppe nach oben. Maria sah ihr für einige Augenblicke nach, dann griff sie zum Telefon.

»*Pronto!*«, meldete sich nach dem dritten Klingeln eine Frauenstimme, die ihr erklärte, dass sie mit der Praxis von Dottoressa Dinardi sprach.

»Das hatte ich gehofft«, sagte Maria fröhlich und bat die Arzthelferin, Dottoressa Dinardi auszurichten, dass sie sie in einer ruhigen Minute zurückrufen sollte. Nummer sechs auf der Liste war damit für den Moment erledigt. Fehlten nur noch vierundfünfzig.

*

Die Sekretärin in der medizinischen Fakultät war ganz im Gegenteil zu Signora Eleganza sogleich darauf bedacht, Giovanna nach bestem Wissen und Gewissen zu unterstützen und ihr unter die Arme zu greifen. Mit einer klangvollen Stimme gesegnet, plapperte die Signora gleich begeistert drauflos und sah nicht einmal genau hin, als Giovanna ihren Dienstausweis zückte. Zu aufregend schien ihr der Besuch einer waschechten Polizistin zu sein. Als sie erfuhr, dass die beiden Männer, nach denen Giovanna fragte, tot waren, wurde ihr Eifer nur noch mehr angefacht, und Giovanna wünschte sich beinahe die unkooperative Signora Eleganza zurück. Ehrliches Misstrauen und grundsätzliche Menschenfeindlichkeit, damit konnte sie umgehen. Begeisterte Menschen, die ihr nach Kräften halfen, waren ihr hingegen suspekt.

»Jetzt möchten Sie natürlich alles über die beiden wissen!«, rief die Sekretärin und begann gleich, im Computer nach den

Datensätzen zu suchen. »Antonio Marchesi und Simone Fabrizio«, murmelte sie die Namen der beiden Männer vor sich her, um sie nicht zu vergessen. Doch das Studium war lange her.

»Damals war schon vieles, aber noch nicht alles digitalisiert«, erklärte Signora Nachtigall entschuldigend. »Aber sie haben ihre Abschlussarbeit bei Professore Gustavo Abrusci geschrieben. Dort müssten auch die Akten gelagert sein mit allen Informationen, die Sie benötigen: die Kurse, die die Studenten belegt hatten, ihre Noten und natürlich auch die Namen der Professoren, deren Seminare sie besucht haben.« Sehr zu ihrem Leidwesen konnte die Signora danach nichts mehr für sie tun. Giovanna dankte ihr und ließ sich den Weg zum Büro des Professors beschreiben. Die langen Flure der Universität waren abgenutzt, ein bisschen dreckig und erinnerten Giovanna sehr an ihre Schulzeit. Es roch nach Staub und altem Papier. Professore Abruscis Büro lag ein Stockwerk höher, und während Giovanna die breite Treppe nach oben nahm, fragte sie sich, weshalb es eigentlich immer Sekretärinnen waren? Weshalb arbeiteten in diesem Job nur Frauen? Und weshalb waren ihre Vorgesetzten, die Professoren und Rektoren und Dekane allesamt Männer? Warum traf sie nicht einmal auf einen Sekretär und eine Dekanin? Giovanna wusste natürlich, warum. Dass sie irgendwann einmal Signora Questore der Polizia di Stato sein wollte, hatte sie schon in ihrem ersten Ausbildungsjahr beschlossen. Bis zur Commissaria hatte sie sich bereits heraufgearbeitet. Sie würde sehen, was die Zukunft brachte.

Wie die Signora beschrieben hatte, befand sich kein Namensschild an der Tür des Professore, nur das Sekretariat war ausgezeichnet. Der zweite Stock wirkte verwaist, Studierende waren keine zu sehen, offenbar waren alle in den Semesterferien.

Die Bürotür des Sekretariats von Professore Abrusci war geschlossen. Giovanna klopfte an, wartete eine Antwort aber nicht ab und drückte die Klinke hinunter. Verschlossen. Sie blickte auf die Uhr und entschied, nicht länger als zehn Minuten zu warten. Sie musste sich eingestehen, dass sie jetzt schon genervt war. Die Zeit, die sie vergeudete, indem sie von Büro zu Büro, von Pontius zu Pilatus lief, hätten Fini, Ispettrice Mantovani und die beiden Ispettori Butti und Invernizzi nutzen können, um sämtliche Informationen telefonisch zu erhalten. Nun ja, jetzt ist es so, dachte Giovanna missmutig, ich habe mir das selbst eingebrockt, für irgendetwas wird es schon gut sein.

Sieben Minuten musste sie warten, dann schlurfte von den Treppen her ein Mann mittleren Alters in einem leicht zerknitterten Kurzarmhemd und mit einem Pappbecher in der Hand auf sie zu. Die dunklen Haare trug er gerade so lang, dass es nicht mehr nach einem Kurzhaarschnitt, aber auch noch nicht wie eine gewollte Langhaarfrisur wirkte. Wahrscheinlich war er einfach schon lange nicht mehr beim Friseur gewesen. Wortlos ging er an ihr vorbei und schloss die Tür zum Sekretariat von Professore Abrusci auf.

»Professore Abrusci?«, fragte Giovanna und stellte sich vor. »Polizia di Stato, ich würde gerne mit Ihnen sprechen.«

»Ha.« Verächtlich verzog er den Mund. »Das Büro von Professore Abrusci ist nebenan. Ich bin Lorenzo Parisi, sein Sekretär.«

Giovanna starrte ihn an und ärgerte sich über sich selbst, nun war sie selbst in die Falle der Erwartungen getappt. Mit dem Blick, den Parisi ihr zuwarf, passierte ihm das durchaus öfter, und es schien offenbar schmerzvoll zu sein.

»Ihre Kollegin aus dem Dekanat schickt mich«, umschiffte Giovanna das heikle Thema und folgte ihm in den Raum, in dem ein altersschwacher Computer auf einem Schreibtisch stand. Die Förderung der Universitäten hatte schon lange keine Priorität mehr. Der Bildschirmschoner zeigte ein Gemälde, das Giovanna vage bekannt vorkam. Männer in dunkler Kleidung mit weißen Halskrausen standen um einen Tisch herum, auf dem ein wohl toter Mann lag, dessen linker Arm mit einem Skalpell geöffnet worden war.

»Eine Obduktion?«, fragte sie und nickte Richtung Computer.

»Eine Leichenschau aus dem 17. Jahrhundert«, bestätigte Parisi. »Rembrandt, *Die Anatomie des Dr. Tulp*. Obduktionen waren damals eine Art gesellschaftliches Ereignis, deshalb die Zuschauer.«

Giovanna trat näher. Der Arzt auf der rechten Seite des Bildes, der die Sektion durchführte, trug als Einziger einen Hut, seine Kleidung war rabenschwarz im Gegensatz zur etwas ausgeblichenen der Zuschauer. Der Kontrast zum blassen Leichnam auf seinem Tisch war deutlich, und Giovanna fand es faszinierend, wie ihr Blick automatisch auf den Arzt und den Arm des Toten gelenkt wurde, dessen Muskeln und Sehnen Dr. Tulp mit einem Skalpell entblößte. »Ein spannendes Gemälde«, murmelte sie. »Sie sind Kunstliebhaber?«

»Ich arbeite in der medizinischen Fakultät.« Das war keine Antwort auf ihre Frage, wie er offenbar selbst bemerkte. Mit der rechten Hand stellte er seinen Pappbecher so auf den Schreibtisch ab, dass er damit die Maus zur Seite schob. Sofort verschwand das Gemälde vom Bildschirm, um Platz zu machen für ein E-Mail-Programm. »Was kann ich für Sie tun, Commissaria?«

Giovanna erklärte ihm, was sie schon der Signora vorgetragen hatte. »Und nun brauche ich alle Informationen über Antonio Marchesi und Simone Fabrizio, die ich bekommen kann.«

Gleichgültig nickte er, öffnete die oberste Schublade seines Schreibtisches und zog einen Schlüssel heraus.

»Die Unterlagen stehen alle im Archiv am Ende des Flurs. Einfach geradeaus, Sie können es nicht verfehlen. Ich würde Ihnen ja gern helfen, aber ich habe zu tun.«

Er wirkte weder, als würde er ihr gern helfen, noch, als hätte er zu tun. Da Giovanna aber ohnehin lieber allein nach den Ordnern suchte, nahm sie den Schlüssel dankbar entgegen und machte sich auf den Weg.

Archiv war ein recht hoch gegriffenes Wort, stellte sie fest, als sie die Tür geöffnet hatte und in einer besseren Abstellkammer stand. Eng gequetscht standen Aktenordner in meterhohen Regalen und Schränken, in denen offenbar ganze Jahrzehnte an Unterlagen über Studierende aufbewahrt wurden. Hätte Signor Parisi mit ihr im Raum gestanden, hätte sie sich nicht einmal umdrehen können.

Sie brauchte die Unterlagen aus dem Jahr 2009. Eine dicke Staubschicht lag auf den Jahren 1980–1985, was Giovanna nicht verwunderlich fand. Ihre Gedanken wanderten zu Ludovico. Wann hatte ihr Nachbar seinen Abschluss gemacht? Er war Rechtsanwalt, hatte ebenfalls in Mailand studiert. Das muss noch vor 1980 gewesen sein, möglicherweise noch eine Dekade vorher, dachte sie, als sie an den Regalen entlangging, einen Finger an den Ordnerrücken, um nicht den Überblick zu verlieren. 1997, 1998, 1999.

Wann hatte die Digitalisierung angefangen? Die ersten Computer waren schon in den 40er-Jahren des vorigen Jahrhunderts erfunden worden, das Internet gab es seit den 90er-Jahren.

2006, 2007, 2008. 2009!

Giovanna zog den schweren Ordner aus dem Regal, schob die übrigen Akten ein kleines Stück nach hinten, sodass sie ihn hinlegen konnte, und schlug ihn auf. Tatsächlich fanden sich hier sämtliche Zeugnisse der Studierenden, dazu die Unterlagen, die sie gebraucht hatten, um ihr Studium erfolgreich abzuschließen. Und die Informationen, die Giovanna interessierten, welche weiteren Professorinnen und Professoren sie betreut hatten, war ebenfalls zu finden. Sorgfältig fotografierte sie alles, was über die beiden Studenten Marchesi und Fabrizio enthalten war, dann stellte sie den Ordner wieder ins Regal und kehrte ins Sekretariat zurück.

»Sie waren schnell«, bemerkte Parisi, als sie ihm den Schlüssel wieder aushändigte. Tatsächlich fehlte in seinem Pappbecher nicht mehr als ein Schluck Caffè.

Giovanna ging nicht auf seine Bemerkung ein und tippte stattdessen auf den Namen, den Signora Nachtigall ihr schon genannt und den sie zudem in den Unterlagen zu den Doktorarbeiten der beiden Studenten gefunden hatte. »Ich würde gern mit Professore Abrusci sprechen. Und mit Professoressa Fieramosca, bei ihr hatte zumindest Antonio Marchesi jede Menge Kurse belegt.«

»Oh, Professoressa Fieramosca ist leider letztes Jahr verstorben. Aber Professore Abrusci ist heute … Augenblick«, er schaute etwas in seinem Computer nach. »Ja, Sie haben Glück, Professore Abrusci ist heute im Haus.« Er schien seinen Chef also den gesamten Vormittag nicht gesprochen zu haben. Interessant.

Giovanna klopfte bei Professor Abrusci und drückte im gleichen Moment die Türklinke hinunter. Ein älterer Mann blickte sie über eine randlose Brille stirnrunzelnd an. Doch bevor er zu einer Tirade über Manieren oder Höflichkeit ansetzen konnte, die er von einer Studentin erwartete, zückte Giovanna ihren Ausweis. »Polizia di Como, ich möchte Sie gern über zwei Ihrer früheren Studenten befragen.«

Die Furchen in Abruscis Stirn wurden tiefer, aber mehr als geschürzte Lippen brauchte er nicht, um sein Erstaunen zum Ausdruck zu bringen. Mit einer eleganten Handbewegung bedeutete er ihr, Platz zu nehmen.

Doch der Professore erinnerte sich nicht. Weder an Marchesi noch an Fabrizio, selbst dann nicht, als sie ihm Fotos der Männer zeigte. Dabei fiel ihr selbst auf, dass sie unbedingt Bilder der beiden als Studenten brauchte: Vor fünfzehn Jahren hatten sie noch deutlich jünger ausgesehen, und nicht alle Menschen konnten das jetzige Bild im Kopf mit dem aus ihrer Vergangenheit in Einklang bringen. Sie würde wohl oder übel noch einmal Signor Parisi aufsuchen und um Hilfe bitten müssen.

»Bei mir die Doktorarbeit geschrieben?« Professor Abrusci grübelte immer noch. »Sie können keine besonders guten Studenten gewesen sein.«

Giovanna scrollte in ihren Fotos zurück. »Sie hatten fast die Bestnote.«

Seufzend zuckte der Professore mit den Schultern, und Giovanna konnte nur hoffen, dass er sich an medizinische Behandlungsmethoden besser erinnerte als an seine Studierenden.

»Ihre übrigen Noten waren allerdings tatsächlich nicht besonders gut«, fügte sie dann hinzu, als sie etwas genauer hinsah. »Ziemlich schlecht sogar. Bei beiden. Nur die Abschlussarbeit war gut.« Das war seltsam.

*

»Signor Parisi, ich muss Sie um einen letzten Gefallen bitten.«

»Natürlich.« Sein genervter Gesichtsausdruck zeigte ihr deutlich, was er davon hielt, doch von derlei Spielchen hatte Giovanna sich noch nie beeindrucken lassen.

»Es gibt doch sicherlich Fotos Ihrer Absolventinnen und Absolventen? Vielleicht so was wie eine Art Abschlusszeitung?«

Er hob ironisch die Augenbrauen.

Also keine Abschlusszeitung. »Vielleicht für den Studierendenausweis? Es muss doch gespeicherte Fotos geben.«

Parisi seufzte, öffnete dann aber doch ein Programm auf seinem Computer. »Tut mir leid«, sagte er schließlich. »Wir haben nicht mehr alle Daten von früher, die Fotos sind damals über ein anderes Programm gelaufen.«

Giovanna nickte. Es wäre einfach praktisch gewesen, aber nun würde sie Emilia Fabrizio bitten, ihr ein Foto ihres Mannes von früher zu schicken. Ebenso würde Maria es bei Marchesis Ehefrau machen. Ein bisschen umständlich, aber kein Hindernis.

Nachdem sie sich von dem wenig hilfreichen Sekretär verabschiedet hatte, verließ Giovanna sein Büro.

Gerade rechtzeitig, denn keine zwei Minuten später meldete sich Maria di Bartolomeo. Im Hintergrund waren lärmende Menschen, ein Schiffshorn und Motorengeräusche zu hören, sie war allem Anschein nach also unterwegs, vermutlich bei ihrer ausgefallenen Ampel.

»Sie sollten Ihre Kollegen von der Mailänder Questura um Hilfe bitten«, waren ihre ersten Worte. »Es liegen eine ganze Menge Gespräche vor Ihnen. Von den Personen, bei denen ich es bisher versucht habe, konnten sich noch einige zumindest an einen der beiden Männer erinnern, ich vermute, heute Abend haben Sie mehr als zwanzig Personen, die Sie abklappern müssten.«

»Bevor ich die Mailänder Questura um Hilfe bitte, versuche ich es erst einmal allein.« Giovanna merkte selbst, dass das störrisch klang. Zum Glück ging Maria nicht weiter darauf ein.

»Nicht alle leben noch in Mailand, mit einer Kommilitonin, die nach Bari gezogen ist, werden Sie wahrscheinlich besser telefonieren«, fuhr die Ispettrice fort, und Giovanna rieb sich die Stirn.

»Können Sie mir die Liste schicken, soweit Sie sie haben?«, fragte sie. »Namen und Adressen derjenigen, die die beiden gekannt haben?«

»Ich habe sie Ihnen per E-Mail geschickt und werde laufend ergänzen. Sie ist schon vorsortiert: Die erste Spalte sind diejenigen, die beide, Marchesi und Dottor Fabrizio kannten und außerdem in Mailand leben.«

Das war hilfreich. Giovanna war froh, dass die Ispettrice mitgedacht hatte, aber sie brachte das Lob nicht über die Lippen. »Danke«, sagte sie lediglich, gefolgt von einem: »Warten Sie, ich stelle Sie auf laut, dann kann ich parallel die Liste aufrufen.«

Die Ispettrice hatte nicht übertrieben, acht Personen auf der Liste waren mit beiden Männern bekannt gewesen.

»Wir könnten sie auch alle telefonisch durchgehen«, sagte Maria jetzt, etwas zögerlich.

»Ich sehe den Menschen lieber ins Gesicht, wenn ich mit ihnen rede«, erklärte Giovanna. Aber unter Umständen wäre das auch eine Möglichkeit, dachte sie. Diejenigen, die nicht viel von Marchesi und Fabrizio wussten, konnte Fini per Telefon befragen – oder auch Maria. Nur würde sie gern persönlich beginnen. »Die wesentlichen Informationen sind ja oft die, die man eben nicht hört. Abgesehen davon fällt einem am Telefon ein fahriger Blick nicht auf oder ein Zucken des Augenlids. So ist es viel leichter zu lügen.«

Im Hintergrund bei Maria hupte ein Auto, und jemand anderes schimpfte lautstark. »Ich muss an die Arbeit«, sagte Maria hastig und beendete das Gespräch.

»Ich auch.« Nachdenklich starrte Giovanna auf den Bildschirm. Es war inzwischen schon Nachmittag, wenn sie heute noch etwas erfahren wollte über die beiden Toten, als sie noch Studierende gewesen waren, musste sie sich beeilen.

*

Oddio! Giovanna ließ sich auf den Stuhl eines Cafés in der Mailänder Innenstadt fallen. Genau genommen befand es sich direkt am Dom. Der Caffè würde ein Vermögen kosten, aber die Ärztin, mit der sie zuletzt gesprochen hatte, unterhielt eine Praxis im teuersten Viertel der Stadt, und Giovanna hatte weder Lust noch Nerven, nach einem günstigen Lokal zu suchen. Bisher hatte sie nicht viele interessante Informationen zusammentragen können. Wie schon bei Professore Abrusci, so war auch die Erinnerung der meisten Kommilitoninnen und Kommilitonen von Fabrizio und Marchesi lückenhaft. Die Rede war hauptsächlich von Partys, die die beiden Männer als Studenten gern besucht hatten. Marchesi war offen und extrovertiert gewesen, die Frauen waren ihm nachgelaufen. Außerdem hatte er Geld gehabt, genauso wie sein Freund Fabrizio. Nur gab Fabrizio das Geld seiner Eltern aus, Marchesi verdiente es sich selbst, anscheinend mit dem Verkauf von Kleidung. Marchesi schien beliebter gewesen zu sein als Fabrizio, den Unternehmer hatten einige bereits als damaligen Freund bezeichnet. Was Giovanna besonders interessant fand, war die Tatsache, dass die beiden Männer heute keinen Kontakt mehr zu haben schienen, außer diesem einen Telefonat vor der Geldabhebung, die Giovanna zunehmend suspekt vorkam.

Und weshalb dieser Kontaktabbruch bei einer zuvor innigen Freundschaft? Weder die eine noch die andere Ehefrau kannte den jeweils anderen, es hatte keine Einladungen zur Hochzeit gegeben, keine zur Taufe der Kinder von Dottor Fabrizio. Natürlich kam es öfter vor, dass Freundschaften auseinandergingen, dass man nach dem Studium keinen Kontakt mehr hielt, weil das Leben dazwischenkam. Aber nach all den Erzählungen der Kommilitoninnen und Kommilitonen schienen Marchesi und Fabrizio gerade unzertrennlich gewesen zu sein – und hatten später nur wenige Kilometer Luftlinie voneinander entfernt gelebt.

Konnte da etwas dahinterstecken? Ein Streit möglicherweise? An einen Konflikt oder einen Vorfall hatte sich noch niemand erinnern können – auch die »Freunde« von Marchesi nicht, die selbst ebenfalls keinen Kontakt mehr zu dem Mann gehabt hatten. Er sei damals nach dem Diplom einfach verschwunden, hatte es schulterzuckend geheißen. Das passte zur Erzählung des Apothekers Galli, dass der Dottore »kurz entschlossen« nach Beendigung seines Studiums nach Menaggio gezogen war.

Sie würde die Sache im Auge behalten und auch Ispettrice di Bartolomeo noch einmal anhalten, sich in Bellano umzuhören, sie kannte den ein oder anderen Freund von Marchesi, meist hielt man ehemalige Freundschaften doch nicht geheim. Außer, es war etwas Gravierendes vorgefallen.

»Buongiorno.« Ihre Gedanken wurden unterbrochen durch eine junge Kellnerin Anfang zwanzig, die an Giovannas Tisch hüpfte, um die Bestellung aufzunehmen. Keine zwei Minuten später erschien sie mit einem Espresso macchiato. Giovanna hatte einen Espresso doppio bestellt. Sie stöhnte innerlich auf, sagte aber nichts und beglückwünschte sich hinterher dazu, die Frau zumindest nicht angefahren zu haben. Vielleicht war sie Studentin und machte den Job nur nebenbei in den Sommerferien, besonders gut war sie jedenfalls nicht. Ein Blick auf die Uhr zeigte ihr, dass es ohnehin schon bald Zeit fürs Abendessen war. Nein, sie würde heute nicht mehr zurückfahren nach

Bellagio. Sechs Gespräche hatte sie geführt, zuletzt war sie nur noch von Adresse zu Adresse gehetzt, und sie hatte noch so viele Termine vor sich. Zum Glück war Bruno versorgt.

Aliverti musste sie auf jeden Fall informieren.

»*Pronto!*«

Er war offenbar unterwegs, im Hintergrund konnte sie Menschen reden und lachen hören. Gut, dass sie es gleich auf seinem Handy versucht hatte und nicht im Büro.

»Gibt es Neuigkeiten von der Spurensicherung? Was ist mit dem Babyphon? Und habt ihr was zu Caterina Camagni?«, fragte sie sofort ohne eine Begrüßung. Aus dem Zug noch hatte sie am Morgen ausführlich mit ihrem Kollegen telefoniert und ihn angewiesen, Caterina Camagnis Umfeld unauffällig abzuklappern. Mit der Geliebten selbst würde sie noch einmal sprechen, wenn die Spur nach Mailand nichts ergab. Aber bis dahin konnte Fini schon einmal vorsichtig abklopfen, ob jemand etwas aussagen konnte.

»Und dir ebenfalls einen wunderbaren Abend«, sagte Aliverti seufzend. »Aber da du so freundlich fragst: Die Aufzeichnungen auf dem Babyphon zeigen Emilia Fabrizio im Schlafzimmer, sie scheinen nicht manipuliert worden zu sein.«

Emilia Fabrizio war also nicht ihre Mörderin. Aber das hatte ihr auch ihr Bauchgefühl schon gesagt.

»Ah – was dich möglicherweise interessiert«, fuhr Aliverti fort. »Signora Fabrizios Eltern wussten nichts von einer Affäre, obwohl die Mutter – und ich zitiere hier – immer schon überzeugt war, dass Simone ein nichtsnutziger Playboy war.«

»Oha. Vielleicht haben wir uns in die falsche Richtung umgesehen, und sie hat einen unliebsamen Schwiegersohn auf dem Gewissen«, scherzte sie.

Aliverti lachte. »Wann kann ich morgen im Büro mit dir rechnen?«, fragte er.

»Ich bin noch in Mailand«, musste sie zugeben. »Es lohnt nicht, nach Hause und morgen wieder herzufahren.«

Er schwieg, und sie konnte vor sich sehen, wie er die Nase rümpfte und sich mit einer Hand durch die Haare fuhr. »Du könntest die Questura in Mailand um Hilfe bitten, das weißt du?«

»Das hat Maria di Bartolomeo auch schon gesagt.«

»Kluge Frau.«

Darauf wusste Giovanna nichts zu erwidern.

Im Hintergrund rief jemand Alivertis Namen, vielleicht seine Frau, und drängte ihn dazu, das Gespräch zu beenden. »*Mamma mia*, dann bleib eben in Mailand, die Hotelkosten kannst du einreichen«, sagte er halb entnervt, halb belustigt. »Aber unter einer Bedingung.«

»Welche?«

»Du isst nächstes Mal mit mir zu Mittag. Und diesmal keine leeren Versprechungen!«

Jetzt schüttelte Giovanna ihrerseits entnervt und belustigt den Kopf, gab ihm aber keine Zusage. »Genieß deinen Abend«, brachte sie stattdessen über die Lippen und beendete das Telefonat.

Doch bevor sie ihr Handy zurück auf den Tisch legen konnte, gab es einen Ton von sich, der ihr den Eingang einer Nachricht anzeigte. Ein Bild von Bruno, wie er im Schatten der Pinie im Garten an etwas Klee nagte. Sie musste lachen, als gleich darauf die nächste Nachricht eintraf, diesmal Text: »Ich habe mir von meiner Bekannten Chiara erklären lassen, wie man Fotos verschickt. Sie ist etwas jünger als ich und kennt sich aus. Hoffentlich habe ich es richtig gemacht. Bruno und ich amüsieren uns prächtig. Vergiss uns nicht und komm heil zurück, *baci*, dein Ludovico.«

Es war die allererste Textnachricht, die sie von ihm bekam,

und sie hatte den leisen Verdacht, dass es auch die allererste Textnachricht war, die der alte Mann je in seinem Leben verschickt hatte. Sie bedankte sich, sendete ihrerseits ein Foto vom Mailänder Dom, und als dann auch noch eine weitere Nachricht von Maria di Bartolomeo eintrudelte, die wissen wollte, wie es ihr ging und ob sie schon etwas herausgefunden hatte, war Giovanna beinahe überfordert mit der vielen Aufmerksamkeit, die ihrer Person zuteilwurde. So viele soziale Kontakte innerhalb einer Stunde hatte sie selten. Sie mochte es ohne. Doch als sie hier auf dem Domplatz in der Sonne saß, den unangerührten Caffè noch vor sich, die lächelnde Kellnerin am Nebentisch in ihre Richtung blickend, da fragte sie sich plötzlich, ob Aliverti nicht recht hatte – ob es ihr womöglich guttun würde, etwas mehr unter Menschen zu kommen. Unter Menschen, die nicht Zeugen in einem Mordfall waren.

14. KAPITEL

Da Stefano sich bei Maria auskurierte, war es mit einem ruhigen Frühstück am Morgen vorbei. Zuerst half sie ihm dabei aufzustehen, Lucas Bett besaß eine dermaßen weiche Matratze, dass man sich darin wie in Treibsand fühlte. Dann ging es ins Bad, wo sie ihm einen Hocker ans Waschbecken stellte.

»Puh, ich brauche eine Dusche.«

»Die Antwort auf die nächste Frage lautet: nein.« Sie hatte ihn aufgenommen, sie kümmerte sich, aber es gab Grenzen.

»Es gibt nichts, was du nicht schon gesehen hättest.«

Sie presste die Lippen aufeinander.

»Maria, *amore,* seit Wochen haben wir fünfunddreißig Grad, und meine letzte Dusche ist Tage her.«

Natürlich hatte er recht. Schon am Vorabend war ihr durch den Kopf gegangen, dass ihm eine Dusche nicht schaden würde. Also half sie ihm zähneknirschend beim Ausziehen.

»Eine freche Bemerkung, und ich bin weg«, warnte sie ihn.

In diesem Augenblick betrat Michele das Bad.

»Verdammt«, fluchte er entsetzt und flüchtete.

»Da haben wir es nach all den Jahren doch noch geschafft, unseren Ältesten zu traumatisieren.« Stefano blickte selbstzufrieden um sich, nackt, wie Gott ihn erschaffen hatte, und die Situation kam Maria plötzlich so komisch vor, dass sie nicht mehr an sich halten konnte und lauthals anfing zu lachen.

»Lacht nicht auch noch über mein Unglück!«, schrie ihr Sohn aus dem Flur, was zur Folge hatte, dass Maria erst recht nicht aufhören konnte.

Schließlich, als sie sich endlich beruhigt hatte, wischte sie sich die Tränen aus den Augenwinkeln und stellte die Dusche an.

»Schön, dass du wieder lachen kannst«, sagte Stefano plötzlich leise.

Überrascht blickte sie ihn an. Worauf wollte er hinaus? Sie war doch immer fröhlich gewesen. Doch in diesem Moment traf sie die Erkenntnis: Ja, es stimmte, sie war immer fröhlich gewesen, doch in der Zeit vor und während ihrer Trennung, als sie von seinen Affären erfahren hatte, war sie so unglücklich gewesen, dass ihr das Lachen tatsächlich vergangen war. Ihre Fröhlichkeit war erst langsam zurückgekommen, und nie in Bezug auf ihn, aber davon hatte Stefano bisher nichts mitbekommen.

»Maria ... Ich ... Es tut mir so unendlich leid«, brach es aus ihm heraus. »Ich verlange gar nicht, dass du mir verzeihst, ich weiß, dass ich das nicht verdient habe.« Er hob die Hand, als sie zu einer Erwiderung ansetzte. »Ich habe dich sehr verletzt, das ist mir klar. Und auch wenn ich alles geben würde, um eine zweite Chance mit dir zu bekommen, weiß ich, dass die Trennung richtig war. Für dich. Du bist eine wunderbare Frau, Maria, so voller Mitgefühl, Temperament und Feuer. Glaub mir, wenn ich die Zeit zurückdrehen könnte, wäre es das Einzige, was ich im Leben noch tun würde.«

Manche Männer müssen erst den Verlust kennenlernen,

bevor sie zu schätzen wissen, was sie haben. Die Worte ihrer Mutter gingen ihr durch den Kopf. Sie öffnete den Mund, um etwas Zynisches zu erwidern, oder auch etwas Sarkastisches, wollte seine Worte wegwischen. Aber es war wichtig gewesen, sie zu hören. Sogar schön.

»Danke«, sagte sie also schlicht, dann öffnete sie vehement die Tür zur Duschkabine.

Während sie ihm beim Duschen half, schwiegen sie einvernehmlich, und Stefano entsprach ihrer Bitte und machte keine einzige anzügliche Geste. Als sie ihn schließlich gemeinschaftlich abgetrocknet und angezogen hatten, setzte Maria in der Küche Caffè auf.

Michele verschwand wortlos im Bad, konnte sich aber einen anklagenden Blick nicht verkneifen.

Dann half sie Stefano, zum Sofa zu humpeln und das Bein hochzulegen. Als er dabei schmerzhaft sein Gesicht verzerrte, reichte sie ihm seine Tabletten und ein Glas Wasser. »War doch etwas zu viel, oder?«, fragte sie.

»Halb so wild«, wiegelte er ab. Also nickte sie, stellte zwei Tassen und den frisch aufgebrühten Caffè auf den Couchtisch.

»Viel los auf der Arbeit, hm?«, fragte er.

»Wie kommst du darauf?«

Er machte eine unbestimmte Geste mit der Hand. »Du bist am Samstag spät heimgekommen, gestern hast du fast den ganzen Tag gegrübelt.«

Ob sie ihm von dem Mordfall erzählen durfte? Erzählen *sollte?* Maria zögerte. »Ja. Ist eine längere Geschichte.«

Er hob die Augenbrauen. »Ich hab gerade nichts vor«, sagte er und zeigte auf sein hochgelagertes Bein.

Maria musste lachen, da hatte er zweifelsohne recht. »Okay. Ich verrate aber keine Details«, mahnte sie. Sie goss Caffè nach und holte die Packung mit den Biscotti aus der Küche, dann fing sie an zu erzählen.

*

Der Tag in Mailand hatte genauso unbefriedigend angefangen, wie der letzte aufgehört hatte: Giovanna klingelte mittlerweile zum insgesamt neunten Mal an einer Tür, die sich ihr nur widerwillig öffnete. Ob in einer Arztpraxis, einem Krankenhaus oder auch einer Privatwohnung, bisher waren die Auskünfte, die Marchesis und Fabrizios ehemalige Kommilitonen ihr gegeben hatten, mehr als nur spärlich.

»Natürlich kannte ich die beiden, das habe ich Ihrer Kollegin schon gesagt«, erklärte Dottor Conte, Zeuge Nummer neun. Er hatte eine eigene Praxis, ähnlich wie Dottor Fabrizio, war jedoch vorzeitig gealtert. Ob durch Stress, eine ungesunde Lebensführung oder Krankheit, konnte Giovanna nicht sagen. Aber hätte sie nicht gewusst, dass Conte Anfang vierzig war, hätte sie ihn gut und gerne auf Mitte fünfzig geschätzt. »Sie waren beliebt, auf jeder Party zugegen, und zumindest Marchesi hat bei den Frauen nichts anbrennen lassen.« Er zuckte mit den Schultern, wollte gleichgültig klingen, aber Giovanna konnte ihm ansehen, dass er damals furchtbar eifersüchtig gewesen war. Ob das heute noch eine Bedeutung hatte? Ziemlich sicher nicht. »Viel mehr als ein paar Anekdoten aus unserem Studentenleben kann ich Ihnen allerdings nicht anbieten«, fuhr er freundlich, aber unverbindlich fort. Das war das Problem, auf das sie gestoßen war. Sie hatte an diesem Morgen schon von einer Dottoressa Pastore von deren Schwärmerei für den jungen Marchesi erfahren und in der Hoffnung auf relevante Informationen eine halbe Stunde lang der Erinnerung an ein Date in ihrem Studentenzimmer zugehört, das mit einem Film begonnen und einem Frühstück am nächsten Morgen geendet hatte. Daraufhin hatte Marchesi sich nie wieder bei ihr gemeldet und sich offenbar eine Feindin fürs Leben geschaffen. Als Mordmotiv taugte Liebeskummer fünfzehn Jahre später jedoch wirklich nicht mehr, zumal die Dottoressa mittlerweile einen Mann und zwei Kinder hatte. Und so war Giovanna mit einem knappen Nicken aufgestanden und gegangen. Auf Dottoressa Pastore folgte eine Hausfrau, die erzählte, wie sie und Simone Fabrizio in einer Klausur gemeinsam gemogelt hatten: Abwechselnd hatten sie auf der Toilette Hinweise deponiert. Kontakt zu Fabrizio hatte sie jedoch seit ihrem Abschluss nicht mehr gehabt.

Nun also Dottor Conte, der ebenso wenig wusste.

Giovanna beschloss wie die Male zuvor, die Richtung zu ändern. »Mich würde interessieren, ob die beiden sich gestritten haben? Ob irgendetwas vorgefallen ist zwischen ihnen?«

»Nein.« Wie seine Kommilitonen auch schüttelte Conte ahnungslos den Kopf.

Es war frustrierend. So kam sie einfach nicht weiter. Wie die Male zuvor hinterließ Giovanna ihre Karte mit der Bitte um Rückruf, wenn ihm noch etwas einfallen würde, und verabschiedete sich mit dem unbestimmten Gefühl, dass sie die Nadel im Heuhaufen suchte – und das nachts und ohne Brille.

Draußen auf der Straße atmete sie tief durch und griff nach ihrem Telefon. »Bitte sagen Sie mir, Sie haben etwas gefunden«, bat sie ehrlich, nachdem Maria sich gemeldet hatte.

Das Lachen der Ispettrice drang durch die Leitung zu ihr. »So schlimm?«, fragte sie.

»Schlimmer.«

Wieder lachte Maria, dann sagte sie plötzlich ernst: »Dann

bitten Sie doch die Questura in Mailand um Hilfe. Oder spricht irgendwas dagegen?« Als Giovanna daraufhin schwieg, beantwortete sie sich die Frage selbst: »Sie vertrauen den Kollegen und Kolleginnen dort nicht.«

»Es ist keine Frage des Vertrauens«, warf Giovanna eilig ein. »Es ist nur so … dass ich die Dinge eben gern selbst erledige.« Kontrollzwang, hatte Aliverti es einmal augenrollend genannt, sie nannte es … Unabhängigkeit. Und wusste gleichzeitig natürlich, dass sie sich damit etwas vormachte. Natürlich ging es um Vertrauen.

»Na ja«, gab Maria zurück. »Die Liste habe *ich* abtelefoniert. Vertrauen Sie mir etwa, Commissaria?« Giovanna konnte ihren neugierigen Blick förmlich vor sich sehen, antwortete aber nicht.

Auch Maria schwieg einen Moment, dann sagte sie: »Um auf Ihre Frage zurückzukommen: Ja.«

Giovanna blinzelte. »Ja, was?«, fragte sie verwirrt.

»Ja, ich habe etwas gefunden.« Die Ispettrice klang wieder ausgesprochen fröhlich.

»Ich höre.« Sofort war Giovannas Konzentration voll da.

»Ich habe mir seit gestern noch einmal die komplette Liste der Telefonnummern vorgenommen, der Handys, Festnetzanschlüsse und des geschäftlichen Telefons. Kurz vor den beiden Terminen im Mai und Ende Juni, an denen beide Männer Geld abgehoben haben, gab es jeweils einen Anruf von einer unbekannten Nummer, von *derselben* unbekannten Nummer. Das Interessante daran ist, vorletzte Woche, also kurz vor den Morden« – ja, sie benutzte den Plural, dass Marchesis Unfall vorsätzlich herbeigeführt worden war, stand für sie also fest – »wurden beide Männer ebenfalls von dieser Nummer angerufen. Ich habe sie zurückverfolgt, sie gehört zu einer öffentlichen Telefonzelle in Mailand.«

Giovanna straffte die Schultern. »Eine öffentliche Telefonzelle hier in Mailand?« Und beide Männer waren von dieser Nummer aus angerufen worden? »Haben Sie die Adresse?«

»Konnte ich ausfindig machen.« Die Ispettrice ratterte einen Straßennamen hinunter, den Giovanna sich schnell notierte. Sie würde auf jeden Fall dort vorbeigehen.

»Wir sollten uns umhören, ob es in der Nähe Überwachungskameras gibt. Die Bänder rund um den ersten Mai können wir vergessen, Ende Juni wahrscheinlich auch, aber mit etwas Glück sind die Aufzeichnungen von letzter Woche noch vorhanden.«

»Überwachungskameras«, murmelte Maria und klang ein wenig verloren.

Nach diesem triumphalen Fund tat Giovanna das leid. »Nun, schauen Sie einfach, ob es da Banken gibt, die haben eigentlich fast immer welche installiert. Hin und wieder auch ein Supermarkt oder andere Geschäfte. Wenn alles nichts hilft, kann man private Hausbesitzer fragen.«

»Oh! Natürlich.« Sofort war die Ispettrice wieder voller Eifer, Giovanna konnte hören, wie sie etwas auf ihrer Computertastatur tippte. Wahrscheinlich notierte Maria jedes Wort, das sie ihr sagte. Sie arbeitet akribisch, dachte Giovanna, das ist gut.

»Commissaria, das kann doch nur eines bedeuten«, sagte die Ispettrice jetzt. »Anrufe aus Mailand, noch dazu so, dass man nicht weiß, wer sie getätigt hat. Und unmittelbar danach Geld-Abhebungen …«, brachte sie die Fäden zusammen.

»Eigentlich gibt es nur einen Schluss«, bestätigte Giovanna das, was Maria offensichtlich fragen wollte. »Marchesi und Fabrizio wurden erpresst.«

Nur eine Sache passte hier nicht: Weshalb hatte es nach dem letzten, dem dritten Anruf keine Abhebung gegeben?

Hatten sich die beiden Männer geweigert zu zahlen? Waren sie deshalb gestorben?

*

Die Telefonzelle befand sich in einem Vorort, zu dem Giovanna die Metro nehmen musste. Das Seitenfenster war zersplittert, das Telefon selbst mit Graffiti beschmiert. Giovanna hob den Blick und versuchte, ein Gefühl für ihre Umgebung zu bekommen. Die Häuser standen hier dicht an dicht, ein Teil der Straße wurde gerade aufgerissen, die Bauarbeiten schienen jedoch zu stagnieren. Giovanna drehte sich um ihre Achse. Eine Filiale der Supermarktkette Conad war nicht weit entfernt, unter Umständen konnten sie hier nach einer Überwachungskamera fragen. Vielversprechender war jedoch der UniCredit-Bankautomat auf der gegenüberliegenden Straßenseite. Wenn sie Glück hatten, wurde er mithilfe einer Videokamera überwacht, die, wenn sie noch etwas mehr Glück hatten, auch die Telefonzelle mit aufzeichnete. Maria hatte die beiden sicherlich schon ausfindig gemacht, womöglich auch schon Anfragen an die Bank und den Supermarkt laufen.

Mailand, dachte sie. Sie hatte es doch von Anfang an gespürt. Die Worte »Rache« und »Mailand« spukten schon so lange in ihrem Kopf herum, jetzt fügte es sich langsam zusammen.

Die Frage war nur: Wer? Und warum? Es erschien ihr immer dringender herauszufinden, warum der Kontakt zwischen Marchesi und Fabrizio abgebrochen war.

Sie beschloss, Maria praktisch etwas unter die Arme zu greifen, und betrat den Conad. Nachdem sie jedoch nur von einer gestressten Kassiererin eine Karte mit einer Telefonnummer des Filialleiters in die Hand gedrückt bekommen hatte, schien das nicht von besonderem Erfolg gekrönt gewesen zu sein. Dennoch schickte sie Maria die Kontaktdaten, fügte Fotos der Umgebung hinzu sowie die Infos zu dem UniCredit-Automaten, dann machte sie sich zurück auf den Weg in die Innenstadt. Sie beschloss, Fini zu fragen, wie es in Menaggio lief, doch wie Aliverti ihr schon am Vorabend berichtet hatte, gab es vonseiten des Ispettore keine Neuigkeiten.

»Allerdings war Caterina Camagni heute früh bei einem Frauenarzt. Könnte sein, dass du den richtigen Riecher gehabt hast, was eine Schwangerschaft angeht. Weibliche Intuition?«

Wie Giovanna diese beiden Wörter nebeneinandergestellt hasste! Sie schluckte den aufkommenden Ärger herunter, Fini gab sich ja Mühe. Daher wies sie ihn auch nicht darauf hin, dass es reine Beobachtungs- und Kombinationsgabe gewesen war, die sie diesen Schluss hatten ziehen lassen. »Ich brauche ein Foto von Dottor Fabrizio als Student. Oder kurz danach«, bat sie stattdessen. Nach einem Bild von Antonio Marchesi wollte Maria sich bei der Witwe erkundigen. »Fabrizio besitzt kein Social-Media-Profil, auf dem ich von damals eines finden könnte, das hatte ich schon gecheckt. Könntest du Emilia Fabrizio darum bitten?«

»Wird erledigt. Und was soll ich bezüglich Caterina Camagni tun? Soll ich sie auf den Frauenarztbesuch ansprechen?«

Bloß nicht!, dachte Giovanna instinktiv, mahnte sich aber zur Ruhe. Sie überlegte. Nur weil sie vielversprechenden Hinweisen in Mailand nachging, durften sie andere Spuren nicht vernachlässigen. »Nein«, entschied sie schließlich dennoch. Mit Caterina Camagni wollte sie selbst sprechen. Und in diesem Moment wurde ihr klar, dass Maria di Bartolomeo recht hatte: Sie wollte immer die Kontrolle behalten, ließ selten Hilfe zu.

»Wie ist der Stand der Dinge in Mailand?«, fragte ihr Kollege.

»Schwierig«, gab sie ehrlich zu.

»Wann kommst du zurück?«

»Noch nicht.« Einmal einen Weg angefangen, ging sie ihn auch bis zum Ende. Und irgendetwas war hier in Mailand, irgendetwas hatte sie noch nicht aufgedeckt, das spürte sie. Und das zeigten auch die Anrufe aus der Telefonzelle. Mailand, immer wieder Mailand. Dass hier die Fäden zusammenliefen, das hatte nicht nur sie selbst bereits zu Beginn des Mordfalls gespürt, das hatte auch Maria di Bartolomeo gespürt, als sie die Verbindung von Dottor Fabrizio zum Unternehmer Antonio Marchesi aufgedeckt hatte. Nein, sie musste herausfinden, weshalb Fabrizio und Marchesi nach ihrem Abschluss keinen Kontakt mehr miteinander hatten und wen sie hier in Mailand noch kannten, der nicht wollte, dass man seine Anrufe zurückverfolgen konnte.

»Aber ich werde die Kollegen der örtlichen Questura darum bitten, ein paar Gespräche für mich zu übernehmen.«

Sein Staunen konnte sie noch durch die Leitung hören, bevor sie das Telefonat beendete.

*

Den passenden Anfang zu finden war gar nicht so einfach. Maria zupfte ihre Uniformbluse zurecht, sie würde gleich eine Runde durch Bellano drehen und an allen touristischen Attraktionen ein Auge auf Handtaschen und mögliche Diebe haben. Doch vorher wollte sie ihr angefangenes Gespräch vom Vortag mit Riccardo fortsetzen.

»Domenica hat gebacken. Hier, probier mal einen Keks.« Das konnte als Einstieg nie falsch sein. »Ich wollte mit dir noch einmal über diesen Mordfall sprechen«, schob sie nach, kaum dass er zugegriffen hatte. Und stöhnte innerlich auf, als sie in diesem Moment vom Klingeln des Telefons auf seinem Schreibtisch unterbrochen wurde.

»*Pronto*«, nuschelte er mit dem Biscotto im Mund, nahm dann jedoch plötzlich Haltung an. Er straffte die Schultern und legte den angeknabberten Keks auf den Unterteller der Kaffeetasse, die schon seit einigen Tagen auf seinem Schreibtisch stand. »Was kann ich für Sie tun, Commissaria?«

Giovanna Ruggieri! Sie hatte offenbar das Gleiche überlegt wie Maria, nämlich, dass ihr Vorgesetzter informiert werden musste.

»Aha … mmhhh … so so …« Riccardo sagte nichts mehr, nickte viel, hörte aufmerksam zu und legte schließlich mit einem Ausdruck völliger Verblüffung den Hörer auf. »Die Arbeit der Ispettrice di Bartolomeo ist von unschätzbarem Wert für die Questura«, zitierte er, was Giovanna offenbar gesagt hatte.

Auch wenn Maria wusste, dass die Commissaria übertrieb, dass sie nur ihre Zusammenarbeit sichern wollte, konnte sie doch nicht verhindern, dass ihre Wangen heiß wurden. Hoffentlich schob Riccardo es auf die Hitze, die schon wieder, trotz des kleinen Ventilators, in ihrem Büro herrschte.

»Ja dann …« Immer noch überrumpelt, bedeutete er ihr mit einer Geste, dass sie offenbar wusste, was sie tat, und mit den Ermittlungen fortfahren sollte.

Maria freute sich über seine Reaktion. »Ich werde meine Arbeit hier natürlich nicht vernachlässigen«, sagte sie mit fester Stimme. Dann nahm sie ihr Handy zur Hand und schickte eine Nachricht an Giovanna, nur das eine Wort: »Danke!«

Keine zwei Minuten später zeigte ihr Handy eine eingehende Nachricht an: »Keine Ursache.«

Maria schürzte die Lippen. Sie hatte nicht mit einer Antwort gerechnet, und es gab noch eine Sache, die sie auf dem Herzen hatte, denn am heutigen Abend hatte sie eine Verabredung.

»Morelli hat mich um ein Date gebeten«, tippte sie also.

Diesmal kam die Antwort umgehend. »Morelli??? Ihr Zeuge Morelli? Der Morelli, den wir als Täter noch nicht ausschließen können?«

Maria konnte ihr skeptisches Gesicht direkt vor Augen sehen. Aus dem Grund hatte sie es der Commissaria bisher noch nicht gebeichtet.

»Ja, wenn Sie es so formulieren … genau der.«

»Ispettrice.« Es folgte eine kleine Pause und daraufhin: »Er ist Zeuge in einem Mordfall! Sie sind befangen.«

»Genau genommen ist Marchesis Unfall ja kein Mord«, argumentierte sie. »Also offiziell.«

Damit konnte sie die Commissaria nicht überzeugen, das spürte sie. »Vielleicht bekomme ich weitere Informationen. Oder ich führe ihn aufs Glatteis, und er verrät mir etwas.«

Sie war sich sicher, dass Giovanna Ruggieri etwas Sarkastisches zurückschreiben würde, darauf hinweisen, dass Maria keinerlei Erfahrung in Sachen Zeugenbefragung hatte, geschweige denn jemanden aufs Glatteis würde führen können.

Stattdessen antwortete sie jedoch eine ganze Weile gar nichts. Schließlich, als Maria schon gar nicht mehr damit rechnete, kam: »Gut. Versuchen Sie, ihn zu Marchesis Vergangenheit zu befragen. Alles, was er über Mailand weiß, alles über weitere Freunde von Marchesi. Stellen Sie dennoch das GPS an Ihrem Handy an, und wenn Ihnen etwas komisch vorkommt, wählen Sie meine Nummer.« Daraufhin bekam sie noch eine letzte Nachricht: »Und sagen Sie, wollen wir uns nicht duzen?«

Mit einem breiten Grinsen auf dem Gesicht hatte Maria das Gefühl, gerade einen Meilenstein in ihrer Beziehung zu Giovanna Ruggieri erreicht zu haben.

*

Als es an der Tür klingelte, fuhr Maria sich ein letztes Mal durch die Haare und warf einen prüfenden Blick in den Spiegel.

»Wer ist das?« Stefano richtete seinen Oberkörper auf der Couch halb auf.

»Dienstlich«, antwortete Maria knapp. Seine Neugier hatte sie befürchtet. Eine Ausrede war ihr jedoch nicht eingefallen.

»Um diese Uhrzeit? Und …« Er kniff die Augen zusammen. »Trägst du etwa Lippenstift?«, fragte er entrüstet. »Wie lange bleibst du weg?«

»Nicht lange«, versprach sie. »Und Michele fährt auf dem Heimweg vom Strand beim Miralago vorbei und bringt dir was zu essen mit. Wenn du sonst noch etwas brauchst, frag die Jungs.«

Es klingelte erneut. »Ich muss los.« Sie schnappte sich ihre Handtasche und ging in den Flur, um zu öffnen.

»Che bella!«, sagte Silvio Morelli zur Begrüßung mit einem erfreuten Lächeln, bevor er ihr zwei Küsschen auf die Wangen gab. Er trug ein weißes Hemd, dessen Ärmel er über die Ellenbogen hochgerollt hatte, und roch angenehm nach Sandelholz und Bergamotte.

»Buona sera, Signor Morelli«, sagte Maria und versuchte sich an einem vorsichtigen Lächeln, bevor sie sich zu einem Geräusch hinter ihr umdrehte.

»Buona sera.« Stefano hatte sich auf seine Gehhilfen ge-

stützt in den Flur geschleppt und funkelte Morelli an. Maria rollte innerlich mit den Augen. Was für ein Gockelgehabe!

»Ihnen ebenfalls einen guten Abend. Und keine Sorge, ich bringe Ihnen Ihre Frau wohlbehalten wieder.«

»*Ex-Frau*«, betonte Maria, worauf Stefano nun sie anfunkelte. »Und wir sollten gehen.« Sie fasste Morelli am Ellenbogen und schob ihn regelrecht nach draußen. »Er hat einen Meniskusriss und niemanden, der sich um ihn kümmert«, erklärte sie, als sie die Tür zugezogen hatte.

»Ah, und da haben Sie sich bereit erklärt, ihm zu helfen.«

»Dazu hat meine Mutter mich bereit erklärt.«

Seine Mundwinkel zuckten, und er schien zwischen Verwunderung und Amüsiertsein zu schwanken. Daher beschloss sie, das Thema zu wechseln, und fragte: »Wohin entführen Sie mich denn heute Abend?«

»Oh, ich dachte an Varenna. Es gibt ein wunderschönes Ristorante in der Nähe der Passeggiata degli Innamorati«, antwortete er. Sein Grinsen war frech und selbstbewusst.

»›Der Spaziergang der Verliebten‹. Na, wenn Sie da Ihrer Zeit nicht ganz gewaltig voraus sind«, sagte Maria kopfschüttelnd.

Jetzt lachte er, laut und tief, und sagte dann: »Ein Mann darf doch wohl hoffen!«

Nun musste auch Maria lachen, und als er ihr die Tür seines dunklen Lancia aufhielt, da spürte sie beinahe so etwas wie echte Vorfreude auf den Abend.

Varenna in der untergehenden Sonne war bezaubernd. Malerisch lag das Städtchen da mit seinen bunten Häusern, dem Kirchturm von San Giorgio, den niedlichen Gassen und Sträßchen. Es war ein charmanter kleiner Ort, bei Touristen und Einheimischen gleichermaßen beliebt, und die Passeggiata degli Innamorati war wunderhübsch, auch das musste Maria zugeben.

Morelli führte sie in ein Restaurant direkt am See, wo bunte Bojen im sanften Wellengang auf und ab hüpften. Die Sonne glitzerte auf dem Wasser, und ein angenehmer Luftzug strich um Marias nackte Arme.

Und beinahe hätte sie vergessen können, dass sie mit einem Zeugen, schlimmstenfalls einem Verdächtigen an einem Tisch saß. Dafür wirkte Morelli äußerst entspannt, wie er, die eine Hand auf dem Tisch, die andere auf seinem Oberschenkel, über Gott und die Welt plauderte. Er empfahl ihr die Pizza.

»Der Ausblick entschädigt für einiges, aber vom Risotto oder dem Bistecca wären Sie enttäuscht. Das kann Ihre Tante besser.«

Maria grinste, und als die Kellnerin ihre Bestellung aufnahm, folgte sie seinem Rat und entschied sich tatsächlich für eine Pizza. Damit machte man nie etwas falsch, wenn sie ihren Söhnen Glauben schenken konnte.

»Erzählen Sie mir von Ihrem Unternehmen«, sagte Maria, nachdem sie mit Weißwein versorgt worden waren. Sie schnupperte an ihrem Glas, es war ein guter Wein aus dem Valtinella. Morelli hatte ihn ausgesucht.

»Oh, das ist nicht weiter spannend. Antonio kannte sich mit Augen aus – er war kein Augenarzt, aber ich nehme an, sie schauen sich doch den ganzen Körper an im Studium –, er hatte Geschäftssinn und brauchte nur noch jemanden, der Erfahrung in der Buchhaltung besaß. Es hat auch nicht geschadet, dass ich ein Startkapital für unser Unternehmen zur Verfügung stellen konnte.« Er zuckte mit den Schultern.

»Hat er Ihnen mal etwas über sein Studium erzählt? Seine Zeit in Mailand?«

»Nichts Bestimmtes. Er war wohl kein besonders engagierter Student.«

»Dafür hat er offenbar aber einen guten Abschluss gemacht.«

Morelli zuckte mit den Schultern.

»Wie haben Sie ihn eigentlich kennengelernt?«, fragte Maria.

Jetzt lächelte er, eine Spur herausfordernd. »Sagen Sie, Ispettrice di Bartolomeo, mir kommt es vor, als säße ich in einem Kreuzverhör.« Er zwinkerte ihr zu.

»Oh, Berufskrankheit«, sagte Maria schnell und war froh, als die Kellnerin kurz darauf ihre Pizza brachte. So konnte sie sich mit dem Essen beschäftigen und musste Morelli nicht in die Augen sehen.

»Über Antonio haben wir schon gesprochen«, sagte er jetzt. »Ich würde viel lieber wissen, wer denn eigentlich Maria di Bartolomeo ist.«

»Ha!« Sie lachte auf. »Das kann ich Ihnen sagen: gestresste Mutter, gestresste Tochter und Nichte, gestresste Ex-Ehefrau. Ach ja, und Polizistin auch noch.«

»Vergessen Sie Ihren Humor nicht auf der Liste«, fügte er hinzu. »Und ich glaube, auch eine große Portion Intelligenz.« Dann beugte er sich vor. »Sie sind eine ungewöhnliche Frau, Signora di Bartolomeo. Oder darf ich Maria sagen?«

Maria zögerte. Er war in ihren Fall verwickelt, also sollte sie eigentlich ablehnen. Andererseits hätte sie auch niemals mit ihm essen gehen dürfen, also war es auch schon egal. »Silvio«, sagte sie lächelnd, und als er ganz leicht mit seinen Fingern ihre Hand berührte, spürte sie, dass ihre Wangen heiß wurden. Doch bevor sie etwas ergänzen konnte, brachte er sie mit seinen nächsten Worten aus dem Konzept: »Wussten Sie, dass er seine Frau verlassen wollte?«

Sie starrte ihn an. Nein, das hatte sie nicht gewusst. Woher auch? Francesca selbst hätte es ihr sicher nicht auf die Nase gebunden, und Lara Marchesi hatte ihrem Vater in letzter Zeit nicht mehr so nahegestanden – wohl auch wegen Francesca.

Sie brauchte Zeit zum Nachdenken, Zeit, die sie jetzt nicht hatte. Francesca bekam eine hohe Lebensversicherung, das hatte sie in den Kontoauszügen gesehen. Geld war von jeher eines der gängigsten Mordmotive, vermischt mit dem Zorn einer verlassenen Ehefrau konnte Maria sich durchaus vorstellen, dass Francesca nicht unglücklich über seinen Tod war. Ob sie ihm jedoch nach dem Leben getrachtet hatte … Woher wusste sie schließlich, dass Morelli die Wahrheit sagte? Er schien sie geradezu aufdringlich auf Francesca als Täterin hinweisen zu wollen.

»Ich dachte, Sie wollten nicht mehr über Antonio Marchesi sprechen«, sagte sie.

»Vielleicht brauchen Sie noch Informationen.« Er zuckte mit den Schultern.

Sie versuchte abzuschätzen, inwieweit sie ihm glauben konnte. Doch insgeheim musste sie zugeben: Morelli hatte sie zu Hause besucht, er hatte gewollt, dass sie den Fall bearbeitete. Wenn er nur von sich selbst hätte ablenken wollen, hätte er sie sicher nicht zu Ermittlungen animiert. Oder doch? Wollte er sie auf eine falsche Fährte locken?

»Sie verdächtigen sie?« Auch wenn sie es als Frage formulierte, war es keine.

»So eine junge und hübsche Frau«, sagte er und schüttelte den Kopf. »Was will sie mit einem Mann in meinem Alter?« Er schien sich durchaus Gedanken gemacht zu haben. »Ich verrate es Ihnen: Geld.«

Auch wenn Marchesi durchaus gut ausgesehen hatte, war dieses Argument nicht ganz von der Hand zu weisen.

»Ich hatte den Eindruck, sie hat ihn aufrichtig geliebt«, erwiderte sie dennoch.

»Alles ist möglich.« Er hob die Schultern. »Aber er wollte ihr alles nehmen: die Liebe und das Geld.« Er ließ den Satz für einen Moment wirken, dann fügte er hinzu: »Sie hatte nichts zu verlieren.«

15. KAPITEL

Und wieso kann Maria das nicht übernehmen?«, fragte Loretta stöhnend. Es hatte einen Unfall auf dem Parkplatz an der Uferpromenade gegeben, ein Blechschaden, aber jemand von ihnen musste nun alles aufnehmen und den Bericht schreiben.

»Maria ist jetzt was Besseres«, sagte Riccardo. Mit seinem Augenzwinkern wollte er ihnen beiden zu verstehen geben, dass er scherzte, Maria war sich jedoch nicht ganz sicher, ob nicht auch eine Spur Neid dahintersteckte. Neid, dass sie, die Mitarbeiterin und nicht er, der Chef, die Mordermittlungen der Questura in Como unterstützte. Sie hoffte nicht, bisher hatte sie sich so gut mit ihm verstanden, es wäre ärgerlich, wenn ihr Verhältnis durch so etwas beeinträchtigt würde.

»Der Mordfall.« Widerwillig gab Loretta zu, dass das wichtiger war als der Bericht eines Vorfalls zwischen einem wütenden Schweizer und einem unbeeindruckten Einheimischen, der nicht verstand, weshalb sich der Mann über einen winzigen abgefahrenen Spiegel beschwerte. Also stand sie seufzend auf. »Du schuldest mir aber ein Eis!«, sagte sie murrend.

»Ich lade dich einfach mal ins Miralago ein.«

Und schon hatte sie die Kollegin wieder auf ihrer Seite. Jetzt war in Riccardos Blick ganz eindeutig Neid zu lesen, und Maria weitete die Einladung auf ihn aus. »Sobald der Mord aufgeklärt ist«, fügte sie hinzu.

Doch genau das war das Problem. Sobald der Mord aufgeklärt war, hatte sie gesagt, gemeint hatte sie eher, falls der Mord aufgeklärt würde. Giovanna war immer noch in Mailand unterwegs, hatte so wie sie bisher jedoch nichts Greifbares gefunden und keinen einzigen Hinweis darauf, weshalb Marchesi und Fabrizio nach ihrer engen Freundschaft plötzlich keinen Kontakt mehr hatten. Der Dottore hatte seine Emilia unmittelbar nach dem Abschluss kennengelernt und war sofort zu ihr nach Menaggio gezogen, hatte Giovanna ihr erzählt, gerade zu dieser Zeit sprach man doch sicher noch vom Studium. Aber die Witwe hatte den Namen Antonio Marchesi nicht ein einziges Mal aus seinem Mund gehört. Da musste doch etwas vorgefallen sein! Irgendeine Begebenheit, die die Freundschaft beendet hatte – die existierte nicht nur in Giovannas Fantasie, davon war auch Maria überzeugt.

Sie selbst hatte zuletzt ihre ganze Energie in die Suche nach einer Überwachungskamera in der Nähe der besagten Mailänder Telefonzelle gesteckt. Falls sie an Aufzeichnungen kämen, könnten sie diese Emilia Fabrizio und Francesca Marchesi zeigen, um die Person, die die Telefonzelle betrat, zu identifizieren. Doch bisher befanden sie sich auch hier in einer Sackgasse. Maria hatte lediglich in Erfahrung bringen können, dass die Videokamera über dem Bankautomaten seit mehreren Monaten nicht funktionsfähig war, und beim Conad hatte sie den Filialleiter noch nicht erreicht. Weitere Geschäfte und Hauseigentümer versuchte sie derzeit noch ausfindig zu machen. Wie konnten sie sonst herausbekommen, wer die beiden Männer erpresst hatte? Erpresst und, so dachte Maria im Hinblick auf den letzten Anruf, möglicherweise, nachdem sie nicht mehr gezahlt hatten, auch ermordet.

Giovanna hatte sie am Morgen gleich angerufen, zum einen, um zu fragen, ob Maria von Silvio Morelli etwas Neues erfahren hatte, zum anderen, um ihr zu sagen, dass sie aus Mailand zurückkehren würde. Maria musste der Commissaria recht geben, auf diese Weise kamen sie nicht weiter.

Tief in Gedanken versunken bekam sie am späten Nachmittag das Klingeln des Telefons nicht so recht mit und wurde erst aufmerksam, als Riccardo sie anstupste und ihr das tragbare Gerät hinhielt. »Für dich.«

»*Pronto!*«

»Hier spricht Dottoressa Dinardi«, begrüßte sie eine tiefe Frauenstimme. »Sie wollten mich sprechen.«

Es dauerte einen kleinen Augenblick, bis Maria sie eingeordnet hatte. »Bari!«, rief sie dann aus. Die Ärztin aus der süditalienischen Hafenstadt, in deren Praxis sie um Rückruf gebeten hatte. »Endlich! Ich warte seit Dienstag auf Ihren Rückruf.«

Sie wartete einen Moment, doch es kam kein Wort der Entschuldigung über die Lippen der Ärztin, dabei hielten es wahrscheinlich nur die wenigsten Menschen für eine gute Idee, die Polizei tagelang warten zu lassen. Maria notierte »Hinhalten?« auf einen Zettel und erzählte ihr dann von Marchesi und Fabrizio.

»Und was hat das mit mir zu tun?«, fragte die Ärztin lediglich knapp und fast schon abweisend.

Maria zwang sich zu Geduld. »Nun, Sie haben zusammen studiert. Können Sie uns etwas über die beiden erzählen? Wie war ihr Verhältnis, ist Ihnen etwas Besonderes aufgefallen?«

»Du liebe Zeit, da fragen Sie aber wirklich die Falsche. Ich mochte weder den einen noch den anderen.«

Maria horchte auf. Damit war sie die Erste. »Gab es dafür einen Grund?«

Die Dottoressa schwieg einen Augenblick, dann sagte sie deutlich langsamer als vorher: »Ispettrice, ich will es mal so formulieren: Ich gehe davon aus, dass Sie wissen, wovon ich rede, wenn ich sage, dass das Medizinstudium damals eine Männerdomäne war.«

Maria ahnte, worauf sie hinauswollte, und wartete ab, was die Ärztin ihr noch zu sagen hatte.

»Marchesi und Fabrizio waren beide großmäulig und sexistisch. Sie haben die weiblichen Kommilitoninnen allein nach ihrem Aussehen beurteilt. Ispettrice, ich sehe nicht besonders gut aus. Das weiß ich, wusste ich immer, ich habe meinen Frieden damit gemacht.«

Aber sie ist intelligent, dachte Maria, wenn sie ein Medizinstudium geschafft hat und nun als Ärztin arbeitet.

»Von daher ist es natürlich sehr einfach, jegliche Kritik, die ich äußere, damit wegzuwischen, dass ich nur neidisch bin. Aber so ist es nicht. Und verdient haben sie ihren Abschluss auch nicht, wenn Sie mich fragen. Simone und Antonio, nein, ich kann nicht behaupten, ich wäre je ein Fan gewesen, aber mehr kann ich Ihnen zu den beiden nicht sagen, wir haben lediglich zusammen Kurse besucht, mehr Kontakt hatten wir nicht.«

Maria stöhnte innerlich auf. »Vielen Dank für Ihre Auskunft«, sagte sie dennoch freundlich.

»Aber sagen Sie, haben Sie schon mit Lorenzo gesprochen?«, fragte die Dottoressa, bevor sie sich verabschieden konnte.

»Lorenzo?« Der Name kam Maria in diesem Zusammenhang nicht bekannt vor, und auf ihrer Liste gesehen hatte sie ihn auf keinen Fall. Hatten sie jemanden vergessen?

»Er hat seinen Abschluss nicht mit uns zusammen gemacht, hat das Studium kurz vorher abgebrochen. Obwohl er Jahrgangsbester war, fragen Sie mich nicht nach den Hintergründen. Aber die drei haben gegen Ende des Studiums für eine Weile geradezu aneinandergeklebt.«

»Oh, das ist interessant!«, rief Maria überrascht. »Vielen Dank, Dottoressa Dinardi, Sie haben uns sehr geholfen.« Ausgerechnet die Kommilitonin, die am weitesten weggezogen war, die sie am wenigsten auf dem Schirm gehabt hatten, konnte ihnen nun einen Tipp geben. Es gab einen Dritten im Bunde! Marchesi und Fabrizio hatten einen besten Freund gehabt, der ihnen womöglich mehr erzählen konnte – mehr über die Beziehung der beiden damals, vielleicht auch über die Gründe, weshalb die beiden Männer Mailand verlassen und keinen Kontakt mehr hatten. Und, wagte Maria sich vor, vielleicht hatte das ja auch etwas damit zu tun, weshalb sie erpresst worden sein könnten.

»Können Sie mir noch Lorenzos Nachnamen sagen?«

»Sie haben wirklich Glück, Ispettrice.« Die Ärztin gluckste in sich hinein. »Ich hatte über sechzig Kommilitonen, von vielleicht einer Handvoll kann ich Ihnen heute noch die Namen nennen. Und darunter ist Lorenzo Parisi.«

*

Giovanna hatte es die Sprache verschlagen, als Maria ihr den Namen des damals besten Freundes von Fabrizio und Marchesi genannt hatte. Sie hatte gerade am Bahnhof eine Fahrkarte nach Como lösen wollen, als der Anruf sie erreichte. Zuerst konnte sie den Namen nicht einordnen, hatte nur die schrille Alarmglocke gehört, die irgendwo in ihrem Hinterkopf klingelte. So viele Namen waren ihr begegnet, mit so vielen Menschen hatte sie gesprochen. Doch sie kannte den Namen Parisi, ganz sicher, war ihm schon begegnet, auch in diesem Fall.

»Der Sekretär!«, fiel es ihr dann endlich wieder ein. Der Sekretär mit dem Faible für Rembrandt, der ihr geholfen hatte, an die Informationen zum Studium der beiden Männer zu kommen. Der Sekretär, der mit keiner Silbe erwähnt hatte, dass er selbst beinahe Teil dieses Abschlussjahrgangs gewesen wäre und dass er nicht nur einen der Männer, sondern gleich beide gekannt hatte, und das auch noch gut.

Ein Blick auf die Uhr sagte ihr, dass Parisi Feierabend haben müsste, wenn noch nicht jetzt, so doch ganz bestimmt, bis sie die Universität erreichte. »Ich brauche seine Adresse«, rief sie in den Hörer.

Doch Maria hatte sie längst herausgesucht. »Ich wusste, wir finden etwas in Mailand«, sagte sie eifrig. »Das muss doch etwas zu bedeuten haben, dass er dir seine Beziehung zu den beiden verschwiegen hat!«

Giovanna, die selbst die Aufregung in ihrer Magengegend spürte, stimmte ihr zu, bevor sie die Kollegin wieder auf den Boden der Tatsachen zurückholte. »Es kann trotzdem alles noch ins Leere laufen«, mahnte sie. »Wir sind noch nicht am Ziel. Wir haben eine Spur.« Eine heiße allerdings, das musste sie zugeben, und eine, der sie unbedingt nachgehen sollten, und zwar sofort.

Und so verabschiedete sie sich von Maria, bedankte sich und versprach ihr, sie auf dem Laufenden zu halten.

»Ja, bitte, ich muss sofort wissen, was passiert!«, rief die eifrige Ispettrice, und Giovanna musste grinsen. Sie kannte das Gefühl, die Aufregung und das Kribbeln in der Magengegend nur zu gut.

Die Adresse von Lorenzo Parisi befand sich in einem dicht besiedelten Vorort, nur zwei Metro-Stationen entfernt von dem Platz, den sie am Vortag auf der Suche nach der Telefonzelle passiert hatte. Die Menschen lebten hier eng nebeneinander in kleinen Wohnungen, das Zentrum war auf engem Raum zusammengeschrumpft. Nicht, dass es in Bellagio viel anders ist, dachte Giovanna, aber in Bellagio sind die Häuser wenigstens hübsch. Hier stand Grau an Grau.

In einer schmutzigen engen Straße klingelte sie an der Tür mit der Nummer 24. Die Fenster im Erdgeschoss waren vergittert. Es dauerte eine Weile, bis sich eine Frauenstimme durch die Gegensprechanlage meldete.

»Polizia di Stato«, meldete Giovanna sich, nannte ihren Namen und fragte, ob sie hereinkommen dürfte.

Nach einem kurzen Augenblick des Zögerns wurde ihr geöffnet, und im zweiten Stock stand eine blasse Frau Mitte vierzig in einem geblümten Kleid in der Tür. Die hellbraunen Haare hatte sie hochgesteckt, was ihr Gesicht noch länger wirken ließ, als es ohnehin schon war. Die Augen misstrauisch zusammengekniffen, die Arme vor der Brust verschränkt, blickte sie Giovanna beinahe herausfordernd entgegen. »Sie müssen sich in der Hausnummer geirrt haben«, sagte sie.

Das hatte sie nicht. Parisi stand auf dem Namensschild neben der schweren Holztür. Es war dunkel im Flur und roch muffig. Die Fensterläden waren gegen die Sonne zugezogen, und nur durch einen kleinen Spalt kam Licht hinein.

»Ich hätte gern Ihren Mann gesprochen. Lorenzo Parisi, das ist doch Ihr Mann, richtig?«

»Lorenzo?« Verwirrt blickte Signora Parisi Giovanna an, dann flog ihr Kopf ruckartig zur Seite, als suchte sie irgendwo im Dunkel der Wohnung nach ihm.

»Dürfte ich vielleicht hineinkommen?«, fragte Giovanna.

Signora Parisi zögerte. »Lorenzo?«, rief sie dann. Immer noch zögerlich, aber laut jetzt.

»Was ist denn?«, knurrte ihr Mann unwirsch. Schritte hallten auf Fliesen, und Giovanna wusste, dass sie einen Volltreffer gelandet hatten, als Lorenzo Parisi in dem Moment, in dem er Giovanna erblickte, wie vom Donner gerührt stehen blieb.

»Warum haben Sie mich angelogen, Signor Parisi?«, fragte Giovanna ohne Umschweife noch auf der Schwelle.

Er wurde noch eine Spur blasser, soweit sie das im Halbdunkel des Flurs erkennen konnte. Räusperte sich. Sein flackernder Blick suchte den seiner Frau, die ängstlich zwischen ihm und Giovanna hin- und herblickte.

»Was ist denn los?«, flüsterte sie schließlich.

»Gar nichts, nur eine Verwechslung«, murmelte Parisi. »Ich wusste nicht, dass Sie ... Es ist alles so lange her, ich kann mich kaum erinnern.«

»Darf ich hineinkommen?«, wiederholte Giovanna ihre Frage, und endlich, nachdem Parisi die Lippen aufeinandergepresst und den verletzten Blick seiner Frau aufgefangen hatte, nickte er steif. Er ging voraus in das abgedunkelte Wohnzimmer, deutete auf einen abgewetzten Sessel und nahm selbst neben seiner Frau auf dem Sofa Platz, rückte aber von ihr ab. Giovanna bemerkte es. Hatte er ein schlechtes Gewissen? Oder gab es Eheprobleme? Doch sie kommentierte es nicht, schwieg für einige Augenblicke, sah ihn nur aufmerksam an. Sie spürte sehr deutlich, dass er bald anfangen würde zu reden, die wenigsten Menschen hielten eine angespannte Stille aus. Ihrer Erfahrung nach war ein Schweigen manchmal eine deutlichere Aufforderung als die entsprechenden Worte.

Unsicher fuhr er mit seiner Hand an der Armlehne des Sofas entlang, hielt den Blick gesenkt. »Ich kannte die beiden,

Antonio und Simone«, begann er schließlich. »Aber ich habe mein Studium nicht beendet, ich hatte nicht viel mit meinen Kommilitonen zu tun. An Antonio und Simone kann ich mich kaum erinnern. Würden Sie mich fragen, wie die beiden ausgesehen haben, ich wüsste es nicht mehr.« Er lachte gekünstelt auf.

»Signor Parisi, lügen Sie mich nicht an«, sagte Giovanna ruhig, aber bestimmt. »Sie kannten die beiden nicht nur, Sie waren mit ihnen befreundet.«

»Ich war nicht mit ihnen befreundet!«, brach es da aus Parisi heraus. »Ich konnte diese *stronzi* nicht einmal leiden.« Diese Arschlöcher.

Giovanna war überrascht. Das hatte bei der Dottoressa aus Bari, mit der Maria telefoniert hatte, noch ganz anders geklungen. »Dafür hatten Sie aber viel miteinander zu tun.« Regelrecht »aneinandergeklebt« hatte die Dottoressa gesagt. Hatte sich diese Freundschaft in Neid, Missgunst, Hass verwandelt? Und wenn ja, war das ein mögliches Motiv? Nach all den Jahren?

»Wir waren Kommilitonen, mehr nicht«, beharrte er, und Giovanna beschloss, ihn erst einmal reden zu lassen. Mit der Aussage der Dottoressa konnte sie ihn später immer noch konfrontieren.

Er erzählte von seinem Studium und davon, dass er es hatte schaffen wollen. Dass er gelernt hatte, während sich sein restlicher Jahrgang auf Partys vergnügt hatte. »Sie sehen, es gab keine Berührungspunkte zwischen den beiden und mir«, endete er vehement. Vielleicht etwas zu vehement, dachte Giovanna.

»Sie waren ein guter Student?«, hakte sie nach.

Beinahe erschrocken blickte er sie an. »Ja, nein. Ich war … nicht schlecht.«

Nicht schlecht? »Jahrgangsbester«, hatte die Dottoressa gesagt.

»Warum haben Sie aufgehört?« Noch dazu kurz vor dem Abschluss, fügte Giovanna in Gedanken hinzu. Warum tat ein guter Student das? Einer, der es laut eigener Aussage schaffen wollte? Hier stimmte etwas nicht, ganz und gar nicht.

Er wich erneut ihrem Blick aus, als er unsicher stotterte: »Ich wollte Geld verdienen. Musste Geld verdienen. Und als Arzt … Es hätte noch ewig gedauert, bis das endlich möglich gewesen wäre!«

Erst das Studium, dann als Assistenzarzt in der Klinik … die verdienten nur einen Bruchteil dessen, was approbierte Ärzte bekamen. Dennoch: »Wann genau haben Sie das beschlossen?«

Er murmelte etwas Unverständliches, blickte sie immer noch nicht an. Seine Hand verkrampfte sich beinahe um die Armlehne des Sofas.

Giovanna musterte den Mann, während sie darauf wartete, dass er fortfuhr. Ohnehin recht unscheinbar, wirkte er jetzt geradezu klein. Warum, fragte sie sich, war so ein stiller, zurückhaltender Student, der lieber lernte, als auf Partys zu gehen, mit zwei solchen Salonlöwen befreundet gewesen? Natürlich vorausgesetzt, die Aussage der Dottoressa aus Bari über die Freundschaft stimmte, während Lorenzo Parisi darüber log. Aber warum sollte sie ihm glauben, Parisi hatte schon einmal mit falschen Karten gespielt, hatte nicht preisgeben wollen, dass er Student desselben Abschlussjahrgangs gewesen war, nach dem sie ihn gefragt hatte. Er hatte also etwas zu verbergen, nur was? Sie musterte ihn noch immer, wie er jetzt versuchte, auf Distanz zu ihr zu gehen, mittlerweile so weit zurückgelehnt – von ihr weg –, wie es nur ging. Seine Frau saß blass und verwirrt daneben, die Hände in den Schoß gelegt.

»Ich mochte sie auch nicht, die beiden Großkotze«, murmelte sie plötzlich.

Ob es Signora Parisis Bemerkung war oder einfach der richtige Zeitpunkt, jedenfalls verbanden sich in diesem Moment zwei Synapsen in Giovannas Hirn, und sie wusste mit einem Mal, wie alles zusammenhing.

Nein, Parisi hatte nicht gelogen. Er war nicht mit Fabrizio und Marchesi befreundet gewesen. Aber auch die Dottoressa hatte nicht gelogen, die drei hatten »aneinandergeklebt«. Für eine Weile, hatte sie gesagt, und genau das war der springende Punkt.

»Es geht nur um das letzte Semester, richtig?«, fragte sie Parisi. »Sie hatten nie etwas mit Ihren beiden Kommilitonen zu tun, nur eine kleine Weile kurz vor dem Ende Ihres Studiums.« Des Studiums, das er abgebrochen hatte, weil er dringend Geld brauchte. »Nein, Sie waren nicht befreundet«, wiederholte sie. »Sie haben ihnen Ihre Abschlussarbeit verkauft.« Es war ein Schuss ins Blaue, sie hatte keinen einzigen Beweis für diese Theorie, doch die ergab so viel Sinn. Und der erschrockene Blick, den Parisi ihr zuwarf, war Bestätigung genug, auch wenn er versuchte, sich nicht anmerken zu lassen, dass sie ihn ertappt hatte.

»Nein, nein, das ist nicht wahr.«

»Lorenzo … das Geld … daher kam das Geld«, flüsterte seine Frau und verbarg den Kopf in den Händen. »Ich habe es geahnt. Immer schon geahnt.« Es war also Geld geflossen. Und woher es kam – dazu hatte er ihr eine andere Geschichte erzählt.

Jetzt wandte er sich seiner Frau plötzlich zu, nachdem er sie seit Giovannas Auftreten nicht einmal angesehen hatte. »Ich habe es für dich getan«, rief er hitzig. »Für uns!« Er drehte sich wieder Giovanna zu. »Sie hatten Geld, beide. Simone stammte aus reichem Hause.« Er verzog abschätzig den Mund. »Seine Eltern waren Akademiker, Ingenieure aus Monza, sie hätten ihm nie verziehen, wenn er sein Studium abgebrochen hätte, keine Chance. Undenkbar, dass er die Prüfung nicht schaffte. Und Marchesi war ein Verkaufstalent, ein Marketing-Genie. Kein Wunder, dass seine Firma so gut läuft, er hatte schon damals kleine Geschäfte aufgezogen, alle illegal natürlich. Hat zum Beispiel aus China Hemden bestellt, T-Shirts, gefälschte Ware von Prada und Armani, und sie hier teurer verkauft.«

Das klang in Giovannas Ohren eher nach einem kriminellen als nach einem genialen Geschäftsmann. »Und da haben Sie Ihre Chance gesehen, ein wenig Geld zu verdienen? Für Sie beide, wie Sie sagen. Warum?«

Parisi presste die Lippen aufeinander.

Zu Giovannas Überraschung begann Signora Parisi zu sprechen. »Ich hatte einen Autounfall«, sagte sie leise, zögernd und zutiefst traurig. »In Lorenzos letztem Studienjahr. Ich war lange krank, brauchte Hilfe. Fast rund um die Uhr.«

Lorenzo nahm ihre Hand und atmete tief durch. »Anninas Eltern waren dazu nicht in der Lage. Wir waren damals noch nicht verheiratet, ich habe sie dann zu mir in meine Wohnung geholt.« Er zuckte die Schultern. »Der Fahrer wurde nie gefasst.«

Giovanna kannte diesen Schmerz, die Trauer, den Verlust und die Belastung, nicht zu wissen, was schiefgegangen, wer schuld war. Keinen Verantwortlichen zur Rechenschaft ziehen zu können. Schnell schob sie alle Gedanken an ihre Eltern beiseite. Sie brauchte ihre Konzentration. »Es war nach einer Fete an der Uni«, erzählte Annina leise. »Ich bin zu Fuß nach Hause gelaufen, betrunken. Mehr weiß ich nicht, die nächste Erinnerung ist, dass ich im Krankenhaus aufgewacht bin. Sie sagten mir, ich würde nie wieder laufen können.« Sie schluckte schwer.

Still war es geworden, der Verkehr draußen hatte sich beruhigt, die spielenden Kinder aus dem Innenhof waren weitergezogen. Nur die tickende Wanduhr war zu hören.

Auch Parisi schluckte schwer, strich seiner Frau jetzt liebevoll über den Rücken. »Du warst immer schon tapfer«, sagte er zärtlich. »Und ich werde nie vergessen, wie du deinen ersten Schritt getan hast.«

»Ohne dich hätte ich es nicht geschafft.«

»Sie sind wieder komplett gesund?«, fragte Giovanna, der an Anninas Gang nichts aufgefallen war.

»Es hat eine ganze Zeit gedauert.« Sie senkte den Kopf.

Und dazu kam der Preis, den die Parisis dafür bezahlt hatten: Ein hervorragender Medizinstudent, der eine Zukunft als brillanter Arzt vor sich hatte, arbeitete heute als Sekretär. Giovanna sah ihn nachdenklich an. Sicher wünschte er sich jeden Tag, auf der anderen Seite der Tür, am anderen Schreibtisch zu sitzen.

»Sie haben den beiden schlechteren Studenten also Ihre Abschlussarbeit verkauft?«, fragte Giovanna. »Fabrizio und Marchesi haben dank Ihnen ihren Abschluss gemacht. Sie sind dank Ihnen reich und erfolgreich geworden, könnte man sagen. Wie viel Geld war den beiden das wert?«

Parisi schluckte. »Je fünftausend.« Für einen Studenten eine Menge Geld, vor über zwanzig Jahren noch dazu. Im Zusammenhang mit einem Studienabbruch und der Pflege einer schwerkranken Verlobten jedoch geradezu lachhaft. Ironie des Schicksals, dachte Giovanna, Antonio Marchesi war der Geschäftsmann gewesen, Parisi nicht.

»Es war also ein Geschäft«, fasste Giovanna zusammen. »Die beiden haben Ihnen das Geld gegeben, das Sie so dringend benötigten, und Sie haben ihnen dafür Ihre Doktorarbeit überlassen.«

»Sie konnten zwei draus machen. Zwei *gute* Arbeiten. Aus einer einzigen von mir.« Bitter lachte er auf.

»Haben Sie es bereut?«

Eine Fülle von Emotionen spiegelte sich in seinem Gesicht. Schließlich schüttelte er den Kopf. »Ich musste es tun«, beharrte er. »Es war die einzige Möglichkeit.«

Giovanna registrierte dennoch, dass das keine Antwort auf ihre Frage war. »Wie sind Sie überhaupt auf die Idee zu diesem Geschäft gekommen?«

Er zuckte mit den Schultern. »Es hat sich so angeboten«, presste er zwischen den Zähnen hervor. »Sie hatten schlechte Noten, ich gute, sie waren reich, ich nicht. Und dann ... als ich eines Tages zu Professore Abrusci wollte, standen sie gerade im Flur, haben debattiert, was sie tun könnten. Plötzlich hat Marchesi gesagt, sie könnten jemanden bezahlen, dass er ihnen die Arbeit schreibt. Und ich ... ich bin stehen geblieben.« Parisis Gesichtsausdruck war immer noch verschlossen, wütend in sich gekehrt, aber die fahrigen Gesten waren weniger geworden. Es hatte ihm gutgetan, seine Tat zu beichten. Oder nur einen Teil seiner Tat?

Giovanna holte zum letzten Schlag aus. Sie musste es wissen. Deshalb war sie hergekommen – sie brauchte die Erklärung für die Telefonanrufe und die Geldabhebungen am 1. Mai und Ende Juni. »Haben Sie Fabrizio und Marchesi deshalb erpresst?«, fragte sie.

Ruckartig hob er seinen Kopf.

Auch Annina Parisi starrte erst sie, dann ihren Mann an. »Erpresst?« Ihre Stimme kiekste leicht.

»Zwei angesehene Personen des öffentlichen Lebens, ein Hausarzt mit Praxis am See, ein erfolgreicher Unternehmer mit eigener Firma? Warum sollten die beiden nicht zahlen, nicht wahr?« Die Frage war nur, warum jetzt?

»Nein, nein!« Parisi schüttelte den Kopf. »Ich habe nicht …«

»Einmal am 1. Mai und einmal am 25. Juni haben beide Männer jeweils fünftausend Euro abgehoben.«

Und dann war der dritte Anruf erfolgt. Der, nach dem kein Geld abgehoben worden war. Der, kurz nach dem beide Männer gestorben waren.

»Signor Parisi«, Giovanna beugte sich vor und sah ihm direkt in die Augen. »Es hat keinen Sinn zu leugnen.«

Entschlossen schob er sein Kinn vor, presste die Lippen aufeinander. Dann jedoch, als Annina vorsichtig ihre Hand in seine schob, ihn anblickte, fiel er in sich zusammen. Er vergrub den Kopf in den Händen, und seine nächsten Worte waren nur schwer zu verstehen. »Sie hatten doch alles«, nuschelte er. »Sie hatten alles, und ich hatte nichts. Und warum? Wegen eines dummen Zufalls, wegen eines ungerechten Schicksals.« Erneut schüttelte er den Kopf, diesmal jedoch langsam, resigniert. Er ließ die Hände fallen und sah sie an. »Die Versicherung hat damals gerade das Nötigste gezahlt, die Operationen und die Reha. Aber wir hätten eine Pflegekraft gebraucht, wir hätten Geld gebraucht, für Anninas Gesundheit, für mein Studium. Sie haben ihn nie gefasst, den Unfallfahrer. Sie haben jemanden festgenommen, ja sicher, einen Geschäftsmann aus Arese, aber dann haben sie ihn wieder laufen lassen. Es sei ihm nicht nachzuweisen gewesen. Wenn Sie mich fragen, hat er die Polizei geschmiert. Ja, Ihre Kollegen!«, brauste Parisi auf. »Korrupt bis ins Mark.«

»Lorenzo«, sagte Annina sanft. Nun war sie es, die über seinen Rücken strich. Mit großen Augen starrte sie ihn an, schien sie immer noch nicht ganz zu erfassen, was passiert war, was gerade passierte.

»Also ja.« Parisi straffte sich. »Ich konnte Fabrizio und Marchesi nicht leiden, sie haben ihr Glück nicht verdient gehabt, haben es nur wegen meiner Gutmütigkeit, wegen meiner Intelligenz und meines Fleißes geschafft. Sie sind Blender. Allein konnten sie nichts. Sie haben ihren Abschluss nicht verdient. Sie haben dieses Leben in Luxus nicht verdient!« Jetzt wurde Parisi wieder laut. »Er wollte als Bürgermeister kandidieren, Antonio. Haben Sie das gewusst? Sie haben es im Fernsehen gezeigt, auf RAI Uno. Ja, er war sogar im *Fernsehen!*« Er spie die Worte fast aus.

Giovanna erinnerte sich, dass Maria davon erzählt hatte, im Zusammenhang mit dem Bürgermeister Castelnuovo. Vor einigen Monaten musste das gewesen sein und erklärte auch, weshalb Parisi jetzt, so viele Jahre nach dem Studium, wieder auf die beiden Männer zurückgekommen war. Weshalb die Erpressung jetzt erfolgt war.

»Und womit haben sie das alles verdient? Sie haben es durch mich erreicht, nur durch mich!«

Giovanna sah ihn nachdenklich an. Ob er sich da nicht zu viel auf seine Arbeit einbildete?

»Er war ein angesehener Arzt, Dottor Simone Fabrizio«, sagte sie leise. »Noten scheinen nicht alles zu sein.« Und Marchesi war ein guter Geschäftsmann, schien es als Student schon gewesen zu sein. Ob eine schlechte Abschlussarbeit den Lauf seines Lebens geändert hätte? Sie fragte sich, wie anders Parisis Leben verlaufen wäre, ob er jetzt mit seiner Frau in einem großen Haus am Stadtrand leben würde, wenn er Arzt geworden wäre.

»Die beiden hatten viel zu verlieren, nicht wahr?«, fragte sie. »Einer beinahe ein Bürgermeister, der andere besaß eine Villa am See. Es war ungerecht, richtig? Sie wollten etwas vom Kuchen abhaben.«

Er entgegnete nichts, hob nur das Kinn. Seine Frau blickte sie fast flehentlich an.

Doch Giovanna war nicht wegen der Erpressung hier, nicht nur. Es hatte drei Anrufe gegeben, zwei, die Marchesi und Fabrizio dazu gebracht hatten, Geld abzuheben und Parisi jedes Mal fünftausend Euro zu zahlen, und dann ein dritter Anruf, nach dem es keine Abhebungen gegeben hatte – entweder weil die beiden Männer sich plötzlich geweigert hatten zu zahlen oder weil Parisi einen anderen Plan verfolgt hatte, einen weit düstereren.

»Signor Parisi.« Giovanna seufzte schwer. Er tat ihr leid, dieser Mann, dem das Schicksal einen Strich durch die Rechnung gemacht hatte. »Ich nehme Sie fest wegen Erpressung und wegen Mordes an Simone Fabrizio und Antonio Marchesi.«

16. KAPITEL

Parisi hatte die Anschuldigungen geleugnet. Die Erpressung hatte er gestanden, auch wenn er entsetzt gewesen war, dass sie die Anrufe aus der Telefonzelle hatte zurückverfolgen können. Wie naiv dieser Mann wirkte, das war ihr schon bei ihrem Gespräch aufgefallen. Aber er sei kein Mörder, hatte er beteuert, es sei ihm immer nur um Geld gegangen. Er hatte sich nicht festnehmen lassen wollen, hatte sich an seine Frau geklammert, die ihrerseits völlig handlungsunfähig gewesen war. Teilnahmslos hatte sie auf dem Sofa gesessen, war auch nicht aufgestanden, nachdem Parisi längst abgeführt worden war. Giovanna hatte die Mailänder Kollegen rufen müssen. Die Indizien sprachen gegen Parisi, die Telefonzelle lag in fußläufiger Entfernung zu seiner Wohnung, das Geld, das Marchesi und Fabrizio ihm gezahlt hatten, hatte die Spurensicherung in einem Kästchen hinten im Küchenschrank gefunden. Was hätte aus ihm werden können, wenn das Leben ihm nicht so übel mitgespielt hätte?

Giovanna hatte nicht gut geschlafen, zu viel spukte noch in ihrem Kopf herum. Doch sie war froh, wieder zurück am See zu sein.

»Tremezzo! Como!«, schallte die Fahrtrichtung blechern

aus den Lautsprechern am Hafen von Bellagio, und Giovanna spürte an diesem Freitagmorgen, wie sehr sie in Mailand den See und die tägliche Fähre nach Como vermisst hatte. Zwei Enten standen schnatternd am Ufer, während die Wellen an die Mole schwappten, der Schiffsmotor dröhnte dumpf. Giovanna hatte sich durch die kleinen Gässchen von Bellagio bis zum Fähranleger geschlängelt, atmete jetzt die frische Luft ein und wusste, dass sie zu Hause war.

»Signora Commissaria!«, rief Filippo erfreut, als sie die Fähre betrat.

Der Radfahrer in seinem Lycra-Outfit, der telefonierende Anzugträger, die zwei Frauen in ihren langen Kleidern, die Fähre um 06:46 Uhr zeigte ihr vertrautes Gesicht. Vielleicht, dachte Giovanna, als sie sich an der Reling am Oberdeck den Wind um die Nase wehen ließ, werde ich heute auf dem Weg nach Como ein bisschen lesen.

Plötzlich sagte jemand neben ihr: »Ich dachte schon, Sie seien versetzt worden.« Aus den Augenwinkeln konnte sie das blaue Hemd der Offiziere der Fähren sehen.

»So schnell wird Bellagio mich nicht los.« Giovanna drehte sich zu ihm um.

»Das will ich hoffen.« Filippo sah sie so ernst an, dass sie sich doch wieder zum See drehte. Sein Blick war nicht unangenehm, nein, ganz im Gegenteil. Sie wusste, dass sie den feigen Ausweg nahm, wie so oft in zwischenmenschlichen Beziehungen. Aber vielleicht … vielleicht wäre es auch gar nicht so schlimm, den Ausweg nicht zu nehmen? Weiß rollten die Schaumkronen auf den Wellen vom Schiffsbug weg. Sie atmete tief ein. »Die Luft hier ist so viel besser«, sagte sie.

»So viel besser als wo? Überall?«

»Als in Mailand.«

»Es riecht nach Regen«, sagte er. »Lange dauert es nicht mehr.«

Eine angenehme Abwechslung.

»Bald kommt der Herbst«, ergänzte er nun beinahe wehmütig. Fast war Giovanna zum Lachen zumute, aber als sie dann ans Ufer blickte, wo die Menschen in den Cafés ihren ersten Espresso des Tages draußen tranken, da wollte auch sie an den letzten heißen Tagen im August festhalten.

*

Stunden später saß Giovanna müde und abgespannt in ihrem Büro und fragte sich, weshalb sie nicht einfach nach Hause ging. Der Tag war so anstrengend gewesen wie lange keiner mehr. Aber Signor Parisi blieb bei seiner Aussage: Er hatte Marchesi und Fabrizio erpresst, er hatte sie nicht ermordet. Als schließlich ein Pflichtverteidiger eingetroffen war, hatte er gar nichts mehr gesagt. Nichts mehr zu den Erpressungen und nichts mehr zu den Telefonanrufen. Sein Anwalt hatte ihm zum Schweigen geraten, und so hatte Parisi jedes weitere von Giovanna vorgelegte Indiz nur mit einer unbeeindruckten Geste quittiert.

»Herzlichen Glückwunsch.« Ein Lächeln auf den Lippen, den Daumen der rechten Hand in seiner Gürtelschlaufe, stand Aliverti in Giovannas Bürotür.

»Danke. Aber er bestreitet den Mord an Fabrizio, er sei die ganze Nacht zu Hause gewesen.«

Aliverti schnaufte verächtlich. »Was sagt seine Frau?«

»Sie bestätigt sein Alibi. Natürlich. Beide nehmen angeblich häufig Schlaftabletten, die Rezepte konnten sie vorlegen.«

»Also ein Alibi, das keines ist.«

»Es sieht nicht gut aus für Parisi«, stimmte Giovanna ihm zu. Die Anrufe aus der Telefonzelle in Parisis Nähe passten zeitlich nicht nur zu den beiden Geldabhebungen, der letzte erfolgte auch gerade einmal zwei Tage vor dem Mord an den Männern. Zudem hatte Parisi ein Motiv, er hatte Marchesi und Fabrizio regelrecht gehasst. Und dass er nicht ewig Geld von ihnen würde erpressen können, musste ihm ebenfalls klar gewesen sein, das hatten wohl auch die beiden Männer deutlich gemacht, als sie sich nach dem dritten Anruf geweigert hatten, Geld abzuheben.

Zufrieden war sie dennoch nicht ganz. Sie hatte gern alles wasserdicht statt einer Festnahme, die rein auf Indizien fußte. Sicher, Parisi hatte ein Motiv und kein Alibi, trotzdem fehlten noch Beweise in der Kette, die bis zum Mord an Fabrizio und Marchesi folgte.

»War die Spurensicherung schon in der Wohnung?«, fragte Aliverti.

Giovanna nickte. »Die Mailänder haben ihr Team noch gestern Abend geschickt, das Geld haben sie gefunden, aber keine Waffe, keine blutige Kleidung. Keine Schmauchspuren an den Händen.«

»Falls er Handschuhe getragen und diese ins Wasser geworfen hat, wird man auch keine finden.«

Wann weitere Ergebnisse vorlagen, konnte sie nicht sagen. Sicher hatte die Questura in Mailand mehr Mitarbeiter. Andererseits gab es in Mailand auch mehr zu tun, und der Fall einer Commissaria aus Como hatte vermutlich nicht die oberste Priorität.

»Die Mordwaffe hat er, wenn er clever war, im See versenkt.«

Aliverti neigte den Kopf zur Seite. »Fändest du es sinnvoll, Taucher rund um die Insel einzusetzen?«, fragte er.

Sie schüttelte den Kopf. »Wenn er mit einem Boot unterwegs war, und das vermute ich, denn er wird kaum von der Insel zurückgeschwommen sein, kann die Waffe überall liegen.«

»Für einen Indizienprozess haben wir hoffentlich genug«, stimmte Aliverti ihr zu. »Wahrscheinlich reichen dem Richter die Anrufe schon.«

Sie nickte. Ja, das klang logisch, und eigentlich hätte Giovanna ihm freudig zustimmen und sich zur Feier des Tages auf einen Aperol einladen lassen können. Aber etwas hielt sie zurück, und sie wusste auch, was das war: Ihr fehlten noch zu viele Puzzleteile, um alles lückenlos zusammenzufügen.

Müde rieb sie sich über die Augen, es war ein langer Tag gewesen. Sie hatte nicht nur Parisi verhört und ihre Indizien zusammengestellt, sondern hatte auch endlich die Filialleitung des Conad in der Nähe der Telefonzelle erreicht, nachdem Maria erfolglos geblieben war. Der ziemlich gleichgültige Manager hatte ihr gesagt, dass eine Sicherheitsfirma mit den Überwachungskameras beauftragt war. Die Anfrage lief, aber die Hoffnung auf ein brauchbares Video war gering.

Abgesehen davon war auch noch völlig unklar, wie Parisi auf die Isola Comacina gelangt war. Hier würden sie mehr als Vermutungen brauchen, und so hatte sie die Ispettori Butti und Invernizzi losgeschickt, sämtliche Bootsverleihe zu kontaktieren. Nun hatten sie einen Namen, nach dem sie konkret fragen konnten und, falls Parisi versucht haben sollte, unter falschem Namen ein Boot zu mieten, auch ein Gesicht. Nicht jeder Verleih ließ sich einen Ausweis zeigen, schon gar nicht, wenn bar bezahlt wurde. Abgesehen davon musste man bei Kanus oder Tretbooten auch keinen vorweisen, und Giovanna wollte keine Möglichkeit ausschließen.

Es war der erste Tag, an dem sie nicht in konstantem Kontakt mit Maria gestanden hatte, und plötzlich hatte Giovanna doch das Gefühl, Gesellschaft zu brauchen.

»*Aspetta!*«, rief sie Aliverti zu, auf sie zu warten. »Wie war das noch mit dem Aperol?«

*

Zwei Tage später hatte Maria sich wieder in den Alltag bei der Polizia Locale eingefügt und fühlte sich wieder ganz in Bellano daheim. Während sie ein Telefonat mit einer Pensionswirtin führte, musste sie ihr Schmunzeln unterdrücken. Deren Gäste beschwerten sich über Ruhestörungen am Abend, und sie hoffte, dass die Polizia Locale dagegen angehen konnte. Maria versprach vorbeizukommen. Eine nahe gelegene Bar war bis spät abends immer noch gut besucht, und die Feiernden tranken und rauchten auf der Straße, die Musik dröhnte durch die offenen Türen.

Als Riccardo im Radrenntrikot das Büro betrat, unterrichtete sie ihn kurz darüber, dass sie bei der Wirtin vorbeifahren würde. »Wir können die Bar ja schlecht schließen«, sagte sie. »Aber vielleicht finden wir eine Lösung.« Unter Umständen würde der Barbesitzer einwilligen, die Musik ab zweiundzwanzig Uhr leiser zu stellen.

Und so machte sie sich schwungvoll auf den Weg in die Stadt. Das Abenteuer Mordermittlung, das nun offiziell beendet war, war aufregend gewesen. Es hatte Spaß gemacht. Aber irgendwie war sie auch froh, wieder ihrer üblichen Arbeit nachgehen zu können. Auch wenn sie sich eingestehen musste, dass der Fall immer noch in ihrem Kopf herumspukte.

Und so wunderte sie sich auch nicht, dass sie ausgerechnet Francesca Marchesi mit einem Cappuccino an einem kleinen

Tisch draußen vor besagter Bar sitzen sah. Es gab noch so viele offene Fragen.

»*Signora Marchesi, come stai?*«, fragte Maria mitfühlend, während sie sich ungefragt auf den freien Platz neben der Witwe setzte.

»*Così così*«, antwortete Francesca mit einem schwachen Lächeln. »An manchen Tagen besser, an anderen schlechter.« Eine weiße Papiertüte mit goldenem Aufdruck stand neben ihr auf dem Boden, heute schien also ein besserer Tag zu sein. Zumindest konnte sie sich mit Shopping ganz gut ablenken.

»Gestern war es schlimmer.« Sie blickte Maria nicht an, während sie mit dem Keks spielte, der auf ihrer Untertasse lag. Unentschlossen, ob sie ihn essen sollte oder nicht, schob sie ihn mit der rechten Hand hin und her. »Die Polizei hat mich angerufen, die Questura in Como. Sie glauben nicht, dass es ein Unfall war. Sie glauben, Antonio ist …« Sie konnte die Worte »ermordet worden« nicht aussprechen. Offenbar hatte Giovanna die Witwe kontaktiert, vermutlich in der Hoffnung, doch noch ein weiteres Indiz, einen Beweis sogar für Parisis Schuld zu finden. Aber Maria wollte der Witwe nicht auf die Nase binden, dass sie bei den Ermittlungen eine Rolle gespielt hatte, schon gar nicht in diesem Moment, wo sie sich Informationen erhoffte.

»Haben Sie den Schuldigen denn gefunden?«, fragte sie also gespielt neugierig.

»Ein alter Studienfreund.« Francesca zog die Nase kraus. »Ich habe noch nie von ihm gehört.«

»Furchtbar«, sagte Maria.

»Ich hatte ja keine Ahnung. Nie im Leben hätte ich gedacht, dass jemand Antonio etwas antun wollte!« Ungläubig schüttelte Signora Marchesi den Kopf. Plötzlich sah sie Maria doch an, direkt in die Augen. »Haben Sie es geahnt?«

»Dass Ihr Mann …«, stammelte Maria.

»Dass er ermordet wurde.« Jetzt sprach sie die Worte aus, fest und bestimmt. »Ich habe das Gefühl, ich bin die Einzige, die davon völlig aus dem Nichts überrascht worden ist. Silvio war nicht im Mindesten erstaunt, als ich ihn angerufen habe. Das Einzige, was ihn zu überraschen schien, ist die Tatsache, dass nicht ich es gewesen bin.« Sie gab einen erstickten Laut von sich, der ein Lachen oder auch ein Schluchzer sein konnte. Wie schon bei ihrem ersten Treffen empfand Maria tiefes Mitgefühl für die junge Witwe, die ihre Zukunft, Kinder, ein ganzes Leben mit ihrem älteren Ehemann gesehen hatte. Ihre Vision war brutal zerstört worden, von einem Menschen aus Antonios Vergangenheit, der eine Kränkung über fünfzehn Jahre nicht verwunden hatte.

»Es tut mir so leid«, sagte Maria und war froh, dass Francesca mittlerweile so in ihren Gedanken versunken war, dass sie keine Antwort mehr auf ihre Frage erwartete.

»Ich glaube wirklich, er hat mich verdächtigt.« Entsetzt schüttelte Francesca den Kopf. »Als ob ich zu einem Mord fähig wäre! Und dann gar an Antonio. Ich habe ihn geliebt.«

Diese Frage hatte Maria sich in letzter Zeit mehr als einmal gestellt. Wie war Morelli darauf gekommen, Francesca Marchesi zu verdächtigen? Sie wollte gerade den Mund öffnen, um nachzufragen, da fuhr die Witwe sich über die Augen und sprach weiter. Offensichtlich brauchte sie jemanden zum Reden, und entweder waren ihre Eltern schon wieder nach Hause gefahren, oder die beiden erschienen ihr nicht die richtigen Personen zu sein, um sich den Schmerz von der Seele zu reden.

»Er hat mich nie gemocht«, fuhr sie fort, mehr zu sich selbst als zu Maria. »Er hat es mir nie verziehen, dass ich seinen Bruder für Antonio verlassen habe.«

Maria konnte sich gerade noch zurückhalten, nicht vor Überraschung nach Luft zu schnappen. Das hatte ihr der Mann wohlweislich verschwiegen. Auch wenn er offenbar geglaubt hatte, dass sie zu einem Mord fähig war, so hätte Maria ihn mit diesem getrübten Blickwinkel sicher nicht besonders ernst genommen. »Ich kann mir vorstellen, dass das auch die Freundschaft der beiden belastet haben muss«, sagte sie, nachdem sie sich gefangen hatte. Die Sache mit der Loyalität zu dem Bruder auf der einen und dem besten Freund und Geschäftspartner auf der anderen Seite musste schwierig gewesen sein. Aber dass Morelli Francesca dennoch gleich für so kaltherzig gehalten hatte, für einen finanziellen Vorteil zu morden? Maria schürzte unzufrieden die Lippen. Andererseits musste sie sich eingestehen, war sie froh gewesen, in Morelli jemanden gefunden zu haben, der ebenso wenig wie sie an die Unfalltheorie geglaubt hatte – auch wenn er in Bezug auf den Täter auf dem Holzweg gewesen war.

Francesca zuckte vage mit den Schultern. »Silvio hat sich nie etwas anmerken lassen. Auch mir gegenüber nicht.« Maria erinnerte sich, dass sie in der Kirche nebeneinander gesessen hatten. »Aber ich habe es gespürt.«

»Jetzt müssen Sie ja keinen Kontakt mehr mit ihm haben«, sagte Maria aufmunternd.

»Vielleicht.« Mit einem gedankenverlorenen Nicken trank sie ihren Cappuccino aus. Dann versuchte sie sich noch einmal an einem Lächeln. »Es tat gut, mit jemandem darüber zu sprechen«, sagte sie und verabschiedete sich. Den Caffè hatte sie wohl schon bezahlt, denn sie stand auf und ging, ohne sich noch einmal umzudrehen, die Straße hinunter.

Nachdenklich machte Maria sich auf den Weg in die Bar,

um mit dem Barbesitzer zu sprechen. Offene Kommunikation, dachte sie. Das war für so vieles eine Lösung.

*

»Bisher noch kein Treffer.« Die Ispettori Butti und Invernizzi standen schlecht gelaunt in Giovannas Büro. Sie hatten den gesamten gestrigen Tag im Stau um den See verbracht, als sie von Bootsverleih zu Bootsverleih gefahren waren. »Das Südufer ist abgegrast, heute nehmen wir uns den Norden vor.«

Giovanna bedankte sich bei den beiden und hoffte, dass der heutige Tag erfolgreicher sein würde.

Sie selbst machte sich auf den Weg nach Menaggio, um Caterina Camagni vor ihrer Arbeit in der Trattoria abzufangen. Sie hatte die Befürchtung, dass die junge Frau sie wieder hinhalten würde. Vielleicht hatte sie den Namen Parisi schon einmal gehört, möglicherweise hatte Dottor Fabrizio ihn bei ihr fallen lassen. Abgesehen davon gab es auch noch die unbestätigte Frage nach der Schwangerschaft.

Um kurz nach elf erreichte Caterina Camagni die Trattoria, wo Giovanna an einem der bereits eingedeckten Tische auf sie gewartet hatte. Giovanna stand auf, um ihr entgegenzugehen. Die junge Frau sah genauso blass und abgespannt aus wie bei ihrem letzten Treffen.

»Ich würde gern mit Ihnen reden«, begann Giovanna. Auf den gehetzten Blick der Signora fügte sie hinzu: »Es wird nicht lange dauern.«

»Ich habe mich ohnehin schon verspätet, mein Chef wird mir den Kopf abreißen.«

»Wenn Sie möchten, informiere ich Ihren Chef, dass ich Sie einen Moment sprechen muss.« Abwartend hob Giovanna die Augenbrauen.

Wie vermutet, wollte Caterina Camagni das auf jeden Fall vermeiden. Das Kinn vorgeschoben, einen unzufriedenen Zug um den Mund, sagte sie schließlich: »Fünf Minuten, länger geht es wirklich nicht.«

Die würden reichen. In der schmalen Gasse, in der sie sich befanden, war um diese Zeit nicht viel los, sodass sie ungestört sprechen konnten. Aus einem geöffneten Fenster im ersten Stock drang das Geräusch von klapperndem Geschirr, auf einem Balkon im Haus schräg gegenüber hängte eine ältere Frau Wäsche auf.

»Sagt Ihnen der Name Lorenzo Parisi etwas?«, begann Giovanna gleich mit ihrer wichtigsten Frage.

»Wer soll das sein?«

»Eine alte Bekanntschaft aus Mailand, er und Simone haben gemeinsam studiert.«

Mehr wollte Giovanna nicht verraten, doch Caterina Camagni schürzte die Lippen und fragte herausfordernd: »Hat er ihn erschossen? Dieser Parisi?«

»Haben Sie den Namen schon einmal gehört oder nicht?«

»Nein. Aber über seine Zeit in Mailand haben wir ohnehin nie geredet.«

Das Studium und dessen unrühmlicher Abschluss schien eine offene Wunde für Fabrizio gewesen zu sein, an die er nicht rühren wollte. Sein Umzug an den See, der Kontaktabbruch zu all seinen Freunden, insbesondere der zu Marchesi, sprachen dafür.

»Es war …« Caterina Camagni, die bisher abweisend die Arme vor der Brust verschränkt hatte, fasste sich nun ans Kinn, überlegte angestrengt. »Ich habe ihn danach gefragt, ein- oder zweimal. Ich wollte wissen, wie er war, damals, als er jung war. Und ich wollte wissen, wie das so ist, in einer fremden großen Stadt zu studieren.«

Giovanna erinnerte sich, dass Caterina noch vorhatte, etwas aus ihrem Leben zu machen. Vielleicht spielte sie ebenfalls mit dem Gedanken an ein Studium in Mailand.

»Das erste Mal, als ich gefragt habe, hat er einfach das Thema gewechselt. Er ist gar nicht auf mich eingegangen und hat mich abgelenkt, bis ich es vergessen hatte. Das zweite Mal war erst vor wenigen Wochen.«

»Wochen?«, hakte Giovanna interessiert nach. Also in der Zeit, als Fabrizio schon von Parisi erpresst worden war.

»Ja, Anfang Juli ungefähr. Und diesmal ist er richtig wütend geworden.« Ein Wangenmuskel zuckte, als sie sich an ihr Gespräch erinnerte. »Er hat mir vorgeworfen, ihn ausfragen zu wollen. Dabei hat es mich bloß interessiert!« Gedankenverloren kratzte sie an einem Mückenstich an ihrem linken Oberarm. »Ich weiß noch, dass wir uns richtig gestritten haben deshalb. Er war völlig irrational, ich habe sogar das Wort ›paranoid‹ verwendet im Streit. Ich hatte den Eindruck, er fand es unangenehm, an die Zeit erinnert zu werden, wollte alles vergessen.«

Das waren Informationen, die zu dem passten, was sie schon wussten. Die Erschleichung seines Abschlusses, dann Parisi, der ihn erpresste.

»Hat er mal irgendetwas zum Thema Geld gesagt?«, fragte Giovanna. »Dass er kein Geld hat oder Ähnliches?«

»Nie.« Caterina schüttelte den Kopf.

Rein am Geld konnte es also nicht gelegen haben. Da Giovanna seine Kontoauszüge kannte, wusste sie, dass der Dottore die fünftausend Euro Schweigegeld locker hatte verkraften können.

»Ich weiß bis heute nicht, was da in ihn gefahren ist«, sagte Caterina nachdenklich. »Wieso er sich so vehement gesträubt hat, mir etwas zu erzählen.«

»Er wollte nicht an seine Abschlussarbeit erinnert werden«, sagte Giovanna, die der jungen Frau wenigstens eine kleine Erklärung anbieten konnte.

»Die Abschlussarbeit?« Mit gerunzelter Stirn blickte Caterina sie an. »Wieso? Die liegt doch in seiner Praxis auf dem Schreibtisch.«

17. KAPITEL

Der Staatsanwalt würde Anklage erheben. Die Nachricht kam gerade hereingeflattert, als Giovanna ein weiteres frustrierendes Verhör von Parisi hinter sich gebracht hatte.

Ihr Tatverdächtiger schwieg. Er weigerte sich, mit ihnen zu kooperieren, sagte ohne seinen Anwalt keinen Ton, und der riet ihm, überhaupt nichts mehr zu sagen. So suchten sie also in akribischer Feinarbeit weiter nach möglichen Beweisen.

Vielleicht kamen sie doch über die Waffe weiter. Giovanna nahm den Telefonhörer auf, um Ispettrice Mantovani anzurufen. Wenn sie davon ausgingen, dass die Mordwaffe tatsächlich die als gestohlen gemeldete Glock des Sportschützen war, konnten sie die Spur anhand der Seriennummer möglicherweise nachverfolgen. Das verflixte Darknet, dachte sie. Die Polizei kam einfach immer einen Schritt zu spät.

Doch Ispettrice Mantovani war schon nach Hause gegangen.

»Du solltest auch Schluss machen.« Aliverti stand im Türrahmen, sie hatte ihn gar nicht kommen gehört.

»Gleich«, murmelte sie.

Er blickte demonstrativ auf die Uhr. »In fünf Minuten?«

Sie seufzte. »Es ist zu früh. Der Staatsanwalt ist viel zu

früh.« Ein einziger Blick auf ihren chaotischen Schreibtisch genügte, um das zu bestätigen. Sie waren einfach noch nicht so weit. Es fehlten noch Puzzleteile, so viele Indizien und Beweise, um Parisi die Morde nachweisen zu können.

»Heute wirst du dein Problem nicht mehr lösen«, sagte Aliverti schulterzuckend, und sie wusste nicht, ob sie ihn beneidete oder wütend auf ihn war, dass er so cool bleiben konnte.

Maria kam ihr in den Sinn. Giovanna beschloss, ihr die Anklageerhebung persönlich mitzuteilen.

»Möchtest du …«, begann er, doch bevor er den Satz beenden konnte, stand sie auf, steckte Smartphone und Schlüssel in die Hosentaschen und sagte: »Ich fahre nach Bellano.«

Erstaunt hob Aliverti die Augenbrauen.

Sie zuckte die Schultern. »Ich muss mich bei Ispettrice di Bartolomeo für die gute Arbeit bedanken.«

»Es geschehen noch Zeichen und Wunder«, murmelte der Questore. »Giovanna Ruggieri folgt den Regeln der gesellschaftlichen Konventionen.«

*

»Dann ist der Fall also wirklich gelöst? Wenn die Staatsanwaltschaft Anklage erhebt?« Maria war überrascht gewesen, Giovanna im Büro der Polizia Locale zu sehen, noch überraschter war nur Riccardo, der angesichts der hübschen Commissaria gleich den Bauch eingezogen hatte. Es hatte nicht viel gefehlt, und er hätte salutiert.

Nachdem Giovanna sich mit knappen Worten bei ihr für die Unterstützung bedankt hatte, hatte sie etwas verloren im Raum gestanden. Also hatte Maria sie zum Abendessen im Miralago eingeladen, und als Giovanna wegen ihrer Schildkröte absagen wollte, sehr streng geschaut.

»Zia Domenica hat sicher noch Küchenkräuter übrig, die kannst du deinem Bruno dann später mitbringen.« Und damit war auch Giovannas letzter Protest gestorben.

Rosa und Domenica hatten Giovanna – zu ihrem sichtbaren Schrecken – mit *Baci*, Küsschen auf die Wangen, begrüßt und fest gedrückt.

»Wenn du das Essen probiert hast, verzeihst du ihnen ihre Übergriffigkeit«, hatte Maria der Commissaria zugeraunt und sie schnell zu einem Tisch direkt am Wasser gezogen.

Nun saßen sie auf der Terrasse des Miralago und genossen den leichten Wind, der vom See her wehte. Keine von ihnen schien so recht zu wissen, was sie sagen wollte.

Maria gab sich als Erste einen Ruck. »Da haben wir also tatsächlich einen Mörder gefunden, hm?«, wiederholte sie.

»Sieht so aus.« Giovanna nickte und strich sich eine ihrer dunklen Locken hinters Ohr.

»Ganz zufrieden scheinst du nicht zu sein?«

»Ich muss zugeben, ich habe es gern lückenlos. Am besten mit einem Geständnis.«

Maria nickte nachdenklich. »Es ist mein erster Mordfall, weißt du. Ich kenne mich da noch nicht so aus.«

Giovanna schmunzelte, und ihre Gesichtszüge wirkten entspannter, als sie erwiderte: »Eigentlich waren es ja sogar zwei.«

Maria grinste. Zwei Morde, zwei Polizistinnen. Und das Bauchgefühl eines Bauern aus Vendrogno, dachte sie dann plötzlich, der mit dem richtigen Satz im richtigen Moment an die richtige Person geraten war. Ob sie ohne Vicente heute hier säße?

In diesem Moment brachte ihre Mutter die Antipasti. »Für die beiden hübschen Damen an Tisch zwei«, sagte sie augenzwinkernd. »Und Vorsicht, falls ein Mann euch ein Getränk ausgeben will, sagt nicht, dass ihr ohnehin eingeladen seid. Er darf ruhig zahlen.«

Ungläubig blickte Giovanna Rosa hinterher, als sie zurück in die Küche eilte.

»Sie ist nicht immer so.« Maria probierte einen Bissen der gegrillten Zucchini, die wie üblich himmlisch schmeckten, dann korrigierte sie sich: »Meist ist sie noch viel schlimmer.«

Und zum ersten Mal, seit Maria sie kannte, lachte Giovanna lauthals. Wie viel sich in so wenigen Tagen verändert hat, dachte Maria. Bei ihrem ersten Treffen war die Commissaria abweisend gewesen, zugeknöpft. Nur über den Fall hatte sie mit ihr gesprochen, distanziert und professionell. Und nun saßen sie gemeinsam beim Abendessen und scherzten miteinander.

»Oh, du hast nicht zu viel versprochen, deine Tante kann kochen«, sagte Giovanna kurz darauf, nachdem sie den ersten Bissen probiert hatte. Keine zehn Minuten später hatte sie ihren Teller restlos leer gegessen und den letzten Tropfen Öl mit Brot aufgetunkt.

Und das war erst die Vorspeise, dachte Maria amüsiert. Sie hob ihr Weinglas und stieß mit Giovanna an. »Auf meine ersten Mordfälle«, sagte sie grinsend.

»Und darauf, dass du dich nicht gar so ungeschickt angestellt hast«, sagte Giovanna grinsend.

»Nicht gar so ungeschickt«, freute Maria sich.

Als Rosa den Hauptgang brachte, sprachen sie nicht mehr viel. Heute gab es Fritto misto di lago, Zias Spezialität und Marias Leibspeise – und wie sich herausstellte, auch Giovannas neues Lieblingsgericht.

Satt und zufrieden saßen sie schließlich in der Dunkelheit da, die Sonne war längst untergegangen, und die Lichter der Terrasse des Miralago leuchteten mit denen der letzten Boote auf dem See um die Wette. Eine Gruppe Nachtschwimmer stieg mit bunt leuchtenden Bojen ins Wasser.

Friedlich ist es, dachte Maria.

*

»Sag mal, Michele, du weißt doch sicher, wie ich in die Mediathek von RAI Uno komme?« Maria stellte die Schüssel mit der Pasta von Zia Domenica auf den Tisch. Nachdem sie Giovanna zur Fähre gebracht hatte, war ihr auf dem Heimweg die Idee gekommen, diesem Fall noch einen anderen Abschluss zu geben, einen symbolischen. Sie war dabei gewesen, als Marchesis Unfall aufgenommen worden war, sie hatte seiner Beerdigung beigewohnt. Irgendwie schien es ihr passend, den Mann selbst zumindest einmal angehört zu haben.

»Wo warst du so lange?« Stefano blickte sie misstrauisch an. »Hattest du wieder eine Verabredung?«

»Mit meiner Arbeitskollegin.« Kopfschüttelnd holte Maria Teller, Besteck und Servietten. Luca war offensichtlich ausgegangen, aus seinem Zimmer war weder Musik noch der bezeichnende Lärm seiner Videospiele zu hören.

»Was ist jetzt mit der Mediathek, Michele?«

»Mamma!« Michele rollte mit den Augen, senkte sein Smartphone aber nicht.

»Na los, hilf deiner Mutter«, wies Stefano seinen Sohn zurecht. Jetzt hätte Maria am liebsten mit den Augen gerollt. »Wie geht es deinem Knie?«, fragte sie stattdessen und beäugte die Packung mit den Schmerztabletten. Er hatte heute weniger genommen, schien sich also auf dem Weg der Besserung zu befinden.

»Ich glaube, ich kann in den nächsten Tagen nach Hause«, sagte er. »Dann bin ich dir auch nicht mehr im Weg.«

»Oh, aber was, wenn du hinfällst? Wenn es brennt? Solltest du nicht erst wieder ganz gesund werden?«, fragte Michele plötzlich besorgt.

Maria hatte bisher nicht darüber nachgedacht, aber ihre Söhne schienen die Zeit mit ihrem Vater zu genießen. Wieder mit beiden Eltern unter einem Dach zu leben gefiel ihnen, auch wenn sie in einem Alter waren, in dem sie von elterlichen Vorschriften natürlich nichts mehr hören wollten. Gut, dass Sommerferien waren, da ließ Maria ihren Söhnen mehr Freiheiten. Sie schaute Stefano nicht an, als sie schließlich sagte: »Du kannst gern so lange bleiben, bis es vollständig geheilt ist. Damit du einem überraschend auftretenden Brand in deiner Wohnung nicht hilflos ausgeliefert bist«, fügte sie amüsiert hinzu. »Was ist jetzt mit RAI Uno?«, wandte sie sich an ihren Sohn.

»Du weißt doch, wie man die Mediathek bedient!« Michele lachte.

»Mit der kleinen Fernbedienung?« Sie zog die Nase kraus. Natürlich war sie durchaus technisch versiert, aber mittlerweile besaßen sie drei Fernbedienungen. Mit der größten konnte sie alle Programme normal empfangen. Eine war für den Ton der Anlage, die sie hinzuschalten konnte, ein Geschenk von Stefano, dem Elektriker, der solche Spielereien liebte. Maria verzichtete meist auf »Dolby Surround« und stellte nur den Fernseher an, ihre Söhne hingegen liebten Netflix und Co., Streamingdienste, auf denen sie sich mit Serien ganze Nächte um die Ohren schlagen konnten, wenn Maria sie nicht irgendwann ins Bett schicken würde.

»Was willst du denn sehen?«, fragte Michele, während er sich durch die Programme klickte.

»Einen Beitrag auf RAI Uno zu Bellano.«

»Zu Bellano?«

Sie zuckte mit den Schultern. »Sie haben in einer Sendung wohl etwas zu Antonio Marchesi gebracht und seinen Ambitionen, Bürgermeister zu werden.«

Den Blick fest auf das Gerät gerichtet, nickte Michele und fragte dann: »Wann war das?«

»Oh, vor ein paar Monaten schon.«

»Du weißt das Datum nicht?«

Sie schüttelte den Kopf. »Aber es muss vor Ende April gewesen sein.«

Ihr Sohn stöhnte dramatisch auf, was ihm eine unwirsche Geste seines Vaters einbrachte.

»Dann muss ich suchen.« Michele nahm sein Handy und googelte. Auf die Idee hätte sie eigentlich auch selbst kommen können.

Während Michele im Wechsel auf seinem Smartphone und der Fernbedienung herumtippte, deckte Maria den Tisch und gab die Pasta auf. Damit Stefano weiterhin sein Bein hochlagern konnte, brachte sie ihm den Teller wie auch schon die vergangenen Abende ans Sofa.

»Du bist ein Schatz«, murmelte er.

»Ja, ja, vergiss das nicht, wenn es an die nächste Unterhaltszahlung geht«, murmelte sie, zwinkerte ihm dabei aber zu, um ihm zu zeigen, dass sie ihn nur necken wollte. Stefano war absolut zuverlässig und großzügig – er hätte es sich nie verziehen, wenn es seinen Söhnen an irgendetwas gemangelt hätte.

»Mamma, ich glaube, das gibt es nicht, was du suchst.«

»Bürgermeister? Bellano? Irgendein regionaler Beitrag?«

Michele schüttelte den Kopf, und Maria schob ihre Enttäuschung beiseite. Sie hätte den Beitrag gern gesehen. »Na, dann komm essen.« Sie versuchte sich an einem Lächeln. »Wo ist eigentlich Luca?«

Michele zuckte mit den Schultern. »Am Lido.«

Wo sonst, dachte Maria. »Hat er den Roller?«

»Will ein Mädchen beeindrucken.«

Sie musste sich auf die Zunge beißen, um keine Bemerkung zu machen. Aber vor dem großen Bruder sollte ihr nichts herausrutschen, was Lucas Stolz verletzen könnte.

»Ich hab's!«

»Was hast du?«

»Na, deine Reportage.« Er drückte auf einen Kopf, und tatsächlich erschien keine zehn Sekunden später Antonio Marchesi auf dem Bildschirm. »Lief Mitte April auf RAI Uno.«

Maria ließ sich in den Sessel sinken. »Stell lauter.«

Der kurze Beitrag zeigte Marchesi, wie er zu Hause auf der Couch saß – dieselbe Couch, auf der Maria auch mit seiner Frau gesessen hatte – und dem Filmteam Fragen beantwortete. Zwischendurch wurde jeweils übergeblendet zu Aktivitäten Marchesis: wie er in einer seiner Filialen stand und einer Kundin eine Brille anpasste, wie er auf dem Markt nach der besten Melone suchte und wie er mit seinem Hund im Garten tollte. Den Hund hatte Maria nicht gesehen, ein kleiner schwarz-weißer Mischling mit einer spitzen Schnauze, der es offensichtlich liebte, mit seinem Herrchen Ball zu spielen.

»Na, das nenne ich mal Wahlwerbung«, knurrte Stefano. »Ich will nicht wissen, wie viel er dem Produzenten dafür gezahlt hat.«

Das lässt sich herausfinden, dachte Maria schmunzelnd. Aber sie musste ihrem Ex-Mann recht geben, das Bild, das hier von Marchesi gezeichnet wurde, war genau die richtige Mischung von Unternehmer und Familienmensch, von bodenständig und erfolgreich, mit dem man eine Bürgermeisterwahl gewinnen konnte.

Castelnuovo zumindest hatte keinen Wahlwerbespot, er musste sich mit Zeitungsnotizen begnügen, wenn es eine neue

Gelateria in Bellano oder neuen Blumenschmuck am Lungolago gab.

Die Reportage war kurz, nur als kleiner Beitrag einer Lokalsendung gedacht, und nach etwa sieben Minuten wurde der Bericht von einem über die Villa Carlotta abgelöst.

Die letzten Einblendungen, etwa zwanzig Sekunden, weckten jedoch Marias Interesse. »Kannst du noch einmal zurückspulen?«, fragte sie Michele. Es war deutlich, weshalb Lorenzo Parisi aufmerksam geworden war: Die Tatsache, dass Marchesi als Bürgermeister kandidierte, mochte ihn wütend gemacht haben, aber was zu dem Entschluss geführt hatte, ihn zu erpressen, waren sicherlich die letzten zwanzig Sekunden des Beitrags gewesen, in denen alte Fotos von Marchesi in einer Collage übereinander geblendet wurden. Wie zu der Zeit modern, trug er die Haare kurz, im Beitrag waren sie ihm weicher und länger ins Gesicht gefallen. Die Fotos zeigten Marchesi als jungen Mann in Studienzeiten, beim Lernen in der Universitätsbibliothek, vor einem See an einen roten Wagen gelehnt, mit Freunden im Park und schließlich und endlich auch stolz mit der Urkunde seines Universitätsabschlusses in der Hand. Kein Wunder, dass Parisi etwas vom Kuchen hatte abhaben wollen.

Plötzlich richtete sie sich auf. »Noch einmal, bitte.« Ihr war etwas aufgefallen. »Hat er etwa ein neues Auto bekommen zum Universitätsabschluss?«, fragte sie sich selbst. Gerade eben war Marchesi eingeblendet worden, auf dem Kopf noch immer den Lorbeerkranz als Zeichen des Hochschulabschlusses, dieses Mal aber an ein neues Auto gelehnt. Stefano zuckte mit den Schultern, während Michele sie interessiert anblickte. »Wenn ich einen guten Schulabschluss mache …«, begann er, doch sie unterbrach ihn sofort.

»Du hast schon einen Roller!«

»Ein Roller ist kein Auto.«

»*Infatti*, er ist viel mehr als das!«, rief Stefano. »Ein Roller ist Freiheit, Spaß und Lebensgefühl!«

»Aber er hatte doch ein Auto«, murmelte Maria, ohne dem Gespräch der beiden weiter Beachtung zu schenken. Das hatte Parisi Giovanna erzählt, der von Marchesis halb oder gar nicht legalen Geschäften zu Studienzeiten gesprochen hatte. Und war nicht auch gerade eben eines eingeblendet gewesen? Warum also hatte er ein neues geschenkt bekommen? Für seine Eltern, beide Bauern, war ein neuer Wagen sicher kein leichtes Unterfangen.

Hatte er es sich also selbst zugelegt? Weshalb? Hatte er etwa eines gebraucht? Weil sein altes einen Unfall gehabt hatte? Maria schnappte nach Luft. Nein, das konnte nicht sein. Das war viel zu weit hergeholt. Oder doch? Sie blickte auf die Uhr, kurz nach zehn. Giovanna hatte müde ausgesehen, als sie sie verabschiedet hatte, die Commissaria konnte einen ruhigen Feierabend gebrauchen. Andererseits kannte Maria sie mittlerweile gut genug, um zu wissen, dass sie sofort informiert werden wollte, und sei es über Kleinigkeiten und mitten in der Nacht oder mit gebrochenem Arm im Krankenhaus. Also zog sie ihr Smartphone hervor und schrieb eine kurze Nachricht.

*

»Wir haben möglicherweise den falschen Parisi!« Stirnrunzelnd las Giovanna die Nachricht, die Maria ihr soeben geschickt hatte. Der falsche Parisi? Was sollte das heißen?

»Weißt du, Bruno, ich habe doch diese neue Kollegin«, wandte Giovanna sich wieder an ihre Schildkröte, nachdem das Gespräch mit ihr wegen Marias Nachricht unterbrochen worden war. »Sie ist ein bisschen zu fröhlich und ein bisschen zu begeisterungsfähig«, fuhr sie fort. »Aber wenn ich ehrlich bin: Ich mag sie. Sie ist klug, sie ist einfallsreich, und sie hat gute Ideen. Oh, und ihre Tante kocht ganz hervorragend. Die hat ein Herz für Schildkröten, weißt du? Die Petersilie, die du da gerade so begeistert schnabulierst, ist von Domenica.« Tatsächlich hatte sich Bruno regelrecht auf das Kraut gestürzt. »Sie ist eine gute Kollegin«, wiederholte Giovanna nachdenklich. Das war sie wirklich. Und Giovanna ertappte sich bei dem Gedanken, dass sie gern mit ihr zusammenarbeitete. Aber es gab einen Haken: Maria war bei der Polizia Locale, dieser Fall war eine Ausnahme gewesen, Maria drehte längst wieder in Bellano ihre Runden an der Seepromenade und sie, Giovanna, würde ihren nächsten Mordfall mit Alberto Fini oder einem anderen Kollegen lösen müssen. Die auch qualifiziert waren, keine Frage. Aber sie waren nicht Maria.

Seufzend schob Giovanna diesen Gedanken zur Seite und blickte wieder auf ihr Handy. Was zum Kuckuck bedeutete Marias kryptische Nachricht über den falschen Parisi? Noch während sie stirnrunzelnd vor ihrem Smartphone saß, trudelte eine neue Nachricht von Maria ein, der Link zu einer Fernsehsendung, den sie sofort öffnete.

18. KAPITEL

Giovannas Chef blickte Maria im Vorbeigehen fragend an, doch als sie sich ihm vorgestellt hatte, schien Aliverti sich zu erinnern, sie vor einigen Tagen schon einmal gesehen zu haben. Freundlich grüßte er sie, die Begegnung blieb dennoch flüchtig, und Maria musste sich eingestehen, dass dies ein warmes Gefühl in ihrer Magengegend auslöste: Nicht die Flüchtigkeit selbst, aber die Tatsache, dass sie schon so zu Giovannas Ermittlungen und der Questura gehörte, dass sich niemand an ihrer Anwesenheit störte.

Als sie an die Bürotür der Commissaria klopfte, saß diese gedankenversunken vor ihrem Computerbildschirm. Die dunklen Locken standen vom Kopf ab, so als wäre sie schon mehrfach mit den Händen hindurchgefahren.

»Ich glaube, du könntest recht haben«, sagte sie, ohne von ihrem Monitor aufzublicken. »Schau mal.« Mit dem Zeigefinger deutete sie auf den Bildschirm, und Maria umrundete den Schreibtisch, um ihr über die Schulter blicken zu können.

»Dir ebenfalls einen wunderschönen guten Morgen, und ja, sehr gerne nehme ich einen Caffè«, sagte Maria grinsend. Aber wie üblich, wenn sie in die Arbeit vertieft war, registrierte Giovanna Small Talk nicht einmal. Nun ja, sie schien Small

Talk auch nicht sonderlich zu mögen, wenn sie gerade nichts zu tun hatte, aber hören tat sie ihn dann zumindest. Wie gut, dass Maria ihre Ungeduld am Morgen gezügelt und auf Caffè und Biscotto nicht verzichtet hatte.

»Also, was hast du da?« Sie zog das Etui mit ihrer Lesebrille aus der Tasche und beugte sich vor. »Oh. Der Unfallbericht von Annina Parisi.« Sie überflog die Zeilen und pfiff dann durch die Zähne. Tatsächlich war das Einzige, das Annina nach der Unfallnacht noch wusste, das Auto. Nicht die Marke, damit kannte sie sich nicht aus. Aber rot sei es gewesen, rot mit viel Rost und einem Aufkleber von Lazio Rom, dem Fußballverein. »Rot, mit viel Rost«, murmelte Maria. »Marchesi war Lazio-Fan.« Sie erinnerte sich an den Wimpel, den sie bei ihrem Besuch in Vendrogno im Wohnzimmer gesehen hatte. »Hatte sein Auto auch einen Aufkleber? Es war so kurz im Bild.«

Giovanna hielt ihr einen Screenshot der Dokumentation hin, den sie offenbar mit ihrem Handy gemacht hatte. Er zeigte Marchesis rotes Auto, etwas Verschwommenes am Heck in Weiß-Blau. Lazio.

Giovanna nickte entschlossen. »Parisi ist aufgrund dieser Sendung bei RAI Uno auf die Idee gekommen, Fabrizio und Marchesi zu erpressen. Wenn Annina gemeinsam mit ihm ferngesehen hat, hat sie die Dokumentation ebenfalls gesehen und darin Marchesi und sein Auto.«

»Und dann ist ihr plötzlich die Idee gekommen, dass er der Unfallfahrer war«, ergänzte Maria.

»Wegen eines Lazio-Aufklebers.« Ungläubig schüttelte Giovanna den Kopf.

Maria fuhr sich mit der Zungenspitze über die Lippen. »War er es?«, fragte sie zögerlich. »Glaubst du, es könnte wirklich so gewesen sein?«

Giovanna strich sich eine Locke hinters Ohr. »Er war in letzter Zeit fahrig, abgelenkt, das passt gut zu der Erpressung durch Parisi. Aber Simone Fabrizios Geliebte hat mir etwas Interessantes über den Dottore gesagt: Sie glaubt, etwas aus seinem Studium hat ihn so sehr bedrückt, dass er nie wieder darüber sprechen wollte, dass er deshalb auch den Kontakt zu all seinen damaligen Freunden abgebrochen hat. Es war aber nicht seine Abschlussarbeit.«

»Ein Autounfall … der würde sicher ein so schlechtes Gewissen verursachen.« Maria konnte sich gut vorstellen, dass Annina mit ihrer Vermutung recht hatte. »Er muss mit im Auto gesessen haben.«

»Wenn Annina wirklich seit April geglaubt hat, dass Marchesi der Unfallfahrer war, derjenige, der ihr ganzes Leben auf die falsche Spur gelenkt hat, dann wäre das ein starkes Motiv«, sagte Giovanna jetzt.

Maria spürte, wie ihr Herz schneller klopfte. So aufgeregt war sie zuletzt bei Lucas Einschulung gewesen.

Giovanna richtete sich auf ihrem Stuhl auf. »Ob es wirklich stimmt, dass Marchesi – mit Fabrizio als Beifahrer? – damals den Unfall verursacht hat, ist im Grunde egal. Wichtig ist, ob Annina das glaubte, nachdem sie die Dokumentation gesehen hatte. Und ich denke … ja. Der Unfallfahrer wurde nie gefunden, sie hat sicher nie aufgehört, daran zu denken, darauf zu hoffen, dass er noch gefunden wird. Und nun sitzt sie vor dem Fernseher und meint, ein Detail wiederzuerkennen, das Auto zu erkennen. Sie kam von einer Party der Medizinstudenten, einer Party, auf der Marchesi – und natürlich auch Fabrizio – sicher ebenfalls waren. Laut den Aussagen ihrer Kommilitonen haben sie keine Gelegenheit zum Feiern ausgelassen. Der Heimweg, betrunken vielleicht, und dann der Unfall.«

»Deshalb hat Marchesi zum Uni-Abschluss ein neues Auto bekommen: Er brauchte tatsächlich eines, weil sein altes kaputt war«, sagte Maria. »Es hätte ihn als den Unfallfahrer identifiziert. Wie und wo er wohl den Wagen entsorgt hat, ohne dass die Polizei darauf aufmerksam wurde?«

»Vielleicht kannte er jemanden, der ihm geholfen hat. Vielleicht haben sie ihn einfach nachts in einen See gefahren. Oder in einer Garage stehen gelassen, bis niemand mehr danach gesucht hat.«

»Hat auf jeden Fall geklappt.«

Giovanna zuckte mit den Schultern. »Zeugen gab es nicht, und Annina konnte sich nicht erinnern. Kein defektes Fahrzeug. Ein Autounfall, das kann jeder gewesen sein.« Diese bittere Wahrheit hatte sie früh erkennen müssen. Anders als in einem Mordfall konnte man nicht davon ausgehen, den Schuldigen im Umfeld des Opfers zu finden.

»Annina hat also Rache nehmen wollen.« Maria nickte, jetzt ganz in ihre Gedanken vertieft. »Wusste sie von den Erpressungsversuchen ihres Mannes?«

»Die Telefonzelle!«, stieß Giovanna plötzlich hervor.

Maria blickte sie verwirrt an.

»Der dritte Anruf. Er kam nicht von Lorenzo Parisi. Deshalb gab es auch keine Geldabhebungen! Er hat sie zweimal erpresst, sie haben zweimal gezahlt. Ich lag falsch mit meiner Theorie, dass sie sich nach dem dritten Anruf geweigert haben zu zahlen. Lorenzo Parisi hat nur zwei Erpressungsversuche gestartet, deshalb war er in meinen Vernehmungen so irritiert, als ich von dem dritten Anruf gesprochen habe. Er kam nicht von ihm, er kam von Annina! Nur, das ist ihm dann auch klar geworden.«

»Und daraufhin hat er sich in Schweigen gehüllt«, sagte Maria. »Annina muss also von den Erpressungen gewusst haben, so ist sie auf die Idee gekommen, ebenfalls von der Telefonzelle aus anzurufen.«

»Vielleicht ist sie ihm gefolgt, als er die Anrufe getätigt hat, heimlich. Vielleicht ist sie misstrauisch geworden, als er irgendwann gesagt hat, er muss irgendwohin, und sie ist ihm gefolgt.«

»Dann hat sie eins und eins zusammengezählt, als ihre Geldnöte plötzlich weniger wurden. Ihren Mann darauf angesprochen hat sie nicht. Vermutlich, um nicht zu viel von ihren eigenen Plänen zu verraten. Ihr Hass auf Marchesi und Fabrizio war nach der Doku befeuert worden, und sie wusste nun, dass es ihrem Mann ähnlich ging.« Triumphierend blickte Maria auf.

»Es ist genau wie auch schon bei der Abschlussarbeit«, ergänzte Giovanna. »Auch damals hat er es vor ihr geheim halten wollen, aber sie hat es herausbekommen.«

»Und dann hat sie die beiden angerufen und was, ein Treffen, arrangiert?«

»Keine Geldübergabe jedenfalls, sie haben nichts abgehoben.«

»Sie hatte also vom Moment dieses Anrufs an vor, Fabrizio und Marchesi zu töten. Oder sogar noch vor diesem Anruf.« Marias Herz klopfte jetzt wie wild. Sie hatten die Lösung. Sie wussten, wer die Täterin war.

»Nur einen Beweis haben wir nicht«, holten Giovannas nächste Worte sie jedoch wieder auf den Boden der Tatsachen zurück. »Wir haben die Wohnung durchsucht: keine Mordwaffe, keine blutbefleckte Kleidung, keine Schmauchspuren, nichts. Es kann also auch alles ganz anders gewesen sein.«

»Das stimmt.« Maria seufzte niedergeschlagen. »Ganz abgesehen davon, dass Marchesi gar nicht schuld gewesen sein muss an dem Unfall. Und selbst wenn, haben wir keinen Beweis dafür, dass Annina sich die Einzelteile so zusammengesetzt hat.«

Giovanna tippte nachdenklich mit dem rechten Zeigefinger auf ihren Schreibtisch.

»Und Parisi weigert sich, mit mir zu sprechen. Wenn es stimmt, dass er die Wahrheit ahnt und er seine Frau schützen will, werden wir die Wahrheit nie aus ihm herausbekommen, fürchte ich.«

Entschlossen sagte Maria: »Wir brauchen also ein Geständnis von ihr.«

Giovanna zog die Augenbrauen hoch. »Und du meinst, das bekommen wir?«

»Ich habe keine Ahnung«, musste sie zugeben. »Du bist die Expertin.«

»Hm.« Giovanna lehnte sich in ihrem Schreibtischstuhl zurück und schloss die Augen. »Lass mich nachdenken«, murmelte sie. Für eine Weile saßen sie einfach nur schweigend da.

Schließlich öffnete Giovanna ihre Augen und sah Maria direkt an. »Wir könnten sie anlügen.«

»Bitte was?«

»Also, ich hätte da eine Idee. Moralisch nicht ganz einwandfrei«, gab Giovanna schulterzuckend zu, »aber im Zweifel heiligt der Erfolg die Mittel.«

*

Annina Parisi war noch blasser als an dem Abend, als Giovanna ihren Mann festgenommen hatte. Die Haare hingen ihr strähnig ins Gesicht, und sie blickte Giovanna misstrauisch an, nachdem sie die Tür einen Spalt breit geöffnet hatte. An den ersten beiden Tagen war sie noch nach Como gefahren, doch als man ihr nicht erlaubt hatte, ihren Mann zu sehen, war sie in Mailand geblieben.

»Wir haben gute Nachrichten, Signora Parisi.« Giovanna zwang sich zu einem Lächeln.

Sofort merkte die Frau auf. »Mein Mann?«

»Leider nein«, antwortete Maria ruhig, die jetzt einen Schritt vortrat. »Es geht um Ihren Unfall. Späte Gerechtigkeit«, fügte sie in beinahe melancholischem Tonfall hinzu. »Dürfen wir vielleicht reinkommen?«

Unsicher öffnete Annina die Tür etwas weiter, zögerte aber noch, den Weg freizugeben. Giovanna konnte es ihr nicht verdenken, wenn sie und Maria richtiglagen, gab es für Annina keinen einzigen Vorteil darin, sie hereinzulassen. Aber ob es eine gute Kinderstube war, Neugier oder etwas anderes, schließlich nickte Signora Parisi wie zu sich selbst und trat beiseite. Auch wenn Giovanna die kleine Wohnung nicht schon gekannt hätte, wäre der Weg ins Wohnzimmer gleich eindeutig gewesen: Es war nicht viel Platz bei den Parisis, nur wenige Türen führten von dem engen Flur weg.

»Kann ich Ihnen vielleicht einen Caffè kochen?«, bot Maria sofort an. »Sie sehen aus, als könnten Sie etwas Starkes gebrauchen.« Giovanna musste an Fini denken, der sich bei ihrer ersten Befragung von Emilia Fabrizio ebenfalls sofort in die Küche begeben hatte. Giovanna war sich allerdings sicher, dass Maria bei ihrem Angebot einen Hintergedanken hegte: Sie wollte Annina Parisi nicht nur in Sicherheit wiegen, sondern die Gelegenheit auch zum Stöbern nutzen. Die Polizei hatte die Wohnung der Parisis schon durchsucht, aber nun lagen die Dinge anders.

Doch Annina schüttelte den Kopf, und so nahmen die drei Frauen im Halbdunkel des Wohnzimmers auf der Sitzgruppe

Platz. Giovanna fuhr mit der Hand über die Armlehne des Sofas, der Stoff war dünn und abgewetzt. Sie ließ sich Zeit, blickte Annina an, sah zu Maria, dann zu den zugezogenen Fensterläden. Signora Parisi war nervös, mit dem Nagel des rechten Zeigefingers kratzte sie an einem Mückenstich am linken Handgelenk. Noch einen Augenblick würde Giovanna warten, um das Gespräch zu eröffnen. Selbst Maria begann, unauffällig ihr Gewicht zu verlagern, während Giovanna weiter beobachtete.

»Es geht um den Unfall, sagten Sie«, meldete Annina sich schließlich zu Wort. Sie versuchte, bestimmt zu wirken, das leichte Zittern in ihrer Stimme war jedoch nicht zu überhören. »Sie meinen den, als ich … als meine …?«

Giovanna nickte und blickte zu Maria, als Zeichen mitzureden. »Wir glauben, den Fahrer ausfindig gemacht zu haben.«

»Was? Wie das denn?« Wie ein Reh im Scheinwerferlicht erstarrte Annina, die Augen riesig in ihrem blassen Gesicht.

»Wir haben mit den Kommilitonen Ihres Mannes gesprochen«, sagte Giovanna sanft. »Und dabei wurden wir auf diese Party aufmerksam gemacht, die von den Medizinstudenten gefeiert wurde. Die Party, auf der Sie und Ihr Mann ebenfalls anwesend waren. Ihr Mann ist noch dageblieben, aber Sie waren müde und wollten nach Hause.«

»Genauso wie eine junge Studentin«, fuhr Maria, ohne mit der Wimper zu zucken, fort. »Betrunken, so wie Sie, Signora Parisi, hat sie sich in ihr Auto gesetzt. Und Sie angefahren.«

»Eine Studentin?« Jetzt stand blankes Entsetzen in Anninas Blick, und Giovanna wusste, dass sie mit ihrer Theorie richtiglagen.

Sie nickte ernst. »Sie wollte sich ihre Karriere, die vielversprechende Karriere als angehende Ärztin nicht ruinieren. Deshalb ist sie weitergefahren. Hat sich nicht gekümmert, hat sich nie bei der Polizei gemeldet. Aber die Schuldgefühle sind mit den Jahren immer stärker geworden, und schließlich, als wir sie nur routinemäßig befragt haben im Mordfall Fabrizio und Marchesi, da hat sie es nicht mehr ausgehalten und reinen Tisch gemacht.«

»Sie werden also Gerechtigkeit bekommen.« Maria drückte Signora Parisis Arm. »Sie können eine Zivilklage anstreben.«

»Aber …«

»Sie bekommen Schmerzensgeld, endlich, nach so langer Zeit!«

»Nein.« Signora Parisi schüttelte den Kopf. »Nein«, wiederholte sie lauter. »Das kann nicht sein.« Panik war in ihren Augen zu lesen, als sie wild von Maria zu Giovanna blickte. »Sie war es nicht«, sagte sie. »Sie kann es nicht gewesen sein.«

Giovanna sagte nichts, auch Maria schwieg, wie sie es vorher besprochen hatten.

»Es war keine Frau!« Anninas Stimme klang erstickt, sie bekam es offenbar nicht zu fassen, wollte es nicht fassen, was ihr erzählt wurde, wollte es nicht wahrhaben, mit jeder Faser ihres Körpers hoffte sie, dass es nicht stimmte. »Sie hat nicht … Sie hat nicht … O Gott!« Mit einem Schluchzer schlug Annina sich die Hände vor das Gesicht.

Giovanna ließ sie weinen, bis sie schließlich ruhiger wurde, dann fragte sie sanft: »Aber … wenn sie es nicht war … Was ist passiert?«

Und dann hörten sie zu. Hörten zu, wie Signora Parisi zunächst stockend, doch nach und nach flüssiger, wie erlöst, von jenem schicksalhaften Moment sprach, als sie gemeinsam mit ihrem Mann die Dokumentation gesehen hatte. Sie hatte ihm nicht erzählt, dass sie Marchesis Auto wiedererkannt hatte, dass sie urplötzlich mit absoluter Gewissheit sagen konnte, wer damals den Unfall verursacht hatte. Stattdessen hatte sie sich zurückgezogen, über einer Möglichkeit gebrütet, was sie tun konnte. Von ihrem Plan hatte sie ihm nichts erzählt, wollte ihn nicht damit belasten. Lorenzo seinerseits heckte den Plan aus, beide Männer zu erpressen, und erzählte Annina ebenfalls nichts davon.

»Er wollte das geheim halten vor mir«, sagte sie mit einem melancholischen Lächeln. »Er dachte sogar, es wäre ihm gelungen.«

»Aber dafür kannten Sie Ihren Mann zu gut. Und Sie wollten alles wissen. Wollten herausfinden, woher Ihr Mann plötzlich Geld hatte, wo er an diesen zwei Abenden war, als er die Erpressungsanrufe tätigte.«

Annina blickte auf ihre Hände. Der Mückenstich am linken Handgelenk blutete, und schnell zog sie die rechte Hand zurück. »Sie haben ihm das Geld geschickt. Anfang Mai kamen plötzlich zwei dicke Umschläge bei uns an. Ich habe einen geöffnet, mit Wasserdampf, und wieder verschlossen. Ab da war mir klar, was Lorenzo getan hatte, und als er das nächste Mal abends plötzlich loswollte, um etwas zu besorgen, bin ich ihm gefolgt. Er ging zu dieser Telefonzelle. Vier Tage später lagen wieder zwei Umschläge in der Post.«

Währenddessen hatte sie ihren eigenen Plan geschmiedet. Ihr Mann wollte Geld, Annina wollte Rache. Im Darknet hatte sie die Waffe gekauft, und Giovanna war überrascht, mit welcher Professionalität und mit welchem Wissen sie die Morde geplant hatte.

»Ich habe sie beobachtet«, sagte Annina nachdenklich. »Monatelang. Ich wusste von Fabrizios Affäre mit dieser Kellnerin.«

Caterina Camagni.

»Er hat sie geschwängert, wussten Sie das?«

Giovanna ging nicht darauf ein. »Sie sagten, Sie haben Antonio Marchesis Auto erkannt? Weshalb dann Fabrizio? Warum haben Sie ihn auch getötet?«

»Sie haben doch immer alles zusammen gemacht. Der eine hätte nie ohne den anderen diese Party verlassen. Nein, sie waren beide schuld, beide. Einer ist gefahren, und der andere hat mich liegen lassen. Hat mir genauso wenig geholfen, hat sich genauso wenig gemeldet.« Verachtung war in ihrem Blick zu lesen, und Giovanna konnte es ihr nicht einmal verdenken.

»Sie waren so schrecklich dumm, alle beide. Ich habe Simone angerufen, weinend, damit er die Stimme nicht richtig erkennt. Ich habe mich für Caterina ausgegeben, und er hat mir geglaubt. Hat sofort zugestimmt, mich zu treffen, auf der Isola Comacina, mitten in der Nacht.« Ungläubig, als könnte sie selbst nicht fassen, dass ihr Plan funktioniert hatte, schüttelte sie den Kopf. »Dort habe ich ihn erschossen. Auf dem alten Altar von Sant'Eufemia. Er sollte für seine Taten büßen.« Es war also persönlich gewesen, Rache, so, wie Giovanna es von Anfang an vermutet hatte. Sie hatte diesen Ort gewählt, weil sie ihn richten wollte. Interessant fand Giovanna, dass der Hass auf Fabrizio offenbar größer gewesen war als der auf Marchesi – obwohl das Auto doch dem Unternehmer gehört hatte und nicht dem Dottore.

»Wie sind Sie auf die Insel gekommen?«, fragte Maria.

Annina wandte den Kopf, überrascht, wie als ob sie die Anwesenheit der Ispettrice längst vergessen hatte. »Ich habe unter falschem Namen ein Boot gemietet«, sagte sie leichthin. »Niemand achtet auf Boote im See.«

Das hatte auch schon Giovanna gedacht, weshalb auch? Die Boote gehörten zum See wie die Schwäne, wie die Haubentaucher und die Enten. Wenn die Ispettori Butti und Invernizzi noch einmal loszogen, diesmal mit einem Foto von Annina statt von Lorenzo Parisi, würde ihre Befragung vielleicht ein anderes Ergebnis bringen.

»Und Marchesi?«, fragte Giovanna.

»Er war zuerst dran. Ich hätte ihn auch erschossen.« Annina Parisi nickte gedankenverloren. »Aber das war nicht notwendig. Er ist viel zu schnell gefahren, und ich habe noch gedacht, hat er nicht schon genug Unfälle verursacht? Nun, jetzt wohl seinen letzten.« Sie nickte wieder. Nicht zufrieden, nicht traurig, so als würde sie einfach die Fakten benennen. Was sie auch tat. Giovanna fröstelte trotz der Hitze.

»Ich hatte ihn nach Bellano gelockt. Habe ihn angerufen und ihm gesagt, dass ich weiß, was er getan hat, und dass ich ihn treffen will. Dass ich eine Entschuldigung von ihm will. Er war erschüttert. Hat wohl geglaubt, sein kleines Geheimnis sei sicher.« Sie lachte trocken. »Wir haben als Treffpunkt Bellano ausgemacht, ich wollte ihn in Sicherheit wiegen, kein Misstrauen erwecken, deshalb habe ich die Uferpromenade gewählt, bis spät in die Nacht hätte uns dort jemand gesehen.«

»Aber Sie haben ihn nicht getroffen?«

»Dort hätte ich ihn nicht töten können.« Ein entschlossener Zug lag um ihren Mund, ein grausamer, dachte Giovanna. »Deshalb habe ich ihn schon auf dem Weg erwischt. Ich wusste, dass nachts kaum jemand nach Vendrogno unterwegs sein würde. Und sein Auto war unverkennbar. Ich habe einfach nur dort gestanden, auf der Straße. Die Pistole hatte ich in der Hand. Er hat mich gesehen, ist ausgewichen und dann …« Mit einer Handbewegung deutete sie an, was passiert war.

Ihr Plan hatte an einem dünnen Faden gehangen. Kurz

dachte Giovanna, dass sie in ihrer Naivität ihrem Mann ähnelte. Was, wenn Marchesi nicht von zu Hause zu dem Treffen in Bellano gefahren wäre? Was, wenn er von einem Geschäftstermin, einer privaten Verabredung aus Richtung Dervio oder Varenna gekommen wäre?

»Wie sind Sie nach Vendrogno gekommen?«

»Ich hatte gehofft, einen Elektroroller mieten zu können, Sie wissen schon, diese bunten, die überall herumstehen.« In Mailand, dachte Giovanna, in Bellano eher nicht. Auch das eine Stellschraube, an der ihr Plan leicht hätte scheitern können. »Ich musste laufen, vom Hafen in Bellano, aber ich war nicht müde, hatte viel Energie.« Das konnte Giovanna sich vorstellen, vollgepumpt mit Adrenalin, voller Aufregung, Nervosität – und Angst? – in dieser Nacht zwei Morde zu begehen. »Danach bin ich zurück zum Boot, Simone hat schon auf der Insel gewartet, auch wenn ich ihn für später dorthin bestellt hatte.«

»Was haben Sie mit der Waffe gemacht?«

»In den See geworfen, irgendwo. Meine Kleidung auch.«

Diesbezüglich hatte sie an alles gedacht – oder das Wasser hatte es ihr leicht gemacht.

»Was haben Sie Ihrem Mann erzählt, was Sie in dieser Nacht getan haben?«, fragte Giovanna.

»Er nimmt oft Schlaftabletten und schläft dann durch. Ich habe ihm geschrieben, ich sei früh unterwegs, beim Arzt.«

»Und das hat er Ihnen geglaubt?«

Annina zuckte unbeteiligt mit den Schultern. »Ich glaube, er wollte es gar nicht wissen«, sagte sie dann, und unwillkürlich musste Giovanna nicken. Lieber die Augen verschließen, als der schrecklichen Wirklichkeit ins Gesicht zu sehen. War es nicht auch das gewesen, was Simone Fabrizio und Antonio Marchesi getan hatten, in dieser Unfallnacht und danach?

Die Augen verschlossen vor dem, was passiert war, an den See geflohen vor den Dämonen der Vergangenheit und die Erinnerung tief, tief in sich vergraben. Bis zu diesem Anruf von Annina Parisi. Wie sie sich wohl gefühlt hatten, ihrem Mann Geld zu zahlen für die gekaufte Abschlussarbeit, wo sie doch wussten, dass seine Frau so viel mehr Grund gehabt hatte, sie zu erpressen?

Nachdenklich sah Giovanna diese seltsame, undurchdringliche Frau an.

»Der Unfall damals muss schrecklich gewesen sein«, sagte sie. »Die Schmerzen, die Angst, dann die Möglichkeit, dass Sie für immer gelähmt bleiben. Die Karriere Ihres Mannes, die dadurch beeinflusst wurde, die Chancen, die Sie – und er – deshalb verpasst haben. Ich kann verstehen, dass Sie wütend waren, dass Sie die beiden Männer gehasst haben, Marchesi und Fabrizio für alle Zeiten verflucht haben. Aber, wissen Sie, Signora Parisi?« Sie fuhr sich mit der Zungenspitze über die Lippen, bevor sie Annina in die Augen blickte und sagte: »Sie selbst sind wieder gesund geworden. Können leben. Diese Möglichkeit haben Sie Marchesi und Fabrizio genommen.«

*

Widerstandslos hatte Annina Parisi sich festnehmen und an die Mailänder Kollegen übergeben lassen. Sie hatte nichts weiter gesagt, aber es hatte auch nichts mehr zu sagen gegeben. Marchesi und Fabrizio waren gestorben, weil sie vor beinahe zwanzig Jahren einen furchtbaren Fehler begangen hatten.

Giovanna hatte ihre Arbeit gemacht, und sie hatte sie gut gemacht. Doch am Ende eines Mordfalls stand nie Freude oder gar Jubel. Es war immer niederdrückend, ein furchtbares

Gefühl, bei dem ihr die Sinnlosigkeit des Tötens ins Gesicht starrte.

Das hatte offenbar auch Maria gespürt, die leiser, nachdenklicher gewesen war als sonst. Sie hatten beide nicht viel gesprochen auf dem Rückweg von Mailand nach Como, aber die Verabschiedung dort war herzlich.

»Ich muss meine Kollegen noch zum Abendessen einladen«, hatte Maria gesagt. »Wir machen das morgen Abend.« Ein wenig verlegen hatte sie gefragt, ob Giovanna dazukommen wolle. Und wie gern wäre Giovanna in diesem Moment eine dieser Personen gewesen, die, ohne zu zögern, Ja sagen. Doch Giovanna lebte nicht ohne Grund so zurückgezogen. Sie hatte die Einladung abgelehnt, wenn auch mit einem schlechten Gewissen, als sie Marias Enttäuschung sah. Doch als sie dann angeboten hatte, am darauffolgenden Abend ein Risotto für Maria zu kochen, hatten die Augen der Ispettrice geleuchtet, und sie hatte fröhlich zugesagt.

Jetzt stand Giovanna an Bord der Fähre und freute sich auf einen ruhigen Abend mit Bruno. Vielleicht würde sie nach oben zu Ludovicos Balkon hinaufrufen, und wenn er gerade zu Hause war, ein Glas Wein mit ihm trinken.

Die ruhige Präsenz ihres alten Nachbarn war nach den Turbulenzen der letzten Tage genau das, was sie jetzt brauchte.

Als die Fähre in Bellagio anlegte, spürte Giovanna, wie ein Teil der Anspannung von ihr abfiel. Filippo schenkte ihr ein strahlendes Lächeln mit seinen perlweißen Zähnen.

Was vergebe ich mir eigentlich?, dachte Giovanna und verabschiedete sich statt ihres üblichen Nickens mit einem freundlichen »*Ciao! A domani!*«. Dann ging sie von Bord.

»Signora«, rief er ihr hinterher. »Signora Commissaria, würden Sie mit mir ausgehen?«

Ohne eine Antwort ging sie weiter, doch nach ein paar

Schritten hielt sie inne, schob die Sonnenbrille in die Haare und drehte sich um. »Vielleicht«, sagte sie und sah sein freudig überraschtes Gesicht.

Dann machte sie sich lächelnd auf den Weg nach Hause.

Festtagsstimmung im Périgord und ein perfider Mordfall

Julie Dubois
TRAUBENFEST
Ein Périgord-Krimi. Eine deutsch-französische Kommissarin und ein mysteriöser Mordfall in Frankreichs Feinschmeckerparadies

352 Seiten
ISBN 978-3-7577-0021-8

Es ist Sommer in Saint-André, und das beliebte Traditionsfest *Félibrée* steht bevor. Dieses Mal will auch Kommissarin Marie Mercier daran teilnehmen. Doch während ihre Großtante Léonie sich als begnadete Köchin auf kulinarische Highlights freut, gibt es für Marie einen ernsten Anlass für den Besuch: Die 16-jährige Tochter der Winzerin Jeanne Laroussine ist verschwunden. Kurz darauf spitzen sich die Ereignisse weiter zu: Ein angesehener Bürger der Stadt, der im Rahmen der *Félibrée* ein wichtiges Amt innehatte, wurde ermordet aufgefunden. Während das Fest in vollem Gang ist, kommen Marie und ihr Kollege Richard Martin einem makabren Verwirrspiel auf die Spur.

Lübbe

Drei Frauen und ein Patriarch mit dunklem Geheimnis

Mo Malo
INTRIGEN IN
SAINT-MALO
Die Breizh Brigade
Ein Bretagne-Krimi
Aus dem
Französischen von
Ulrike Werner-Richter
320 Seiten
ISBN 978-3-404-19448-3

Die Sonne strahlt von einem leuchtend blauen Himmel, als eine gewaltige Explosion vor der Küste die Altstadt von Saint-Malo erschüttert. Maggie, Louise und Énora, die als Dreigenerationenteam das charmante *Corrigan Inn* leiten, wissen bald, dass Bürgermeister Lemoine auf seinem Boot Opfer eines Attentats wurde. In der gemütlichen Bar des *Corrigan Inn* werden manche Besucher redselig, und so erfahren die drei, dass Lemoine sich mit eigennützigen Entscheidungen zu lukrativen Bauprojekten einige Feinde gemacht hatte. Noch ehe die Polizei zum Zuge kommt, sind die Corrigan-Frauen einer stadtweiten Verschwörung auf der Spur, die auch sie selbst in Gefahr bringt …

Lübbe